R=1.5 MILE

No. 3

K
L
H
J
1 G
F
E
2
3
M
8
4
5
6
7
N
No. 3 PLANE "91" CIRCLES; TAKES PHOTO A, 0825.
PHOTO C
SAKA

落下傘を見上げた人たちの上に覆いかぶさった核爆発。15分後に3番機が撮影。この煙の下で30万人がのたうちまわっている。右下が広島市の東南端、仁保町の黄金山（地図参照）。左下は白い飛行場で見えている所はすべて農園と工場地帯。U.S. Air Force PHOTO A.

退任直前の陸軍長官スチムソンから勲章をもらったエ兵令将グローブズ。一九四五年の月13日ワシントンで。のちグローブズは中将に昇進した。
Wide World Photos

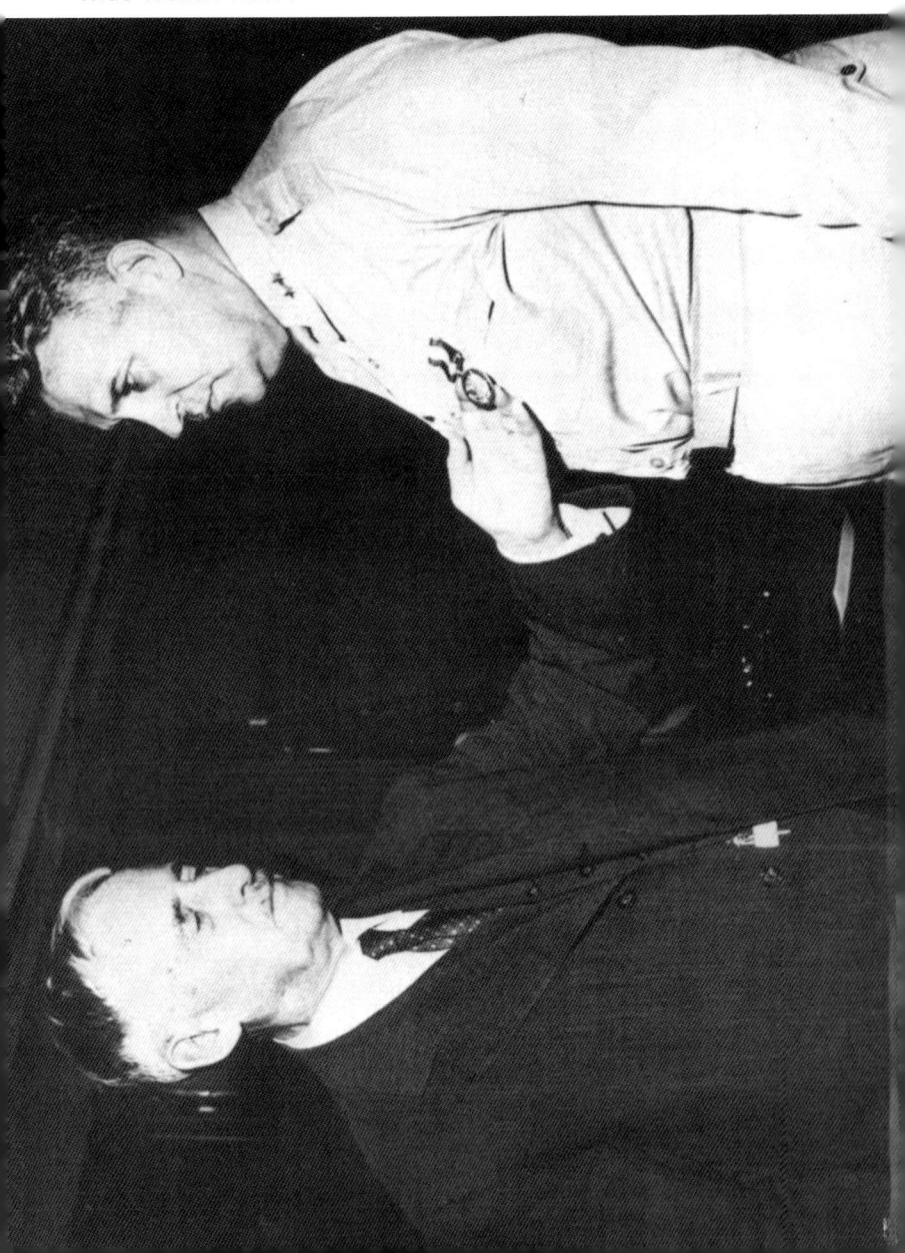

7年後、仮設救護所あとで発見された死体の一部。市外・坂町で(地図参照・草津山頂は未発掘)。昭和27年7月30日に中国新聞社が撮影。PHOTO C.

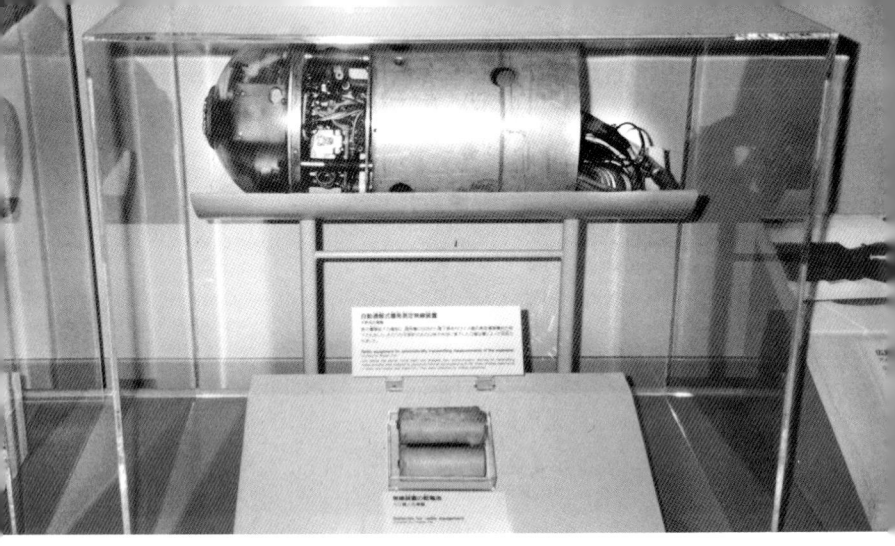

資料館の「観測筒」説明付き主要展示物。撮影：中国新聞社。しかしこれは究極の「見せかけ」だった。じつは地上の人々を「あれは何だ？」と見上げさせるための「落下傘」のおもりであった（本文参照）。

江川 隆 16歳。提供：黒木勝子（実妹）さん

長崎医大附属病院玄関に放置されていた被爆死体。9月上旬。撮影：富重安雄（白いシャツは焼けていないので、直接照射死と考えられる）

ヒロシマの空に開いた落下傘 70年目の真実

河内朗
kohchi akira

言視舎

まえがき

（大本営による初の発表解説、朝日新聞、昭和20年8月8日）
「6日午前8時過ぎ敵B-29少数機が広島市に侵入、少数の爆弾を投下した。これにより市内には相当数の家屋の倒壊と共に各所に火災が発生した。敵はこの攻撃に新型爆弾を使用したもののごとく、この爆弾は落下傘によって降下せられ空中において破裂したもののごとく、その威力については目下調査中であるが、軽視を許さぬものがある……」

後日、「新型爆弾」とは核分裂であると判明した。「空中において破裂した」ことも検証された。「少数の爆弾」とは、じつはただの1個であった。だが「少数機」とは何機だったのか。1個をなぜ複数機で運んだのか。落下傘は、ほんとうに原爆を吊ったのか？ 落下傘は何個であって、その後どこへ行ったのか？

これらの疑問に加えて何が破壊目標であったのか、どこが他の都市被災と異なるか、どのような人が何人死んだのか、どうやって死体数を数えたのか、瓦礫はだれがいつどのように処分したのかなど、考えてみれば……疑問は多い。

【対象読者】著者のわたしは訳あって炎上中のヒロシマ市街を歩き、のちアメリカ側事情も詳細に調査した。そうして「二度と戦争はす

べきでない」語り部だけでは、アメリカ側の「でも戦争を早く終えた」欺瞞の主張を論破できないと悟ったので、全容と実相、事実と数量とをここに挙げ、英語を学ぶ人、外国人に知り合いがいる国際派、三流アメリカ人を増殖させることが教育ではないと覚醒した女性たち、一般に本を読み自分の頭で考える知識層……これらの方がたを読者として念頭に置いた。

【前版と当版】著者体験を軸に戦前の社会と生活描写に重点を置いた同名1985年前版に対し、この『70年目』版では対象期間を後ろへと移動、以後の問題展開を重視した。かっこ【】を採用して関連する情報や後になって判明した事柄などをかかげ、読者のご連想が容易にひろがるよう工夫した。

【意義と効用】また読者のご参考になるであろうと思われる英語の原文資料、戦後から最近までの論戦の展開、およびアメリカ側言論をも含め、歴史認識問題が日中米韓の国際関係におよぼす影響がたいそう大きいところから、わたしが学生に講義した歴史の修正主義と史実主義の違いなどをもここに加えた。死者への追悼を別のかたちで将来にも活かす著者独自の発想も紹介する。

　前記設問の落下傘の数は、4個であった。中空で1列に並んだ。
　ともあれ開戦時、アメリカに住んでいた伯父の話から、わたしの物語を始めたい。

目次

まえがき……………………………………… 3

第1章　戦場と化した母国 ………………… 6

第2章　広島市・1945年8月6日………… 52

第3章　被爆後の日々 …………………………… 96

第4章　一度は消した記憶 …………………… 130

第5章　原爆製造と使用の全容 …………… 152

第6章　犠牲者名簿と隠れた下手人 ……… 190

第7章　歴史の修正主義と史実主義 ……… 238

第8章　落下傘を見詰めた眼 ……………… 268

第1章

戦場と化した母国

　太平洋戦争の勃発を朗の伯父・五郎は、自宅のラジオ放送を通じて知った。昭和16（1941）年12月7日、アメリカ海軍真珠湾基地に日本攻撃隊の第1弾が炸裂したのはハワイ時間で同日朝8時、東海岸ニューヨークでは同じ日曜日でも午後2時で、外出しない人びとはラジオのまわりに集まって、ビールを飲みながら、アメリカンフットボールの実況中継に一喜一憂するのがごくありふれた光景であった。郊外の住まいで五郎はストコウスキーが指揮するブラームス第4シンフォニーを聴いていたが、午後4時ごろ、臨時ニュースが音楽を中断した。

「アメリカ領土ハワイ諸島が実弾攻撃に曝されています。攻撃しているのは日本軍軍用機のもよう。詳報はのちほど……」

　音楽はその後も続いたが、同じ臨時ニュースは演奏中に幾度となく繰り返された。五郎も「これは誤報ではあるまい。わが日本は、遂に行動を起こしたのだ」と複雑な気分に襲われた。同時に、つい先日、中古鉄鋼材の仲買人に手渡した大量の札束は、もう二度と戻っては来ないだろうなあ……と、諦めが頭をよぎった。

　五郎は五郎なりに故国・日本が必要とした産業用材料をヤミで送っていた。対日経済制裁により銀行取引きが停止されていたが、こ

れは現金支払いですり抜けた。日本への鉄鋼材輸出も禁止されていたが、これは中南米を経由することで、かいくぐった。なんとかして母国を助けたい……。

　商材は手元にたくさんあった。ニューヨーク市では、ジャズのスタンダード・ナンバー、"A列車で行こう（Take the "A" Train)"の８番街を含め、地下鉄完成で不要となったマンハッタン島の長い南北を縦断する４本の高架鉄道と、無数の鉄骨を取り壊し中で、のち市民のあいだでは「日本に売りつけた屑鉄が、弾丸となって帰ってきた」と笑い話になった。

　スイッチを入れたままのラジオのニュース続報は、「ハワイが理由もなく日本軍に爆撃された」域を出なかったが翌日、月曜日、おりから会期中であったアメリカ議会緊急招集の中継が始まった。演壇を前にしたルーズベルト大統領は、通商問題につき日米政府代表が永らく交渉中であったと話し、かつ、日本は、話し合いを続ける姿勢を見せて油断させておいてから、不意に寝首を掻いたと声を荒げた。

　その演説のもようはラジオやニュース映画で全米に行き渡り、「日本人は卑劣である。だまし討ちにした」結論だけが、アメリカ人の驚きと怒りを買った。どんな経過や事情があったにせよ客観的な事実は無視されて、とにかくハワイが「めちゃくちゃにやられた」と民衆が憤怒しさえすれば良かったらしい。大統領は自国民の激昂を計算に入れ、「よって当アメリカ議会は日本帝国、および日本の同盟国ドイツ・イタリアに対し、ただちに宣戦を布告されたい」と、熱のこもった演説を結んだ。

　議会は満場一致で宣戦布告を決議した。すでに戦闘が始まっているゆえに、いまさら「布告」でもあるまい、などと言う議員は居な

かった。議員はみんな、知っていた。宣戦布告は事前通知ではなくて、じつは自国民に対する超法規事態の宣言であると。しかしその違いを知らない一般大衆は、「日本は宣戦布告もしないで突然、戦争を始めた。日本人は、ものも言わずに豹変する卑怯な人種である」と確信した……という。

【後日、このように一夜にして一国世論を糾合、日本人に対する憎悪一色のもとにアメリカ市民を団結させた大統領ルーズベルトの政治的手腕は高く評価された。「日本人豹変」の演出効果を高めるためかアメリカ政府は日本関連軽視の建前をとったので、アメリカ人大衆は、それまで対日関係につき無知、無関心であった】

【アメリカ為政者層は1898(明治31)年、対スペイン戦勝を期に覇権主義に転じ、1905年には白人大国ロシアとの戦闘に勝った有色人種国・日本に対する不快感と不安を抱き始め、1910年代は日本人移民問題で蔑視、国際連盟の形成で警戒心を募らせ、1920年代には日本の戦力増強と対シナ大陸通商に歯止めをかけ、1930年代には日本を封じ込めようと試みた】

【一方アメリカ人大衆はその間、産業の発展、景気と恐慌を通じて生活水準の向上、American dreamの実現に夢中となり、アメリカはアメリカだけでやっていけると主張するアメリカ第一主義思想に幻惑されていた】

【為政者層に対日嫉妬と猜疑と敵対心を植えた書物に次があった。
① "The war of 1908 for supremacy of the pacific"
② "The Valor of Ignorance" Homer Lea, 1909
③ "Defenseless America" Hudson Maxim, 1915

①はジャーナリスト・河上清がニューヨークから報告したもので著者不詳、しかし明治42年4月現地新聞が紹介した、「アメリカ大

西洋艦隊をハワイ近海で東郷大将が待ち受ける……」と。

②は『無智の勇気』とも『日米必戦論』とも邦訳された。著者のホーマー・リーは1900年義和団の乱に乗じて反清政府の私兵を率いたが敗れ、おなじく挙兵・失敗した孫文を亡命先の東京に訪ねて軍事顧問に任命されている。時をくだって1940年、アメリカ統治下のマニラを訪れた上院議員団は、マッカーサーの情報参謀ウィルビー少将からこの『予告』に従った対日布陣を聞かされている。

③はその年のうちに『The Battle Cry of Peace』の題で映画化され、「現在迫りつつある危機を認識させるためにアメリカ国民を鞭打たねばならない」「日本軍はアメリカ西海岸に兵を上陸させるだろう」「(この1914年大戦が終わったら) 米英独仏露からなる国際会議を開催すべきだが、この集まりは親戚同士。日本は除外すべきだ」などの主張が映画を通じて散りばめられたという】

歴史的大演説であるとアメリカ人が讃えるラジオ放送のあと五郎はニューヨーク市内の表通りに出た。平素と変わらず群衆がせわしく往来していたが、しばらくすると背後から声がかかった。
「おい、おまえジャップか」
「そら来た」と思いながらゆっくり振り向くと、背の高い黒人が目を据えていた。五郎は身体をはすかいに構えて「イエース」と応じ、反射神経を呼集した。だが意外にも黒い顔の相好が崩れ、白い歯並びがニューと出た。わが目を疑った五郎に黒人は「小さいの。よく、やった！」とささやき、ポンと肩をたたいたかと思うと身をひるがえして日中のタイムズ・スクエアの雑踏の中に姿を消した。

翌日、マンハッタンの北、白樺の中の住宅街ウェスチェスターの五郎の住まいに目付きの鋭い二人の白人が現われた。男たちはグレ

イの中折れ帽を右手でつまみ上げ、胸の内ポケットから左手で革手帳を取り出してキラキラ光るFederal Bureau of Investigation、略称ＦＢＩの徽章を見せて、五郎の身柄収容を告げた。

　ふたりとも率直で、ていねいであった。ひとりは「悪く思わんでくれ。これは俺たちの仕事なんだ」と言い、いま一人は「こうなれば、君にとってもこのほうが安全だろうからな」と口を添えた。

　アメリカ政府は１年前にさかのぼり、1940年11月、外国人登録制を実施していた。アメリカ領土で出生していない者、およびアメリカ領土で出生していない親を持つ者は各地の郵便局で届け出を書いた。データはレミントン社のパンチカードで集計されてアメリカの特高警察ＦＢＩは、日本人は何人どこに住み、何の名前でどのような日常行動をしているか、確実な個人情報を掌握した【アメリカ市民の兵役に関しては1940年９月、選抜訓練徴兵法（Selective Training and Service Act of 1940）が可決されたのを受け、翌1941年12月には18歳から45歳までのすべての男性に徴兵登録と兵役とが義務付けられた。第二次世界大戦終結までに1,000万人もの数が徴兵された】。

　マンハッタン島の南端は、ニューヨーク湾である。湾内の小さなエリス島収容所には約100人の日本人商社マンとその家族がそれぞれ五郎とおなじく急支度のスーツケースを持って集まっていた。

　建物は出入国管理局のものだったが銃剣付きの武装兵が周囲を固めた。「何のとがをもって拘束するか。アメリカには一定の法手続きがあったはずではないか」と不満を向けられる歩哨は「そんなこと、俺たちの知ったことじゃあないよ」と肩をすくめた。

　収容された人の中にはなじみの顔がたくさんあった。みんな祖国の行く末を憂い、自分たちの私財はどうなってもいいと覚悟してい

たが、五郎は釈然としなかった。目前には有名な自由の女神像が立っている。自由、平等、博愛を願うフランス人たちがアメリカ建国百年祭を祝って明治中期、1886年に贈ったが、アメリカに到着するとたちまち博愛のことばが消えた。「自由」と「平等」は、その後長くアメリカの自己賛美のことばとなるが、五郎は「いいかげんなものだなあ」と思った。建前と本音がまったく乖離している。なぜなら宣戦布告で同じく敵性国家となったドイツとイタリアに属する人びとには手も触れず、日本人だけが、隔離された。これが「平等」か。

遠く離れたカリフォルニア州で執拗な排日運動にさらされたことがある五郎には、日本人だけを拘留したアメリカ政策に隠された真意が読めた。スパイ行為の恐れがある、日本軍に呼応するかもしれない、激怒する地元民のリンチから守るなどと、一応もっともらしい理由付けは建前だった。本音は、これを良い機会に、出稼ぎ日本人が築いた経済基盤を一挙に収奪することだった。

在留日本人は、生国を捨ててはいなかった。大半は、儲けて帰るつもりであった。したがってアメリカの国富を日本に送金しているとして競合相手に嫌われた。

農業統計に明るい関係者のあいだではよく知られていたが、日本人労働者は成功した。日本全土にほぼ等しい広さのカリフォルニア州の土地面積のうち、わずか1.3パーセントしか耕作しなかったにもかかわらず農業生産量で38パーセント、農産物取扱い高においては、じつに50パーセント近くを支配した。

カリフォルニアは、現在でもアメリカ全土の生鮮野菜・果実・生花の半分を賄う。農業生産は国家の基本。したがって重要なカリフォルニア農業を手中に納めるかもしれない日本人労働者の経済力は、アメリカの為政者にとり、由々しい問題であった。

第1章 戦場と化した母国　11

五郎は、ウェストチェスターの自宅ともおさらばだと思った。高級住宅地であった。だがまともに処分する時間がない。アメリカ政府は1941年7月、まだ平時であったのに、日本人の在米資産を凍結した。つまり私有財産といえども勝手な処分が違法とされた。これが戦争ともなればどうなるか、知れたものではない……。

　仲間の同胞は「戦争のせいだ。仕方がない」と慰め合った。しかし五郎の脳裡を30年前の高札、「ジャップ、帰れ」がよぎった。「いや、戦争が原因なのではない」と五郎は主張した。「逆だ。戦争は結果なのだ。日本の急速な成長に対するねたみが原因で、それがこのたびの戦争という結果になったのだ」。

　しばらくしてアメリカへの忠誠度テストがおこなわれた。アメリカ在留が長期間にわたった人は、居住国に対して忠誠さえ誓えば国外への追放はなかったのである。

「とんでもない」

　五郎は言下に拒否した。拒否したうえでアメリカ政府の政策を批判した。かたや「日本人には帰化能力がない」と移民法にまで書き込んで平等には扱わず、そうしておいてから戦時となりし今や忠誠を問う。

「貴官らは、法治国家国民として正気なりや？」

　睨みつけられた係官は無言で「好ましからざる人物。送還」の判子をペタンと書類に押して出口の方向を顎でしゃくった。

　1942（昭和17）年7月、五郎は日本人外交官らの家族と一緒に大西洋を渡り、中立国ポルトガル領の東アフリカはロレンソ・マルケス港で日本郵船・浅間丸に乗り換えた。

　五郎が渡米した35年前、遠洋航海ができる17,000トンもの巨大な船舶は、日本に皆無であった。

「そうか。よく、ここまで来てくれたなあ」

五郎は舷側の大きな日の丸を、いとおしく見上げた。

浅間丸と、桟橋の反対側に停泊したグリップスホルム号との間に桟橋を横切る長い幕が張られ、見えない側には日本から引き揚げるアメリカ人たちが逆方向に歩いた。五郎はこれらアメリカ人が、開戦後も、日本で、個人的な危害を加えられなかったと伝聞し、うれしいと思った。

帰国した五郎は、広島市の南西、五日市町の生家に落ち着いた。

五日市は海岸伝いに広島から20キロ離れたところで、いつも瀬戸内海の潮騒が鳴る田園であった。家の前の八幡川は昔と変わらず浅い清流のままであったが、八幡橋を通る松並木の旧西国街道は裏道となり、海岸寄りに別のアスファルト国道2号線が出来ていた。

「天井がこんなに低かったかなあ」

五郎は少し悲しくなった。「電灯がやけに暗いなあ」

秋になった。五郎の帰国歓迎の意も含め、朗の両親・良一とイトは月見の宴を張った。そこで朗は初めて伯父に会った。

伯父は60歳近く、やせ気味で背が高く、どちらかと言えばこわい顔をしていたが、妹イトが「これは惣領の甚六ですが、学校だけは安心しています。広島一中に入ったんですよ」と朗を紹介すると、五郎は風雪に耐えたしわだらけの顔をクチャクチャにした。中学校は、公立私立ともに選抜入試制だった。

話題は、なんといっても「この戦争」だった。酒杯を差しつ差されつ父・良一は、どうなることかと尋ねた。

「戦闘には勝てても戦争には勝てまいて……」

五郎が苦しげに所感を述べる。

「え、えーっ？」朗がとんきょうな声を上げた。
「しーっ。あまり大きな声を出さないで」とイトが制した。
　五郎の反応は、朗には意外であった。戦争は、遠い、遠いところにあった。
　昭和17年夏の戦局は安定し、日本の大東亜共栄圏は確立したかに見えた。中学校1年生の朗には何も心配する理由がなかった。それなのにこのアメリカ帰りの伯父は、戦争がひとまわり終わったどころか、わが日本が敗ける結果になろうと言う。朗は怒りを感じた。うわさに聞くとおり、やっぱりアメリカかぶれかな、ひょっとすると、国民を不安に陥れると伝え聞く「アメリカのスパイ」なのかな、とも疑った。
　朗の敵意をかわすかのように五郎は胸をはだけ、十三夜の月を見上げた。庭の草むらで虫の音がしだく。
「キレイじゃのう」。忘れなかった広島弁が口をつく。「月はどこでも、おんなじ、じゃのう」
「同じ……と言って、どこのことですか？」
　ヘンな事ばかり言う伯父だと思った。「月見の月は京都の嵐山でも、奈良の猿沢の池でも日本国中、全部同じでしょうに」
「アメリカだ」
「え、えーっ？」
　朗はまた、おどろいた。だが考えてみれば月は公転するから日本だけでなく、アメリカの空をもまた廻る。
「でもアメリカ人は物質主義だから、仲秋の名月なんてものに感傷を抱くわけない……でしょう？」
「そうでもない……かも」
　父・良一が割り込んだ。

「おまえはもう忘れたか、『コロラドの月』も『カロライナの月』も。どちらも美しいアメリカのワルツだ。こないだ教えたばかりなのに……」

　朗の父は趣味でヴァイオリンの名手だった。ただ戦時下で音曲、とくにアメリカ系は控えねばならない状況にあった。
「そうだなあ、捉え方も表現の仕方も違うけど、アメリカ人も、夜空の月に感慨は抱くらしい。ところでコロラド州は西の山岳地帯、カロライナ州は東の海岸沿いでお互い、うんと離れている。原曲名もそれぞれ Moonlight On The Colorado と Carolina Moon なので、連想するにもかなり距離がある」

　五郎はそれから、朗が聞いたこともないような話をした。

　アメリカの国家形成は年代的に日本で徳川幕政が定着したあとのこと、戦争に次ぐ戦争で、北アメリカ大陸原住民を東海岸から西海岸にまで追い詰めたこと、黒船ペリーはアメリカの膨張政策の一環であったこと、東西横断大陸鉄道の建設に故郷を捨てたシナ人が労働力を提供したこと、日本人がアメリカ本土と関係を持つようになったのは、出稼ぎ先のハワイ王国が乗っ取られてアメリカ領土になったからであること、日本が日露戦争に勝った一方で日系農民がカリフォルニアで成功したこと、日本を脅すための「白い大艦隊」新造戦艦16隻が出港直後、企図を察知した外務省によっていち早く日本への寄港に招待されたこと、アメリカの移民政策には人種差別があると抗議した政府が世界中でたった一つ、日本であったこと、第一次世界大戦で漁夫の利を得た日本の産業が、アメリカ製品に競合しはじめたこと等々で有色人種に対する偏見が嫉妬に変わった近況……また蔑視がパールハーバー海軍基地への先制攻撃によって一挙に反転し、大きな憎悪となったこと。

「その凄まじさは、とうていお前たちにはわかるまい」と伯父は強調し、「その怒り、恨みがこわい」とも述懐した。

アメリカの工業、生産能力、技術水準などについては父・良一もよく知っていた。良一は自動車工場を経営し、数人の住み込み徒弟を抱えて各種部品を製造し、修理もした。トヨタも日産も、1936（昭和11）年から1937年にかけてようやく、それぞれハドソンとナッシュの物まね乗用車第一号を完成したばかりであって、自動車といえば、すなわちアメ車であった。

アメリカ製機械の品質は良く精度は高く、組み立てには熟練した手並みがあった。しかも発明という発明はすべてアメリカ人の頭脳から生じたと言っても過言ではない時代であった。近代戦は機械だから、機械に強いアメリカは、日本にとっては強敵であると良一は同意した。

「いや、機械だけではない」と五郎はさえぎった。

「その機械や武器を駆使する人間が半狂乱であったとしたら、どうする？　いまアメリカ人の合い言葉は Remember Pearl Harbor！つまり恐ろしい復讐の雄叫びなのだ。アメリカ人にはな、極端に残忍なところがある。黒人のリンチとか原住民の抹殺とか……」

「それにな」

五郎は急に声をひそめた。「もしも今、すでに日本の戦力の大半が失われているとしたら……どうする？」

「そんなはずは、ない」

良一も連れられて声をひそめた。「北はアリューシャンから南はニューギニア。信じられないほど広範囲にわが軍は太平洋に展開していると言うじゃあ、ありませんか。補給が心配なくらいだ」

「それがのう、地図の上での見せかけだったらどうする？　心配な

んじゃ。じつは……のう」

　五郎は口ごもった。

「こないだのミッドウェーでのう、大負けしたんじゃ」

「そりゃあ違うよ、伯父さん」

　朗は訂正した。「わが方、航空母艦は１隻沈んだらしいが、アメリカも１隻沈んで相討ちだったとラジオで言ってたよ」

「ところがのう、じつは日本は４隻もの航空母艦を一挙に失った、とアメリカの新聞・ラジオで報道されていてなあ、アメリカ人らが『勝った、勝った』と大喜びしとったんじゃよ。わしゃあ、まだニューヨークに居たからのう、知っとるんじゃ。名前もハッキリ書いてあったよ。加賀、赤城、ソウリュウにヒリュウ……って」

　加賀、赤城の名まえは朗も知っていた。写真も雑誌で見たことがある。しかしほかに蒼龍とか飛龍とか名づけられた航空母艦がいるとは知らなかった。真珠湾攻撃には６隻もの航空母艦が向かい、それが日本の海軍航空戦力のすべてであることも知らなかった。知らされてもいなかった。大本営発表は詳細を語らず、むろん艦名には言及しなかった。

「アメリカも……のう。大衆の士気が下がることを心配してのう。早くから日本の首都を爆撃する計画を立てて準備を整えて、４月には陸軍双発爆撃機で東京・名古屋・大阪を空襲させた。このドゥーリトル決死隊は、１機も撃ち落とされなかったので大成功、というわけでアメリカ国内は喜びで沸き返っていた。アメリカも、機数とか経路とか詳しくは発表しない。取り巻く記者からドゥーリトル陸軍機は、滑走路もないのにいったいどこから飛び立つことができたのか訊かれたルーズベルト大統領は、喜色満面で『シャングリラからだ』と答えたそうだ。で、勉強不足のアメリカ人記者連中は

第1章　戦場と化した母国　17

地図を拡げて懸命にシャングリラはどこか、捜したという。だが見つかるはずがない。はっは……」
「問題は……」伯父は続けた。
「航空母艦は、すぐに代わりを造る、というわけにはゆかんのじゃ。飛行機もでけんのじゃ。産業にも生活にも日本には余力がない。もうこれからは、負け戦一方になってゆくじゃろうなあ……」

　五郎の心配は、まもなく現実となって現われはじめた。

　昭和17（1942）年8月、アメリカ軍海兵隊がガダルカナル島に上陸し、日本軍が建設中の飛行場を占拠した。日本軍は、アメリカとオーストラリアの間を遮断する計画だったらしい。もちろん米豪連合軍はこれを阻止しようとする。ソロモン諸島の戦い、ニューギニアの戦いが始まり、日本は陸軍・海軍ともに遠い、遠い異国の地で消耗戦に引き込まれ、負け戦一方になってゆく。

　ミッドウェー沖敗戦の実状を知った日本政府と軍部は前途容易ならずと判断し、後手ながら、様ざまな政策を打ち出した。

　敵国語である英語の使用禁止もその一つ。野球ではアウトを「だめ」、セーフを「よし」と呼び換えることになった。同時に英語の授業も中止と決まったので朗は中学校に入っても英語はたった3カ月、学んだだけで、終わりとなった。

　朗の中学校は広島城から南に直進する大手町通りの中ほどの東、小町(こまち)に所在した。

　校舎は古く、板張り外壁の上部にはホコリが白く積もり、下部は雨に洗われて羽目板の厚さが薄くなっていた。土足の床も木造で、割れていない所はささくれて、掃除モップが滑らないから「清掃」は即ち「泥こね」という状態だった。

女人禁制の男子校で医務室もなく、校訓の「質実剛健」を通り越して殺伐としていた。

　軍隊の悪癖の平手打ちの風習は、かなり広く社会に受け入れられており、一中でも新入生の教室に大人かと見まがう身体の大きな５年生がドカドカと踏み込んできて「お前らあ、たるんどる！」と大声でおどした。それで１年生は、だれかれの見境なくペコペコおじぎをして歩く。顔を上げると、お互いオドオドした１年生どうしのことも多かった。

　新入生は市内からだけでなく四方から集まった。朗の小学校からは軍医の息子、中川が入っただけなので、小心者の朗は心細かった。気安く話し合えるクラスメートもいれば、取り付くしまもない者もいた。とりわけ松井と名乗る少年は、虫が好かなかった。日本人ばなれした鉤鼻と、大きな切れ長の目が奇異であった。アメリカで生まれると、ああなるのだろうか。

　朗の態度はすぐ相手に伝わったらしく、入学して間もなく松井がからんできた。裏庭のユーカリの大樹のかげで朗は胸ぐらをつかまれた。

「やい、お前。なんで人の顔をジロジロ見るんだ。文句があるんか。気に食わない奴だ」

　相手は少し大きいだけなのに臆病な朗はヘキエキし、泣きべそをかきながら口ごもった。そして内心ではおとうさぁーん、おかあさぁーんと助けを呼んでいたとき、おりよく同級生が割って入った。

「待て、待て。おんなじ新入生どうしじゃないか」

　救い主は、江川という名であった。体格では江川も松井に劣らなかったが性格は対照的で、江川は弁舌さわやか、あけっぴろげで万事、陽気にふるまった。あのように、なりたい……。

助けられた恩もあり、朗は江川に私淑した。他方、松井はできるだけ敬遠した。松井が剣道部に入れば朗は江川に付いて柔道部に入った。剣道でも柔道でも乱取りといって練習相手を変える。朗は江川に難なく投げ飛ばされて押さえつけられる。渾身の力を絞って抵抗しながら、それでもなお松井にポカポカやられるよりは、ウンとましだと思った。

　江川は柔道だけでなく他の科目にも優れていたが、ただ一つ、泣きどころがあった。英語であった。

　英語の授業があるからこそ中学校といえたわけだが、それにしても英語は異質。1年生はみんな、戸惑った。他の科目は、いくら目新しくてもついてゆけないことはない。しかし英語は日本文化の外のこと、教師からして他人と違っていた。

　英語の矢島先生だけは体型に合った服にセンスのいいネクタイをきっちり締めて、武骨でこわい先生がたのあいだにありながら振る舞いは端正、話し方は穏やかだった。

　そんな英語の時間がはじまって間もなく矢島先生が朗の親友・江川に質問を当てた。現在でこそ日本語の語彙に英語が多数入って消化されているが、当時は「アパート」も「ルーム」も、まったく通じない社会状況だった。

　予習していなかった江川は慌てた。慌てたからますます「犬」という極めて簡単な英単語が思い出せない。岩波クラウン・リーダー教科書の拙い、あるいは印刷不明瞭の挿し絵をためつ、すがめつ眺めた挙げ句、江川はついに「犬」ではなく「これはライオンです」と和訳した。ドッと噴き出したクラス全員は、たちまち江川に「ライオン」のあだ名を進呈、以後、江川は「ライオン」になってしまったが本人は、まんざらでもなさそうだった。

ミッドウェー沖海戦のあと英語の時間は新設科目、軍事教練と差し替えられた。矢島先生は３カ月で自分の出る幕を失い、服装もカーキ色の国民服と戦闘帽にあらためて、新しく着任した教練教官のうしろに所在なさそうに立った。

　教練教官、真崎大佐は老いぼれで痩せこけていた。国家の危急に際して隠居を返上したらしく、軍服の胸には色とりどりの勲章略綬を帯び、ピカピカに磨き上げた長靴を履いて威風堂々と登校してきたが、いざ教練となると、自分は動こうとはしなかった。生徒が広い運動場の端から端まで号令にしたがって隊列行進するあいだ、老大佐は真っ白になった立派な八字髭をひねりながら、軍刀を杖にして、寄りかかっていた。

　生徒は生徒で、頼りなかった。菊の御紋が付いているから大事に取り扱えと教わった三八式歩兵銃が重いので、13歳の少年はあちらへフラフラ、こちらへフラフラ、ひょろついた。「できません」も「欠席」も許されない。整列して直立するのも訓練で、貧血・日射病で倒れる者はそのまま自力で復帰するまで放置された。朗はたびたび目まいを起こして倒れた。

　軍事教練は、英語と一時間だけの入れ替えだった。しかし、しばらくすると、勤労奉仕が、１日の時間表全部と差し替えられるようになった。

　戦争の主要局面は、南太平洋のオーストラリア近海に移っていた。日米艦隊は珊瑚海で幾度となく交戦した。イギリス領ソロモン群島では陸上兵力が死闘を繰り返し、日本陸軍とアメリカ軍海兵隊がそれぞれおびただしい数の死傷者を出しながらガダルカナル島の南端、ヘンダソン飛行場を奪ったり、奪い返されたりした。近くのオーストラリアで休養しては交代するアメリカ軍兵士にひきかえ、日本軍

は援軍どころか補給さえままならず、かといってジャングルに食べ物は見当たらず、ガダルカナルは「飢餓の島」と呼ばれた。

　内地では兵役への召集がつづき、農家は働き手を失う。

　昭和17年秋、朗の学級は、収穫の手伝いに出かけた。

　瀬戸内農業の常として稲田は山の急斜面にあり、下から見上げると、まるで大きな階段のようだった。中学校生徒は女・年寄りにまじってだんだん畑でイネを刈り、夜は出征兵士の留守宅農家に泊めてもらった。

　生徒たちは一生懸命に働いたつもりであった。しかし畑仕事の要領がわるいうえに、おなかいっぱい農家のご飯を食べたから、受け入れ先にすれば有難迷惑だったに違いない。

　農家は、柿の実の赤さが映える黒松の深い谷間に点在し、日暮れには藁を焼く煙と、秋の匂いが立ち籠めた。

　朗を泊めた家には小さな本棚があり、しおりを挟んだユーゴー作『ノートルダムのせむし男』が見つかった。訳本を読みかけたまま出征したであろう農夫の心情を思いやりつつ、また無事に帰ってきて続きが読めるようになればいいがと願いつつ、朗はふしぎな中世の外国の世界に惹き込まれた。

　学校単位の労働力提供は、他の面にも向けられた。川に入って石を積む堤防工事や、山の中で松の根を掘り起こす仕事もした。日本の科学者たちも知恵をしぼっていて、松の根から採れる松根油はガソリンの一部代用に使われた。戦地に物資を送るため、考えうるかぎりの代用化が進み、銃後（戦線の後方）の国民は、牛の代わりに豚の革靴、木綿の代わりに化学繊維、ゴムタイヤの代わりに木製車輪、米の代わりに大豆、酒の代わりに合成アルコールへと、つぎつぎに生活の質を落としていった。

前線では戦況が悪化、ついに1943(昭和18)年4月、日本海軍総司令官・山本五十六の戦死を期に進撃が止まった。

　山本大将は当時の英雄だった。国民は彼の作戦こそ緒戦の勝利であると短絡された図式を信じ、彼さえいれば勝てると期待を寄せていたから悲しみが大きかった。天皇や元勲以外、平民には前例がない国葬で葬られたことからも、それがわかる。しかし後方にいるはずの最高指揮官が、どこで、どのような状況のもとで死んだのか何も公表されないまま6月5日、東京の日比谷公園で葬儀が行なわれた【山本元帥は、ところもあろうに南太平洋の最前線で4月18日に死んでいた。いや、殺されていた。というのは彼の行動予定を捕捉したアメリカ海軍太平洋艦隊司令長官ニミッツが、暗殺を命令していたからである(『提督ニミッツ』南郷洋一郎訳1979年)】。

【ソロモン群島が敵軍の突破口になると山本は憂えたが、激闘で疲れた将兵に休養を与えることができない。せめてものこと慰めてやりたいとラバウルを出発、前線基地を一巡したらしいが日本社会の悪癖の一つ、見送り・出迎え重視の習慣を持ち込んだ日本軍の無電連絡が傍受、解読された。ブーゲンビル島上空で待ち伏せしたアメリカ陸軍機、双発のP-38戦闘機16機が上から突っ込んできたとき、不意を衝かれた護衛のゼロ戦6機は防ぎきれなかった。司令長官機と宇垣纒参謀長機、2機の双発海軍機は炎に包まれて密林に激突、同乗した幕僚らも全員が死亡した。山本元帥、59歳。暗号解読の事実が明るみに出るのでアメリカ軍はいっさいを秘匿した。後年、功名争いが起きて初めて謀殺の事実が判明した】

　訃報が続いた。
　1年前の1942年6月から日本軍が占領していたアリューシャン

列島のアッツ島に 5 月、米軍が上陸し、日本軍守備隊が全滅した（アッツ島の戦い）。大本営発表で初めて「玉砕」という言葉が用いられ、朗たちは、それが皆殺しになることだと知った。

【日本軍戦死者 2,638 名、捕虜 27 名。たこつぼと塹壕だけの日本軍陣地にアメリカ戦艦 2 隻が艦砲射撃、艦上機が銃爆撃を加える中、アメリカ陸軍 11,000 名が上陸した。補給も増援も見込めない日本軍は 5 月 30 日、司令官山崎保代陸軍大佐以下残存兵約 300 名が死ぬためだけの突撃をおこない、アメリカ軍も「バンザイ突撃」を初めて知った。大本営は、敵軍がまだ上陸していなかった隣のキスカ島からの守備隊の撤退を決定した。キスカ島ではアメリカ戦艦群がレーダー砲撃で日本の駆逐艦群を撃滅したと誤認した隙に守備隊員 5,200 名をわずか 55 分という短時間で 12 隻の駆逐艦に収容し、再び深い霧に包まれて無事に帰還することができた】

　南太平洋ではニューギニアで米・豪軍、ジャングルと熱病、飢餓と兵器不足とを同時に敵として戦う日本軍に物資も援軍も送られず、兵力は減耗の一途を辿っていった。

　ただしこの年、1943（昭和 18）年秋、世界史に書き残されるべき日本の一大勝利、大東亜会議が東京で催され、世界に向けて有色人種の初の結束が誇示されている。

　後付けながら日本政府が大東亜戦争の大義名分とした大東亜共栄圏の理想を現実のものにしようと図り、その結果、世界の歴史の流れが大きく変わったのだ。

　東条内閣は、まずアジア大陸における戦線を整理・縮小しようとして中華民国・重慶の蔣介石政府に和平を申し入れた。ほかの日本軍占領地域では住民による自治組織を整備し、独立を助けた。

インドはまだイギリスの支配下にあったが、無抵抗主義で名を知られたガンジーの高弟であったチャンドラ・ボースが10月、日本軍占領下のシンガポールで独立インド暫定政府を樹立した。日本はフランス領インドシナ（ベトナム）ではバオ・ダイを、オランダ領東インド（インドネシア）ではスカルノを、それぞれ民族の指導者として擁立した。

　そうして1943年11月5日、これらアジア新独立国のリーダーたちが世界の歴史が始まって以来、最初の大アジア会議に集まる。「それまでの植民地対宗主国の主従関係が存在しないので会議はきわめて和やかに進められ、一家族の集会のようであった」という。

　旭日大勲章一つを胸に着けた東条首相が帝国議事堂で催されたこの首脳会議の議長をつとめ、出席した満州国総理張景恵、中華民国代表汪兆銘、シャム（タイ王国）代表ワン・ワイタヤコン王子、フィリピン大統領ホセ・ラウレル、ビルマ首相バー・モーならびに上記・独立インド代表ボースらは相互の独立と、経済互助を骨子とする大東亜共同宣言を発表した（宣言の中では「大日本帝国」ではなく「日本国」と表記されている）。

　一般の日本国民は時を同じくして日比谷公園で大東亜結集国民大会を開き、大群衆がアジアの解放と独立を祝った。

　このアジア勢力の参集についてはスウェーデン、ポルトガルなどの中立国報道陣が外電を打ったのでアメリカの新聞もいちおう記事にした。ただし、見逃すくらいの小さな扱いで、しかも日本政府のあやつり人形どうし、puppetsであると注釈を付けた（The New York Times, 1943年11月6日）。

　たしかに各国の代表一行は日本が用意した政府専用機で送迎され、用意された専用宿舎に滞在して歓待された。

また会議開催前日には皇居におもむいて昭和天皇に拝謁している。しかしそれにしても日本が果たした役割は重大である。

　というのは1492年、コロンブスが、ヨーロッパ以外にも世界があると発見して以来、450年もの長いあいだ、白人種に支配されたアジア人が初めて民族自立のきっかけを摑んだわけであり、そのため第二次世界大戦が終わったあとのイギリス・フランス・オランダ・アメリカ各先進国による失地回復が、永遠に不可能となったのだ。それが世界地図を拡げてすぐ目につくアジア大陸の国ではなくて、どこなのか探さなくては見つからない小さな島国・日本が成し遂げた人類史上の偉業であった。
【このようにして今2015年、60周年記念を迎えたアジア・アフリカ会議（バンドン会議）は、じつに日本の先人たちが創めたものである】
　時あたかも日本の挙動はこしゃく千万とばかり、アメリカ軍の反攻が一斉にはじまる。11月20日、南太平洋マキン・タラワ島日本軍守備隊が容赦なし、一方的な猛攻撃で全滅させられた。
　日本が自給自足の体制どころか資材の補給路すら確立できなかったのにくらべ、アメリカは兵員の訓練と新式装備、量産体制と物資蓄積のすべてを完了し、マッカーサーの陸軍はソロモン群島を突破口としてオーストラリアから侵攻、ハルゼーの海軍は近くのイギリス領ギルバート群島を手はじめに、島嶼攻撃を開始する。
　応じて日本政府は第二国民兵（34歳から40歳）の召集を始め、徴兵年齢を引き下げると同時に大学、専門学校の修学期限を短縮した。学徒兵の第一陣は、12月1日に入営する。
　年を越して昭和19（1944）年になると、中学生は3年生以上が軍

需生産工場に動員となった。それまでの散発的な勤労奉仕とは異なり、学校で受ける授業の代わりに毎日、毎日、工場で働くのである。広島一中3年生250名は市の南端、南観音町の旭兵器工場に配置された。

広島市は城下町だったので1911（明治44）年からの日本産業創設の際、大規模工場はすべて居住地域の周辺地帯、とくに南端の臨海埋立地に集中して建てられた。

朗は市のほぼ中央・八丁堀の自宅から電車に乗り、終点から畑の中を歩いて岸壁沿いの工場に通った。それまで父の自動車工場は工作機械もあるし、大きいと思っていたが旭兵器は比較にならないほどの大生産工場で、広い敷地に巨大なモーターが一日中唸り、鉄の研削音がきしり、作業員が大声でわめき、油の焦げる匂いが立ちこめ、薄い煙が高い鉄骨製屋根の裏の中で漂った。

朗は中年の旋盤工の助手であった。

重さ10キロの鉄の塊を持ち上げてチャックに噛ませ、おじさんが頭上のベルトを移して回転速度を調節しながら20センチ口径の弾頭に削るあいだ、バイトに潤滑油を塗った。仕上げにはたいそう時間がかかり、1個につき1時間は必要なようすであった。急ぐとバイトは鍛鉄に食い込み、折れた。折れると長時間かけて研ぎ直さなければならないし、またバイト自体が貴重品であった。大旋盤は幾台も並んではいたし、加工工場も他にたくさんあるだろうとは想像したが、それにしても一斉射撃になると、大砲は、1分間に20発は消費するに違いない。「間に合うのかなあ……」と朗は案じた。

間に合わなかった。

戦争も製造業とおなじく巨大な複合事業である。ひとつひとつの部品が設計どおりに揃い、担当要員が事故なく持ち場を守り、しか

も全体として精密機械かのように正確かつ迅速に作動しなければならないのに日本では原料が不足し、人員に移動が多く、運輸に障害が頻発した。

　戦況がますます悪化した。南洋群島の日本の守備隊は、ひとつずつ玉砕していった。先のマキン・タラワにつづいてナウル・クェゼリン。全滅せざるを得なかった。サンゴ礁の上に出来た島は掘っても土が出ない。身を隠す場所がない。逃げ場がない。初めから日本人をなぶり殺しにすると決めたアメリカ軍は容赦せず、包囲しておいて猛烈な艦砲射撃と爆撃を加えた。小さな島は形が変わった。戦いは遠くから撃つほうが勝つ。撃たれるほうは一方的に破壊されてゆき、広い海域に散らばった島々に次いで日本海軍の最大根拠地・トラック島も基地として滅んだ。

　アメリカ軍には豊富な物資があっただけでなく、指導者層の思考がまた柔軟だった。

　空中戦では回転半径が小さいゼロ戦に必ずまわり込まれると知ると一騎討ちを避け、日本機1機を2機で挟み打ちにせよと指示した。日本海軍の機動部隊が効率の良い編成だと知ると、これも早速マネをした。ただ規模が、ひとまわり大きかった。そして工期をちぢめた小型空母に生産を転換し、日本が開戦後ようやく空母2隻を追加したのにくらべ、アメリカは20隻もの空母を太平洋に送り込んだ。ドイツの潜水艦による後方攪乱戦術も即時踏襲し、背の高いアメリカ人には不向きであろうとわれわれ日本人が勝手に思い込んだ潜水艦が多数、日本の近海で行動した。

　ために護衛がない日本輸送船団は積み荷、船員もろとも1日1隻の割合で沈み始める。本土と朝鮮を結ぶ関釜連絡船でさえも、旅客を乗せたまま撃沈された。

朗の家では音楽が聞こえなくなった。父・良一はヴァイオリンをやめ、母・イトは琴をしまい込んだ。弟たちは遊ぶ代わりにトウモロコシを粉に挽き、妹たちは食用になる野草を捜した。町ではニュース専門館を残し、映画館という映画館が閉鎖した。ニュース映画は短編、戦意高揚のためのもので、銃後の国民がいかに努力しているかを強調した。ラジオ放送も大幅な番組改訂がおこなわれ、流行歌は時局がら不適切として廃止、落語・漫才の類も戦死者の手前、不謹慎であろうというので日本の人たちは笑いを忘れた。

　1944年6月、西太平洋のマリアナ群島がアメリカ軍の手に落ちる。ここにはサイパン・テニアン・グアムの諸島があった。グアムは1898年、アメリカがフィリピンと共にスペインから奪取領有、海軍基地としたものであり、他は1914年、日本がドイツから奪取、のち国際連盟から行政を委任されていた。

　日本人非戦闘員がはじめて巻き込まれたのでサイパン島の激戦はアメリカ人のあいだで有名になる。

　沖縄から移住してきてサトウキビを栽培した民間人は、島の北端に追い詰められた。アメリカ兵が銃口を向ける前で、あるいは白の死に装束、あるいはボロを纏ったまま、老人は多く独りで手を合わせ、若い母は泣きながら幼な児を脇に抱え、隠れ家の洞窟から這い出ては太平洋の波が砕け散る断崖の上から身を投げた。敵は卑劣なサルだと教わったアメリカ軍兵士は、初めて日本人を目のあたりにし、日本人もまた人間であると悟ったと伝えられる。しかも自分たちの家族を思い起こさせる人びとが、キリスト教では罪だとした自殺を遂げるのを目撃して呆然とした。集団投身の光景は記録映画に撮られ、「バンザイ・クリフ（絶壁）」の惨状は、アメリカ人のあいだで永く語り継がれることとなった。

サイパン島守備失敗の責めを負って東条内閣は総辞職、東条大将はすべての公職から身を引いて謹慎した。
【形勢を挽回したいと希求した中島飛行機製造の中島知久平は、八王子市の工場で超遠距離爆撃機を設計する。「富嶽」はのちのジャンボ旅客機に相当する大きさで、またガソリン節約のため同じように空気の薄い成層圏を飛び、アメリカ東部のピッツバーグ製鉄工場群を爆撃したあとはそのまま東に進み、ドイツ占領下のフランスに滑空着陸する計算であったという。むろん、計画倒れに終わる。理由は資材欠乏と労働力不足。いま一つ、致命的な欠陥があった。日本の真空技術が未熟であったため、乗組員の食事と排便をどうするか、これが解決できなかったそうである】
【長い時間を機内で過ごさねばならない乗員の飲食と排泄の問題を、アメリカの技術陣は乗員個々の飛行服の問題ではなく、全員の居住性の問題として捉え、飛行機の胴体全体を密閉することにより解決した。そして大量生産に移行したアメリカ西海岸シアトルのボーイング工場からは成層圏を飛ぶ新型四発重爆撃機B-29が次から次へと押し出された】
【B-29の性能は抜群であった。第一に、占領したばかりのサイパン島から2,600キロ離れた日本の本土に中途給油なしで往復できた。空気を圧縮するインジェクション・ポンプを発明してエンジン効率を高め、逆転ピッチを採用して着地距離を短縮し、ガソリン・タンクをゴムで包んで不燃とし、爆弾搭載量はそれまでの主力爆撃機B-17の2倍に増強、ドイツのハインケル爆撃機や川崎重工の一式陸攻にくらべると乗員数は3倍の12人、馬力で4倍、防戦火力で6倍。しかもこの防戦火力はほとんど不要であった。地上からの高射砲弾が届かない高度を戦闘機よりも早く飛んだ】

このB-29が太平洋の不沈空母、サイパン・テニアン両島に集結し、日本の本土爆撃を目的とした第20空軍が編成される。

　本土爆撃は1944（昭和19）年11月に始まった。
　11月24日には111機のB-29が、工場ではなくて東京都市部を初めて無差別に爆撃した。
　被害は最初のあいだ比較的に軽微であった。指揮官ハンセルが軍・民の標的識別を守れと命令したからだと言われる。それで爆撃機は日本軍の迎撃戦闘機が昇って来られない高度、ドイツ爆撃の場合の5倍の高さから立川飛行場や中島飛行機工場に照準を合わせ、投弾した。しかし爆弾は、途中の横風のために散らばった。命中させるため低く飛ぶには味方戦闘機の護衛を必要とした。そのため日本に近い飛行場が欠かせなくなった。
　1945（昭和20）年2月19日、アメリカ軍は、東京とサイパンとの間にそれぞれ1,200キロの位置にある硫黄島の攻略を開始する。
　そして日本軍守備隊23,000名が1カ月抵抗して玉砕したあと、最新鋭戦闘機P-51が硫黄島に勢ぞろいし始めた【同じころ「オレなら護衛戦闘機なしでも爆撃効果を発揮して見せる」と気負い立つ新しい指揮官が着任する。名はカーチス・ルメイ】。
【ルメイは大学から陸軍に入り、急成長したアメリカ空軍とともに育ち、38歳の若年にしてすでに少将と大佐の中間階位、准将であった。第20空軍は偵察機、戦闘機、輸送機など多種多様の航空機から構成されたが主力は重爆で、その爆撃機隊を統括する第21爆撃団司令官が、中国戦線から転入してきたルメイであった。爆撃司令のルメイにとり、飛行機は、優雅に大空を舞うものではなく、爆弾と名づける積み荷を運ぶダンプカーだった。もともと照準を定め

ようとするのが誤りで、軍事目標とか民間施設とか言わず、とにかく構造物を含む広い範囲に爆弾をブチ撒けばよいのだと空爆を武装犯罪へと変質させた。この変質はワシントンの参謀本部、空軍参謀長アーノルドとその作戦参謀たちの意向を反映したもので、老幼婦女子の落命が目的とされた。ルメイはのち自著で『すべての日本国民は航空機や兵器の製造に携わっていた』と正当化している（"Mission with LeMay：My Story, Curtis LeMay, 1965"）】

　1945（昭和20）年2月22日、B-29の集団がまた住居地域を爆撃し、38センチも雪が積もっていた神田一帯を火の海にした。

　住民の家屋が派手に焼けるのは肉眼でもよく見えた。航空写真にもハッキリと破壊が示される。気をよくしたルメイと【のちベトナム戦争で枯葉剤を散布した国防長官で、当時は29歳だった】マクナマラを含むルメイの現地作戦部は、日本の「木と紙の家」は焼くのが簡単だとして爆裂弾の代わりに焼夷弾を送れと注文、焼夷弾が蓄積された時点で「ジャップなんか、原始生活に叩き返せ（"Bomb them back to the Stone Age!"）」と皆を煽動、力まかせの殲滅作戦を指示した。

　　標的　東京市街地
　　時刻　深夜12時すぎ
　　種類　焼夷弾
　　高度　1,500メートルから3,000メートル
　　付記　後尾20ミリ機関砲を取り外し、爆弾搭載量をふやせ

　アメリカ軍はこれよりさき意識して敵国民間人を狙ったことはない。日本軍もこの区別はやかましく、パールハーバー軍港攻撃に際しても隣接するホノルル市街には1発の爆弾も落とさなかった【落ちたのはアメリカ軍の迎撃高角砲弾である】。

爆弾には鋼鉄を貫通するもの、広範囲に炸裂するものなど様ざまな種類がある。焼夷弾は、周知のように放火用。

　また攻撃時刻が夜間であれば日本軍の対空砲手も迎撃機パイロットも盲目同然になるからアメリカ軍飛行士は、より安全。むろんアメリカ軍にとっても何も見えなくなるが、これにはレーダー使用を上まわる次の奸計があった。

　3月10日、灯火管制下の東京では何ひとつ動くものはなく、上空から見ても一面が暗黒の世界であった。それを承知の先導2機がまず到着した。うち1機は地形レーダーを頼りにおよその見当をつけ、金魚がウンコをするように焼夷弾を一つずつ落としながら飛んだ。その航路と直角に交差して、別の1機が同じことを繰り返す。東京湾や荒川放水路、および付近の田んぼに落ちた焼夷弾が発火しない一方、木造家屋は燃えて火の手を上げた。その結果、先導2機が飛び去ったあと地上には一辺8キロの長さのX印が燃え残った。

　そのX印を目当てに後続279機がM-47型火炎弾2,000トンを蹴り落とした（"The Rising Sun：The Decline and Fall of the Japanese Empire, 1936-1945," John Toland, 1970）。

　浅草・墨東地区は阿鼻叫喚の焦熱地獄と化した。

　発火筒そのものは1本50センチの長さ、毛布で覆えば消えることもあるという。しかし午前0時をまわった真っ暗闇のことであり、空中で1個の焼夷弾から60本ものナパーム発火筒が弾き出されたから防空壕に入ったままなら蒸し焼きになり、外へ出ても火の手に囲まれた。火は火を呼び、周辺の空気が寄り集まって火の嵐が渦巻いた。上空のアメリカ軍飛行士ですら「お互いに火照り、人肉の焼ける異様な臭気に吐き気をもよおし、吐瀉物で機内の床がドロドロになった」と記録するありさまだった。

千葉県の松戸基地からは夜間戦闘機・月光や彗星が飛び立った。敵機さえ発見できれば少なくとも刺し違えできたかもしれないが、多くは見つからない敵を探し求めるうちに燃料が切れたもようである。その夜の民間人の被害は甚大であった（後掲表１、第６章）。

　夜が明ければ３月10日、陸軍記念日であった。記念日景気づけの予定を変更しなかった陸軍軍楽隊は、多数のケガ人が右往左往する間を縫って銀座で大行進をした。凶報を聞いた天皇は３月18日、焼け跡を巡視して心を痛められる。

【空襲翌日の３月11日、日本政府は海外向け日本放送協会の短波放送を通じ、無防備都市の無差別攻撃は1907年ヘーグ条約違反のみならず、人道上許せない虐殺行為であると抗議した】

　いかに「戦争」といえども人類共通の暗黙の了解は存在する。戦略爆撃 Strategic Bombing ということばの響きはよいものの、内実は都市住民の組織的な焼き殺し、人類史上前例のない大規模放火であった。しかしアメリカ市民は敵国首都の焼き討ちを喜んで、やんやと喝采を送った。

　そこでルメイは間断のない回転攻撃に移る。1回の出動機数、300。ただし重爆撃機 B-29 の破壊力は凄まじく、その１機でパールハーバー海軍基地攻撃に参加した日本の全艦載機300機にほぼ等しかった。

　B-29 の大群は夜になると起き出してきては動けない都市家屋を焼いた。そのつどスカウト機が先導、闇の中に浮かぶ燃える目印を付けてまわった。東京の翌晩３月11日には名古屋、13日夜は関西の堺、田辺、14日夜は大阪、尼崎、ついで神戸……。毎晩のように放火は続いた。４月13日夜と15日夜は、また東京の番であった。

　悲報がつづいた。

4月1日、アメリカ軍18万が【島民に対する降伏勧告も立ち退き通告もなく】ついに日本の本土、沖縄に上陸を開始する。
【沖縄では1週間ものあいだ連日の艦砲射撃と空爆で構造物はすべて破壊されていたから残敵掃討2週間の予定であったという。しかし迎え撃った日本軍2個師団4万はその後2カ月以上も抵抗、6月23日に司令官牛島満中将が自決して終わったこの沖縄戦では日本側は義勇兵を含めた9万名と一般島民10万人が死に、アメリカ側も司令官バックナー中将ほか陸軍7,400名、海軍5,000名が死ぬ（『世界全戦争史』松村劭2010年）という大激戦になった。逃げ場がない地下壕に隠れこもった人間に対し、さながらゴキブリであるかのようにガソリンを注入して火炎放射器で焔を吹き込んだり、あるいは執拗に手投げ弾を投げ入れたりする手法についてはアメリカ報道陣も、さすがに公言をはばかった。アメリカ人大衆もその残忍さをよく知らず、われわれ日本人が知るのも年月を経たのちのことである】
　沖縄に敵軍の上陸を許した責任を取ると称して在任8カ月の小磯内閣が総辞職したあと、どちらを向いても損なのを覚悟で首相を拝命した78歳の老人、鈴木貫太郎は4月12日、アメリカ大統領ルーズベルト急死の報に接し、海外向け短波放送でアメリカ市民に対し、「偉大なる指導者の他界を衷心から悼む」と弔意を表明した。
【かといってアメリカの態度が軟化したわけでもなければ和平の申し出が、ただの1回でもあったわけではない。アメリカ世論は今こそパールハーバーの復讐を果たし、アメリカ様に手出しでもしようものならどうなるか、見せつけてやれと興奮していたし、アメリカ政府は中立国を通じて届く日本の和平打診を握りつぶした。和平打診があると公表されたのでは、日本を徹底的に破壊することができなくなるのであった】

【少なくとも日本海軍の戦力は、すでに殲滅の憂き目に遭っていた。「守るも攻めるも、くろがねの」と誇りをもって歌われて、1922年軍縮会議以前には一時期アメリカ海軍をも凌駕した日本艦隊は戦艦12、空母23、巡洋艦38、駆逐艦144、潜水艦140隻が乗員もろとも姿を消していた】

【そして史上最大（ギネスブック）、日本最後の戦艦・大和が瀬戸内海柱島の碇泊地を出て沖縄に向かう途中、4月7日、雷撃機・爆撃機・戦闘機累計526機のアメリカ軍飛行機に包囲されて複数方向から同時に魚雷と爆弾と砲弾でなぶり殺しにされて沈むと、そののち日本列島は、アメリカ海軍艦艇と敷設機雷とで包囲された】

【ALL JAPAN IS CUT OFF―B-29 Mines Blockade Every Port（The New York Word-Telegram, August 3, 1945. Yahoo.Com.USAで買える古新聞がある）】

【包囲された本土内では重爆撃機による都市住民と住居の焼却作業は夜ごと続けられた。とりわけ人口600万の東京については100回余りの攻撃を数えた5月23日と25日の夜襲のあと「東京は、もう、人の住める所ではなくなった」とルメイは笑みを浮かべながら、爆撃リストから抹消した、という】

広島で朗は15歳、授業も試験もなく、校舎にはもう1年以上も足を踏み入れていないのに中学4年生となった。

動員先の旭兵器は分工場を新設し、朗と他の生徒20人ばかりを配置換えにした。朗の盟友・江川と、江川の同宿者・榎木、朗がまだ怖がった松井、それに軍医の息子・中川も一緒であった。

分工場は市外、地御前村の埋め立て地にあり、日本三景の一、厳島と斜めに向かい合っていた。

それで朗は毎日、広島市内北東の八丁堀から電車に乗って市内を横断し、西端ターミナルから郊外電車に乗り換え、さらに海岸沿い45分の距離を通うハメになった。

　スピードの速い郊外電車は途中、母・イトの実家がある五日市町に止まり、また地御前に止まったあとはすぐに終点、宮島口に着いた。宮島口からは連絡船に乗らなくても海中に立つ朱の大鳥居が見えた。厳島神社は1185年、いまの下関市近くの海で滅んだ平家、とくに平清盛がお気に入りの祈願所であった。

　地御前工場は精密器具、正確には13ミリ機銃弾ゲージを製作した。それで騒音、振動、煤煙、臭気がまったく存在せず、工場というよりか、研究所に近かった。働く者も朗の仲間が主体で、ほかには指導監督の工具が数名いるだけだった。

　中学校生徒は忠実に新しい任務に従事し、指先に全神経を集めて板ゲージを扱い、明るい日差しの中で目を凝らした。

　そのゲージというものには一見おなじ幅の開口部が二つあったが肉眼では見えない許容製作誤差がふくまれており、どこかの機銃弾製造工場で一方は通過、他方は通過不可とする寸法検査器だった。

　身の危険は瀬戸内海地方でも日、一日と迫った。

　5月、敵機の大編隊が地御前工場の上を通過する。急造の工場敷地に防空壕はなかったので生徒らはガラス張りの建物から走り出し、防波堤の下にしゃがんだ。

　西南、宮島方面から大きくひろがった隊形で4発重爆撃機が東に向けて低空を飛ぶ。その後方でドスン、ドスンと天地をゆるがす轟音がひびき、見るからにネバついた黒煙が立った。

　15キロ離れた大竹製油所が被爆中だった。なけなしの石油が燃える。朗らの地御前工場は小さすぎたのか、目標ではなかったのか、

コンソリデーテッドB-24は目の前でゆうゆうと、隊列ごとに、海中に立つ朱の大鳥居の上で南へ転回した。
　乗組員の顔が見えるかと思える近さであった。
　もう安全だと分かるや否や生徒たちはこぶしを振り上げて「コンチキショー」とか、「バカヤロー」とか悪態をついた。しかし武器がなければ戦いようがない。
「戦闘機が来ればいいのになあ。早くしないと皆、逃げてしまうのに……」
　疲れて黙り込んだ仲間のだれからともなく嘆声が洩れた。
「お前、知らんのか。もう日本には飛行機も戦闘機も残っていないのだそうだ」
「ちがう、ちがう」。否定の声も上がった。
「ぼくの兄貴が軍の秘密だと、こっそり教えてくれた。飛行機はまだたくさんあるが、本土決戦用に隠してあるんだ。心配するな」
「さぁて……どうかな」
　指導員のおじさんが立ち上がりながら皆を見まわし、それからゆっくりと目の前を低空で去りゆく大編隊を指で示した。
「あれは何かな？　ここは、本土じゃなかったのかな？」
　返すことばもなく水中に突っ立つ皆の足に小さな波がチャボ、チャボと、まとわりついた。もう勝てる見込みはまったくない。絶望的なのではなく、絶望そのものだった。
【実際には日本に飛行機は残っていなかった。沖縄を守るためだけにも7,852機にものぼる数が失われていた。もう軍艦がないからとて代わりに航空戦力を出しきった海軍機が大半で、その中には鹿児島県鹿屋基地などから発進した特攻機が2,392機も含まれていたが、ヨタヨタ飛ぶ老朽機は防御陣の餌食になるばかりであった】

6月に入ると、呉軍港が攻撃された。
　呉市は地御前工場から東に30キロ離れていて江田島の向こう側に位置し、直接には望見できなかったが空の一角に煙の幕がかかり、その幕の内外を小さな無数の黒点が、さながら花壇に群がるミツバチかのように忙しく飛び交った。ゴマ粒のような機影がキラリ、キラリと金属製の翼を太陽光に反射させながら打ち上げ花火の閃光と煙霧のあいだを縫って幾度となく急降下してゆき、しばらくして急上昇すると、また見えなくなった。
　わが国土が、ついに戦場となったのか。
　朗は感無量、級友とともに防波堤の上に立ちつくした。
　できることなら飛びたい。両手をこう拡げ、空飛ぶ鳥のように。そうして助けに行くんだ。右に左にバッタ、バッタと敵機を素手でたたき落としながら……。
【呉軍港を攻撃したのはアメリカ海軍空母の艦載機であった。大竹製油所を爆撃したのは沖縄に進出してきた第7空軍だった。七つの集団が日本本土を空から攻めた。第5空軍も沖縄から行動を起こした。第8空軍はドイツ戦線を終えて沖縄に移動中だった。第9空軍はイタリア戦線を終えて南洋群島に移動してきた。第10空軍と第14空軍はシナ大陸から北九州を爆撃した。ただしこれらのアメリカ空軍は、昼間に出撃して軍事施設を目標とした。唯一、マリアナ諸島に根拠地を置いたB-29の集団、ルメイの第20空軍だけが夜間、闇にまぎれて都市に放火した】
　そのころ日本政府は、よもやアメリカ軍が計画的に住居を焼き払っているとは信じなかったらしく、延焼防止の手段を講じるよう各市に通達し、広島市当局も防火地帯を設定した。
　広島は1590年以来、毛利輝元の城下町として発達してきたので

市内は密集住宅地であった。それが郊外の工場地帯被爆の際、市内に延焼して全面類焼することのないよう地図の上で線を引き、その線上の家屋を強制撤去、間引くことにした。

その線の１本が八丁堀電車通りの西側、朗の生家、良一の工場と徒弟寄宿舎の上を走った。

聞かされて母・イトは、卒倒した。良一は青スジを立てて怒り、町内会長の家に怒鳴り込んだ。だが、いつもは小心で臆病者だと思われていた洋服店主はメガネを外したり、掛け直したりしながら必死に抗弁した。自分は連絡しただけである、自分の店はたまたま東側だから残ったが自分が工作したわけではない、立ち退きは河内さんだけでなく町内の半分の西側全部である、もともと宣戦が布告されているゆえ政府は私権を排除できるのだ……と。良一は、肩を落として帰ってきた。

立ち退きは、至難の業(わざ)だった。

まず移転先がない。人手がない。時間もない。逆に、もろもろの義務と責任があった。陸軍トラックの修理・保全はすでに事業ではなく、期限付き無償の国家奉公となっていた。そこで別々の命令系統が衝突しはじめ、良一の一家は市行政と陸軍の運輸担当とのあいだで板挟みになった。市当局からは早く立ち退けと矢の催促がくる。一方、陸軍将校は連日監視に来て移転は相ならぬと反対し、これも早く修理納入するよう督促したが、また同時に次の仕事も持ってきた。陸軍は陸軍で、本土布陣に大わらわなのだった。

良一が仕事打ち切りを申し出ると「きさま、軍に反抗する気か」と将校は軍刀に手を掛けた。良一もスパナを握りしめ、「おもしろい。やれるなら、やってみろ。お前が車をなおすのか」と毒づいた。イトはおろおろして良一に縋り、将校をなだめ、市役所の役人に頭を

下げた。口げんか、論争、主張が毎日のように繰り返されて、それでなくても貴重な時間がさらにムダになった。

　刻一刻と迫る戦線は皆を混乱させた。

　広島の人たちは全員、乳呑み児も含め、胸に名札を縫い付けて防空頭巾を持ち歩いた。

　防火地帯から家屋を取り壊し、撤去するため市役所は一世帯一人の労働提供を言い渡す。自分の家が火の車であるにもかかわらず、イトは勤労奉仕に参加しなければならなかった。弁解は通じなかった。出欠は、隣組単位で監視された。朗に母の身代わりはできなかった。朗自身、工場を休めなかった。

　政府通達のもと、市当局は労働力確保も図った。働けない者だけ市外に疎開してよいが、働ける者は転出禁止。だれが転出していいか悪いかは、ひとりひとり皆が持っている物資配給通帳からすぐ分かった。手続きを経ないで勝手に移転しても通帳がないと移転先で食料品はおろか、衣料その他の生活必需品いっさいが配給停止になる。したがってまともに疎開できる者は、幼児と老人だけだったが、これがまた二律背反の問題だった。幼児だけ、または老人のみというのは収入もないし、自分の身のまわりの世話も自分で出来ない。だから疎開してもいい者が、すなわち疎開不能者なのであった。

　こうして戦前人口40万人の広島市はまだ空襲を受けなかったが、これら動くに動けない老幼と、それぞれ家屋の外で働かねばならない動く人たちでいっぱいだった。市内に軍隊は居なかった。広島城跡の兵舎はからっぽだった。憲兵などは姿を見たこともない。戦争も生活の延長である。絶望と狂騒のなか、歯医者は相変わらずムシ歯を抜き、巡査は交通整理に当たり、銀行員は札束を数え、皆それぞれ自分の持ち場で責務を果たしていた。

7月31日、数度繰り越しのあと朗の家の立ち退き期限が切れ、これも勤労奉仕に狩り出された子どもたちの一団が強制執行にやってきた。

引率の教師が家の柱を数本、鋸で切り、軒と棟に掛けたロープを子どもたちが寄ってたかって引いた。

屋根瓦がバラバラ落ちたが大きな木造二階建ては動かなかった。先生が家の中に入ってまた数本、柱を切った。子どもたちはまるで運動会の綱引きゲームかのように掛け声を合わせて引いた。家はぐらぐらしたが倒れなかった。イトが「私の建てた家だもの。そう簡単に倒れるものか」と変な見栄を張った。

何回か繰り返しのあと軋る音、割れる音が騒然と沸き起こるなか家屋は倒れ、土ぼこりが嵐のように舞い上がった。

ほかの家が助かるためにわが家が犠牲になる。

13歳の弟・繁と二つ下の優は手をブルブル震わせていた。7歳の妹・美代子は母にすがってボロボロ涙を流し、生まれたばかりの弘子は乳母車の中で何事が起きたのかとキョロキョロ辺りを見まわした。4歳の妙子が大声を上げた。「おかぁーさあん。どおーしてワタシのお家をみんながこわすのよー。おかぁーさあん。今晩はどこに寝るのよーお」

イトは広島城跡の北、八丁堀から北500メートルの白島町に空き家を3軒借り、そのうちの2軒に家財道具を押し込んだ。それから運転手や若い衆を励ましてタタミや工場のトタン戸板を市の東南・仁保町の自家用戦時菜園に積み上げた。良一は路上で軍用トラックの修理に取り組んだ。

永年勤めた女中スミには暇が出された。イトは自分の琴、お茶の

道具や生け花の道具一式などをスミに与えた。花嫁衣装はいったん自分の膝の上に置き、撫でながら、つぶやいた。「私の時代は、もう過ぎたのかもしれない。思えば短い15年であった」

　それからイトは顔を上げ、スミを見詰めた。「おスミさん。よう勤めてくれた。あんたはこの家で大きくなった。できることなら私が親代わりで、ここから嫁に出したかった。でも……いい人を見つけて平和な山の中で、しあわせに暮らしなさいね」

　自動車工場の機械設備はそっくりそのまま倒された屋根の下に埋もれた。良一も、忠実であった若い衆に暇を出した。一時は10人にもおよんだ数の住み込み見習い徒弟も3人に減っていた。

　一家は収入源を失った。しかし直ちには困らなかった。おかねの値打ちが少なくなっていた。配給制度も、日本全国の社会制度も、ともに崩壊途次にあり、人間の生命をもふくめて価値という価値が失われ始めていた。

【8月までに日本の都市で焼失したもの100を越え、500万人もの数の被災者が住むに家なく、日本中の焼け跡を右往左往した】

　広島の人たちは皆それぞれの持ち場で空襲を待ち受けた。人口順で全国第7位であった広島の番はまだで、ふしぎなことに、はるかに小さな町がやられていた。警報のサイレンは頻繁に鳴った。ラジオ放送は続いていたが「最後の一人まで戦おう」と激励が入るほかは「敵100機、豊後水道を北上中」とか「高松地方に警戒警報が発令されました」とか、アメリカ軍の交通情報ばかりとなった。

　強制移転のために通勤距離が延びたが朗は毎日、ゲージ作りに通った。父・良一は累積した疲労、睡眠不足、栄養不足から病に罹り、床に臥した。母・イトは雑用に忙殺されたが小さい子どもらを叱咤して6キロ離れた家庭菜園に通った。

地御前工場の動員学徒の中から朗の級友、軍医の息子の中川が海軍兵学校を受験し、受かった。

　兵学校は日本に一つしかなかった海軍将校養成所であり、広島湾の江田島に校舎があった。
　級友が集まって壮行会をもよおすことにしたが、万事このほうが都合がよかろうと、逆に中川の家族に招かれた。地御前の近くの廿日市町に出征軍医の留守宅一家は仮寓していた。朗は江川や榎木とともに工場からの帰途、寄った。
　朗が同じ小学校から来た中川と、中川の父の軍医の上海みやげのチョコレートの塊について仲間に説明するあいだ中川の母が夕食を調理し、姉が配膳してくれた。ところがこの姉を見て、少年たちは息をのんだ、「世の中にはこんなキレイな人が居るのか……」と。
　ウィーンとやらいう所から帰国した女は「男女、席を同じうせず」制度のもと「質実剛健」の校風を叩き込まれた少年たちには眩しかった。話しかけられると男の子らは真っ赤になって下を向き、そのくせ目が痛くなるほど横目を使って女を盗み見ようとした。
　中川は「あっちへ行ってくれ、あっちへ行ってくれ」と追い立てたが姉は弟のために座を取り持っているつもりだったらしい。壁を背に、狭い6畳に入ったお客は束髪・モンペの戦時服装に逆らった娘の白いふくらはぎに、妖しい色気を感じた。
　お客は「勝って来るぞと勇ましくう……」などと軍歌を斉唱したが、女はローレライほかドイツ歌曲を歌ってくれた。「玉が転がるような」とはこのことか。初めて身近に聴くソプラノに感激する男の子たちの前で、とっておきの黒いドレスに真珠の首飾りを巻いた白い肩の上でクリ色の縦巻き髪がふさふさと揺れた。

その夜、朗たちは市内電車の終電に間に合わず、西端の駅から白島まで線路伝いに歩いた。灯火ひとつなく、代わりに満月に近い月が皓々と道路を照らす。

　八丁堀・金座街の交差点にそびえる新築8階の福屋百貨店のタイル壁一面がしらじらと月光に映え、想像画に描かれた冷たい死の月世界を連想させた。

「あそこではフワフワ飛べるんだそうな」

　歩きながら榎木が月面の事情に触れた。朗は雑誌『子供の科学』で読んだ話、事故のため地球に戻れず、骨に皮が張り付いたミイラが舵輪に手をかけたまま、無限の宇宙空間を永遠に漂うくだりを思い出して、背筋に寒さを感じた。いつか、そんな日がほんとうに来るのだろうか……。

「中川が海兵に入るなら……」と、江川が口を開いた。「おれは陸軍士官学校だ」

　ゲージを造っていても間に合わない、殺されるために一日、一日を生きているようなものである、ならば一日でも早く戦線に行こう、と江川は言った。

　あくる朝、朝食の支度をしていた母に、朗は自分も士官学校予備学生を受験する、と告げた。イトは瞬間凍りつき、ついで何かが床の上で大きな音を立てて割れた。

「お前はまだ16歳になったばかりではないか」

　イトの両眼には早くも涙があふれ出た。しかしすぐ気を取りなおし、持ち前の勝ち気な議論になった。いわく、お前ひとりで形勢が逆転するわけではない、まだ年上の男が居る、どうせお前の番が来る、戦争だって永久に続くものではない……。

朗はいちいち反論した。予備学生は陸軍士官の養成所で、戦闘に参加する一番の近道であり、国のために死ぬのは義務である……などなど。
　そうやっているうちに良一が病床から起き出して来た。良一は平素から議論と言い訳を憎み、近年とみに口答えの回数が多くなった長男を持て余していた。それでいきなり朗の頰をバシッと平手打ちにして「大きな口をたたくな！」と怒鳴った。
　それから朗が泣きベソを搔くと声をやわらげ、「それ見ろ、弱虫が……。お前のような弱虫に来てもらって、軍隊が喜ぶとでも思うのか。バカめ」と言いながら朗の頭の上に、興奮してまだ震えている自分の手を置いた。

　その日、勤め先の工場で、ゲージ研磨面を太陽に透かして検査する眼の視野に、遠く宮島の海面が入った。
　そして朗は、小学校６年生の夏を思い出した。
　みんなが遠泳でここを泳ぎ渡ったのに朗は怖くて、ついに逃げおおせたが、そのあとの死ぬような屈辱感。情けない。今でも恥ずかしい。だが今も対岸まで泳ぎ渡る勇気はない……。
　朗の横で江川が口笛を吹いていた。士官学校を受験する、受かると決めて楽しそうだった。
　彼は背も高く、あだ名「ライオン」にふさわしく力もあるし、加えて明るい性格だった。ユーモアに優れた性質があり、何か失敗しても終わりには叱るほうが笑い出した。美男子であり、好男子でもあった。「えらい奴だ。あのようになれないかなあ」と常に私淑していた朗は、江川こそ軍隊に歓迎されても自分は試験に落とされて、またまた恥をさらす……と悟った。

夕方、家に帰ると良一が待ちかまえていて「墓参りをするから付いて来い」と命じた。墓は大手町５丁目、電車道から少し西へ入ったお寺にあった。

　お盆の時節であった。明かりが灯った燈籠が夕闇の中に浮かび、線香の香りが暮色に溶ける。

「これは死んだあと皆が一緒になるという意味だ」と言いながら、良一は墓石のおもてに刻まれた俱会一処という字を撫でた。裏面には何とか衛門とか古めかしい名が並び、それから祖父・万次郎、祖母・ワカノなどの名前が続いた。

「知ってのとおり、先祖は武士である」良一は、いつになく饒舌に説教をした。

「むかしは士農工商と言ったが、これは階級差別ではない。私は職業別分類だと思う。みんなは武士が一番偉かったというが、それは物事を損得で判断しないで倫理を基準としたからだ。お前たちのことばで言えば『理想主義者』なのであろう。損だと分かっていても、武士は、自己の信念に従って死んだ。だから私も何が何でも生き延びようとは思わないし、また、こう情勢が不利になれば、いつ死ぬかも分からない。もし、お前が先に死んだらここに入れてやる。もし私が先だったら私もここに入るがお前は長男だから、あとは頼む。わかったか」

　二日後の８月５日、西白島の仮住まいに客人を迎えた。

　伯母・船越（ふなこし）とその娘・初江が、ほんとうは引っ越しあとの片づけ手伝いに来たのだが、家の中には荷物や段ボールが積み上げられていて整理するどころではなかった。

　船越の伯母はイトの姉で、十日市町（とおかいち）の瀬戸物問屋に嫁いでいた。朗の弟妹は伯母手づくりのおはぎを喜んでたいらげ、おなじ年ごろ

の初江とカルタをして遊んだ。日曜日で朗も在宅、仕事がなくなった良一とともに久し振りで一家がそろったうえに親戚が加わったので、賑やかに話がはずんだ。
　良一は船越の伯母に「義兄さんと、あなたのお陰で、わずか15年でしたが随分、繁昌しました。ありがとうございました」と礼を述べた。イトの頼みを入れ、多額の創業資金を融通したのは手広く商売をしたこの船越の伯父・伯母だった。
「さて、こうなると、壊された工場から機械を掘り出すのも大変だし、どうすればいいか、まだ思案は付きませんけれど……」と良一が話すと、伯母は目がしらを押さえた。
　伯母ワイは、非常に涙もろかった。長身で上品な、おとなしい人だったが嬉しくても悲しくても、すぐ涙になった。
　３年前、朗が広島一中に合格したときには紺の制服を新調してやりながら「だれでも入れる学校ではない、私は嬉しい」と言って泣き、洋服屋で朗を困惑させたことがある。立ち退きさせられて、どうしているか案じて訪れたその日は「かわいそうに。自分たちの家を壊されて……、狭い所に押し込められて……、今からどうなることか」と泣き続けた。

　長い夏の日がようやく傾き、再び灯火管制の真っ暗な夜が来る前に訪問客は帰った。
　白島の電車起点まで歩いて見送ったはずのイトの声がしたので朗は２階で耳を澄ました。尖った声は、どうやら弟ふたりを叱っているようすであった。
「シゴをしろと言ったでしょっ！」
「だからシゴをしたんだよ。見てよっ」

植木もない小さな裏庭で羽毛をむしり取られた雌鶏が一羽、けたたましい声を上げながら羽毛の嵐の中を走りまわっていた。
「しめろ、と言ったでしょっ！」
「だから二人で首を絞めたんだ。バタバタするし嚙み付くし、難しかったよ。でもニワトリのやつ、苦しがって目をシロクロさせるだけだったよ。もう良かろうと思ったから放してやったんだ」
「このアホ。こ……殺せ、という意味だったのよっ！」
「でも、殺せとは言わなかったじゃないか！」
　鶏卵ひとつ茹でるのにさえ、そこで失われる生命を連想して心を痛めるイトは、自分が手ずから飼ってきたニワトリを哀れみ、今晩それを食べるのだ……と説明しきれなかったのであった。
　それから朗は三輪自転車に母を乗せ、6キロ離れた仁保町の家庭菜園へ行った。
　日暮れであったが日曜でないと手伝う時間がない。父がドイツ軍のサイドカーを見よう見まねで作った三輪自転車は、荷物もたくさん積めて非常に便利であった。その荷台の上でイトはまだプンプンしていた。そして夜目に手探りでジャガイモを掘って帰ると、また母を立腹させる事件が待っていた。
　遅くなった夕食の支度をしようと鍋の蓋を取ると、鍋の底にはニワトリの骨格標本が鎮座していたのである。
「肉は、どこ？」
　ローソクに火を灯し、声をひそめて母が尋ねた。密集住宅地区の白島に移ってからは、一家は、隣近所をはばかる癖がついた。とくに灯火管制の夜は静まりかえるので大声は出せない。
「あ・そ・こ」と言いながら、繁が優の腹を指差した。
「ちがう。こ・こ」と説明して優が繁の胃の上をポンポンとたたき、

ニワトリが煮えたかどうか、試してみようと言い出したのは兄貴だ、と付け加えた。
　蛋白質に飢えた子どもたちが、ひとたび肉片を口にして我慢ができなくなったのだと悟った母の声色が変わった。
「ではニワトリの茹で汁でジャガイモでも煮込むことにしよう。お汁はどこ？」
　質問が終わるまえにドタドタと足音が走り去った。
　母は激昂のあまりにローソクを取り落とし、真っ暗になった台所で「あ、痛っ！」と悲鳴を上げ、それから「バカもの！　皆は何を食べるんですかっ！」と、もの凄いけんまくで叫んだ。一家8人の顔がそろう日のために、6カ月ものあいだ飼ってきた、たった一羽のニワトリだった。
　2階から父が「おーい、明日にしたら、どうかのぉ」と遠慮した声をかけたとたん、警戒警報のサイレンが鳴り出した。

　警戒警報は、低い唸りから次第に音程が高くなり、1分間つづく。空襲警報は、高いピッチのまま心が凍るようなスタッカート、とどろく断続音の繰り返しであった。
　3人のひもじい妹たちも目覚めたが、小さな借家には犬小屋くらいの大きさの防空壕しかなかったので壕に入るのを諦め、服装を改めたままフトンに横たわった。
　着のみ着のまま、けじめのない生活が日常となりつつあった。寝て眠らず、食事の時間になっても一家が食べるものは揃わず、焼け出されるか、または死ぬのを待つだけの日常だった。
　今夜こそ焼け出されるか……。
　暗闇の中で母がまだ怒りを鎮めえないでいた。「よーし、こんど

こそ承知しないから。ここでは隣近所がある。あした、仁保の畑でお仕置きするから……。あそこで泣きたいだけ泣けばいい」

　夜のしじまを衝いて市内各地の警報サイレンがこだまする。落ち着けないまま朗は外へ出てみた。

　警報が終わると不気味な静寂があたりを押し潰す。少し欠けた月が中天に懸かって皓々とかがやき、人の行き来が途絶えたアスファルトの街路がしらじらと浮いた。大きくひろがった水色の夜空のもと、ところどころ月光に反射する瓦屋根が連なって、無燈火の灰色の町が身を固くしていた。

【このときはるか南の島で、神父から「神よ、御身と共にあれ」と祝福を受けた6機のB-29重爆撃機が、片道6時間の特殊爆撃行に進発すべく轟々とプロペラ音を立てていた】

第2章

広島市・1945年8月6日

　いつもの夏の朝とおなじく8月6日は明けた。
　空には雲が少なく、今日もまた油照りの暑さになるのかなぁと、睡眠不足の朗はウンザリした。
　月曜日であった。旭兵器・地御前工場に行くため家を出ようとしたとき再びサイレンが唸りはじめた。
　警戒警報を朗は無視した。そのつど退避していては仕事にならないので皆、けたたましい空襲警報にならないかぎり、持ち場を離れない習慣になっていた。
　ただサイレンに起こされたのか、出征した父親の顔も知らない隣家の乳呑み児が、火のついたように泣き出した。母親は慢性栄養失調のためか母乳が出ないということだった。まだ日本のどこかに乳牛はいたはずだが輸送網が寸断されていたのでミルクは手に入らない。売っていない。「よしよし」とあやす若い声は、いつも途中から涙声に変わった。
　ひっそりとした白島町の住宅地域を歩きはじめると、両側の家から鍋釜の音や子どもをたしなめる声が聞こえた。朝ごはんだな、何を食べるのかなあと気にしながら、茹でたジャガ芋を食べたばかりの朗はゴクリと唾をのみ込んだ。まだ食べられる……。

成人一日の行動に2,400キロカロリーが必要と言われたが配給は1,600キロカロリーと計算され、それが全部内地米ならまだしも、なかなか口になじまない外米とか大麦、ヒエに大豆が当てられた。雑穀は、腹もちがしなかった。加えて腹いっぱい食べたことがないという窮乏感が常時、まといつく。朗は1センチずつ新しく穴を開けてきたベルトをまた締めなおした。

　少し行くと白髪を櫛けずってキチンとみなりを整えた老婆が道路を掃いていた。垣根には青いアサガオが打ち水に洗われて、しずくを落とす。北村という家であった。小学生くらいの男の子がバケツを両手でさげて裏木戸を背中で押しながら出てきた。そして老婆に空の一角を手で示す。老婆は見ようとしたが腰が伸びないので横を向き、顔を横にひねって空を見上げた。

　青く澄んだ空高く、ひとすじの飛行機雲が走り、その先端に小さな白い十字が見えた。アメリカの爆撃機であった。

　広島の上空にいろんな航跡が入り乱れることはもう珍しいことではなかった。アメリカ軍航空機は飛行機雲を曳きながら高い空を思いのまま飛んだ。その朝もただ1機、さえぎるものがない大空を滑るように動いてゆき、少し離れたところから白い雲が湧いては消えた。そうして忘れかけたころに爆音が地上に届いた。

【広島市記録　8月6日午前0時25分空襲警報発令、午前2時10分空襲警報解除、午前2時15分警戒警報解除、午前7時9分警戒警報発令、午前7時31分警戒警報解除。この最後の警戒警報が出された対象がStraight Flush号と名づけられた天候観測用B-29で、ヒロシマの上空に雲なし、と打電した】

　飛行機には尽きせぬロマンと興味があった。国鉄・広島駅の北に雑草で覆われた広大な東練兵場があり、そこで数年前までは陸軍複

葉機が発着訓練をした。りりしい飛行服姿、薄青色の排気ガスの匂い、回転数を上げるエンジンの轟音、重そうな機械がふわりと空中に舞い上がる事実……、これらが少年を魅了した。朗たちは餌食をうかがうハイエナのように周囲をグルグルまわり、なんとか停止中の飛行機に近寄ろうとしては追い払われた。1903（明治36）年、初めて100メートルの距離を飛んだという飛行機は、その後急速に発達し、いまやまったく人間味がなくなった……と思いながら朗も空を見上げた。1機の場合は気象観測だと聞いていたが、気象観測をして何の役に立つ？　何のためだか、朗は無知だった。4発大型機はまもなく紺碧の空に溶けた。

　定刻7時半、白島の起点から市内電車に乗る。市電は南下して八丁堀で東西横断線に接続し、紙屋町、相生橋を経て8キロ離れた西端ターミナル・己斐で終わる。そこからは宮島へ向けて郊外電車であった。

　仕事には少し早い時刻なのか数人の乗客で電車は出発し、車掌がよろけながら来て朗のキップにはさみを入れた。
「やぁ、おはようさん。こんなに早くどちらまで？」
　朗は反射的に車掌を見上げたが、おじぎをして答えたのは隣の年寄りだった。
「おはようございます、秋山さん。今日はねぇ、ちょっと陸軍病院へ行こうと思って。そら、あの甥ゴですよ、右手を無くした……」
　電車はガタゴト転がっていたがまだ街の騒音が少なかったので、すぐ隣の会話はいやおうなしに耳に入った。

「そう、そう。聞いた、聞いた。技術者になりたいと言ってたね。調子はどう？」

「それがねぇ……右腕がないんじゃねぇ。ダメかもしれないと言ってねぇ……えらく気を落としてねぇ」
「ふーん、そうか。気の毒なことにのう」
「ところで秋山さんとこのお嬢ちゃんは？」
「心配はいらんと思いますよ」
　車掌は片手で吊り革につかまりながら年寄りのほうに小腰をかがめ、空いた手で白いものが目立つ長いひげをしごいた。
「会いに行ってやろうとは思うんだがね、忙しくて……」
「そうですわね。むずかしい時ですものね」
「なあーに、もう小学校５年生だし、学校の友だちと一緒だし、お寺に寝起きするのは林間学校とおんなじだとか言ってさ、喜んでますわい。そりゃあ、ときには親恋しいかも知れんけど、なんといっても親切な田舎の人に食べさせてもらっているし。私の相棒はね」
と、言いかけて運転手の背に目をやった。
「気の毒なもんですよ。３人も子どもがいるんだがね。みんな小さいので親を離れることができん。行く所もないと言ってね。それで親子ともども、日干しでさあ」

「どちらが良いんだろうねぇ」
　女の人はあきらめ口調でつぶやいた。
「そりゃあ食べ物があるほうが良いに決まってまさぁ。ここが危ないから娘をやったんじゃありません。ここにゃあ、なあーんにもありゃあ、せん。兵隊さんは山の中、工場は遠いし、敵さんだってメクラじゃあるまい。だからですよ、何度来ても爆弾ひとつ落とさないのは……。落としてもしょーがない、そうでしょー？」
「いえ、ちがいます、秋山さん」

女の人は激しく首を振った。「東京も大阪も神戸もぜんぶ焼けた。私の親戚も何人か死にました。焼かれた町にも、何もなかった。あったのは人と住まいだけでした。人を殺しているのに違いない。アメリカ人は私たちを皆殺しにしようと……」
「まぁまぁ奥さん、ちょっと。アメリカ人がそんなに非道とは思わんがな。皆殺しなんて、するはずがない。アメリカ人だって、きっと、人の子だよ。軍人じゃない人を殺すのは犯罪だと、知ってるはずじゃがねえ」
　いきなり電車の前部でチンチンと警鈴が鳴り、運転手が船の舵輪のような大きなブレーキをクルクルとまわした。電車はギギーときしんで止まり、年寄りの女の人が尻すべりに滑って朗に当たった。
　運転手は運転台から首を突き出してだれかを叱っていたが、まもなく電車は再び横揺れしながらゆっくりと走り出した。
「あのなあ、奥さん」
　車掌は言いかけて朗にジロリと目をくれたので朗は慌ててソッポを向いた。車掌は声をひそめて続けた。「私が聞いたとこではね、広島はやられずに済むという話じゃがね。なんでも今度アメリカの大統領になったトルーマンとかいう人のお母さんがね、むかし、ここで宣教師をやっとったとかでね……」
「それ、ほんと？」
「さぁ、よう分からんがのう。それに、広島からは渡米した人が多いから広島はやられん、とも聞くんじゃが……。そうかも知れんのお。広島は６大都市の次じゃけん、やろうと思ゃあ、とっくの昔にやられているじゃろぉ。アメリカ人にも情けがあると、わしゃあ、思う」
「いいえ、とんでもない」

女の人は顔をゆがめた。「100以上の町を焼いたんですよ。ちゃあーんと新聞で数えました。飛行機からの放火は、さぞおもしろいことでしょうよ。アメリカ人は鬼です。焼け出されたらその日から住むところがなくなるのを知りつつ火をつける……じつに残酷な人種にちがいありません。ねえ、秋山さん」
　年寄りはそこで息を継いだが朗は背中に視線を感じた。髪油がプンと匂う。
「私、なにか悪い予感がするんです。広島に何か、大変なことが起こるような……、警報が出たし……、外出するんじゃなかった」
「でもなあ奥さん、家に居てもおなじこっちゃ。東京のようにやられたら、わが手で掘った防空壕の中で蒸し焼きになるだけじゃ」
「おおこわ、そんな不吉なこと言わないで！」
　さえぎった声が震えた。
「おそろしいことを。死なせたくない子どもがいるんですよ、私には！」
「子どもはわしにもあるよ、奥さん。心配しなさんな、と言うとるだけよ。アメリカとて爆弾はムダには落とすまい。心配無用、心配無用……」

　半分は自分に言い聞かせながら車掌は乗車してきた女学生のにぎやかな一団のほうに一歩一歩、足元を確かめながら移っていった。
　セーラー服にモンペ姿の女学生は一年生か二年生に見えた。工場で働くには明らかに幼いが、車内のほかの乗客と同じくそれぞれ胸に名札を縫い付けて、腕には分厚い防空頭巾を抱えている。それに暑い夏の盛りだというのに厚手の木綿製手袋をひもで結び合わせて首から掛けていた。

女の子たちは、楽しそうだった。ふざけて大笑いし、大笑いしながら周囲をうかがって笑いを殺し、それからお互いにしかめっ面を見合わせてまた爆笑した。
「あーあ、のんきなもんだなあ」と朗はなかば呆れながら、それでも炎天下で家屋を引き倒し、指定防火帯からがれきを除去する労働も楽ではなかろうと同情した。
　電車は八丁堀通りを走っていた。朗が育った家も父の工場も、見捨てた家財や機械類の上に折り重なったままだった。
「雨が降らないかなぁ」　隣の年寄りが独り言をつぶやいた。「雨が降れば、爆弾は、落ちない」
　乗客の数は次第に増え始め、やがて車外にブラ下がる人も出て鈴なりとなった。戦時下の広島で、また仕事の一日がはじまる。

　当時の広島市は居住人口において外国の都市ではシアトル、オスロー、エジンバラに相当した。しかもその人口は静かに暮らす人たちではなく、足しげく動きまわる集団だった。予定防火帯から立ち退きを命じられてもすぐさま市外に疎開はできないし、勤労奉仕を命じられても職場近くに引っ越しはできない。住所にもとづく主食の配給制度と、何から何までないないづくしの状態とから、人びとは住居を移転する代わりに自分たちのからだを移動した。農村の人は運搬を手伝うために市内にやってきた。疎開できた人は郊外に移転した。工場で働く人は通勤をつづけた。さらに家探しをする人、家屋を撤去する人たちなどで市内はごった返した。
　市の西端、低い山のふもとの古ぼけた己斐駅が地御前組の集合場所だった。級友・江川の家に下宿する榎木がいるのに無二の親友・江川隆の顔が見えない。この二人はいつも一緒なので「江川はどう

した？」と訊ねると、榎木は「忘れたか。士官学校予備学生の願書提出だ。西練兵場だ」と応え、「だから河内(こうち)、きょうはお前が班長だ。さあ、行こう」と電車乗り換えをうながした。

　その日も暑くなりそうだったが郊外電車がスピードを上げると爽やかな朝風が車内を吹き抜けた。右側には緑の松にびっしりと覆われた低い山並みが、左側では瀬戸内海の盆景が移り変わる。
　電車が己斐駅を離れて20キロ、長年の風雪に耐えた小さな木造の廿日市(はつかいち)駅に停車したとき朗はぼんやりと昼めしのことを考えていた。工場支給で、ありがたいことではあったが小さな竹筒に入った一膳のごはんと、豚汁のつもりではあろうが海藻ばかりの具の味噌汁一椀で、毎昼おなじ。それでも朗は仕事のことよりも、昼めしの時刻を気にした。
　電車１両の駅のプラットホームでは紺サージ、制帽姿の駅長が発車合図の小旗を片手にチョッキの胸から鎖付き銀時計を取り出して、見つめていた。
　昼めしまで、あと何時間かなあと数えながら、朗は16歳で軍人を志願した級友のことを思った。そうか、江川は陸士（陸軍士官学校）か、中川は海兵（海軍兵学校）か。寂しくなるなあ、羨ましいなあ、将校は食べものに不自由しないと聞くし……。
　突然、青白い稲光がさ、さーっと走り、天地いっぱいにひろがった。すぐ目の前でだれかがフラッシュを焚いたのか、大気が発光したのか、目の中にも強い光が突き刺さり、反射的にまぶたを閉じた朗の脳の中が真っ白になった。まぶたに力を入れてパチパチ開閉したが見えるものすべてが写真のネガのように白黒が反転している。変だな、と思った瞬間、バガッと天地が割れた。

朗は床に叩きつけられ、電車は空中に飛び上がり、窓ガラスはブルブルと震えたあと砕け、四方八方に帽子や鞄や人間のからだが中空で凄まじく衝突しながら飛び交っているなと感じたとき、全世界が漆黒に転じた。
　気がつくと朗は頭を抱え、破片だらけの床に小鼻が痛いばかりに強く顔を押し付けていた。肩や背中に激痛がうずき、耳の中がジーンと鳴り、岸壁に砕ける怒濤の音がド、ド、ドーッと周囲に逆巻く。
　そのままじっとしていると轟音はやがて次第に遠のいて、そのあと理解を越える沈黙が天地に満ちた。どれくらい時間が経ったであろうか。
　しばらくしてまわりの人間が、もごもご動き始めた。他人の下敷きになった級友たちも、他人の上で気絶している農家の人もいた。朗も震える膝をつき、手をついて立ち上がり、服から塵埃を払おうとしたが目はまだ良く見えず、意識がクラクラした。
「ありゃあ、何だ？」
　どんなグループにも即答できる者が一人や二人は必ずいるもので大地震だ、火山の噴火だ、雷だなどと、ロレツのまわらない解説の声が次々に上がった。
　しかし静まりかえった景色には何の変化もなく、ただ土ぼこりが濛々と、立ちこめているだけだった。
　いったい何が起きたのか朗たちにはまったく理解できなかったが、ひとつだけ明確になったのは「電車から降りろ」との命令だった。沿岸に建つ動員先の工場までは２キロ足らずだから、歩こうと決まった。
　廿日市の駅付近は平屋が立て込んでいた。そして、驚いて家を飛び出した住民が、それでなくても狭い道路にひしめいていた。朗た

ちも落ち着きなくあたりをキョロキョロ見まわしながら群衆のあいだを縫って歩いた。

　集落を抜けて海岸沿いの国道2号自動車道に達したとき、いまでは写真でなじみのキノコ雲が視野に入った。

　空高く突っ立った巨大な煙の柱は無数の黒煙をモクモクと吐き出しながら膨張していた。色は部分的に白からピンク、灰色からムラサキ、黒からクリームへと刻々変化、煙の中からも赤い炎が噴き出し、黄色いガスがほとばしり、火の嵐が荒れ狂う中心から得体の知れない破片が煙の尾を長く曳きながら四方に落ちる。いたるところでコブだらけの雲になったり、逆に吸い込まれたり、立て続けに爆発したり、日光にキラキラ光る霧になって消えたりするうちに柱全体はますます太く高く、水平線の上へ横へと成長していった。
「弾薬庫が爆発した！」と、だれかが叫んだ。

　広島の東方山間部、瀬野村には弾薬庫があると少年たちは伝聞していた。
「いや、方角がちがう」と否定の声が上がった。
「じゃあガスタンクか？」
「ガスタンクがあんなに大きな爆発をするもんか」
「じゃ、何だ？」

　だれも返すことばがなかった。海岸の防波堤の上でみんな、立ちつくした。

　空からの爆弾だとは考えもおよばなかった。

　もともと敵機は1機も上空にはいなかった。

　それに爆撃ならどうなるか、大竹製油所の場合でも呉軍港の場合でもすでに経験ずみで知っていた。ところが眼前の煙は太田川の三角州から判断して底辺が4キロメートルはあろうかと思われるくら

い巨大であり、上端は積乱雲かのように高高度に達して大きく拡散し始めている。

　原因が空からの爆弾であるどころか、キノコ雲が立ちはだかっているのが広島の上であることにすら最初は気づかなかった。しかし、しばらくすると赤い地平線に町並みが影絵になった。20キロの海面をへだてた向こうで何かがはぜ、メラメラと燃え始めた。家屋と思われるものの上で炎が踊っている。近い。南観音町だ。

　燃えているのが広島の町だとわかって皆、ふたたび唖然とし、ことばを失った。生ぬるい不気味な風がスーッと動く。ゴロゴロと重い貨車の通過音がする。吹雪のような灰が肩に降りかかる。地殻の中から吹き上がった大噴火が平地を突き抜けて、天にとどいていた。

　朗は家族のことが心配になり始めた。市の北端・白島の家を出たとき父は病床にあった。母は皆を連れて市の東南端・仁保町の戦時菜園へ行くとか言っていた。火の手は市の南端で、残りは煙の幕で見えないが、これは関係ないのかどうか。

　そこまで考えたとき朗は自分の前歯が開いていて、親との縁が薄いと案じた母の話を思い起こした。そうだ、この事だったのだ！いまにして親の身を気遣わなかったら、一生の悔いになる。矢も楯もたまらない気持ちになった。父が呼んでいるような気もした。

　朗は、長男であった。
「今回だけは工場でヤスリ掛けをしている場合ではない」とその場で決心すると、「ぼくは帰る」と身近にいた仲間に告げた。榎木と松井は顔を見合わせたが、だれもついてはこなかった。

　廿日市駅では駅長が白髪を振り乱し、連呼していた。「ダメです」「何が起きたのかわかりません」「ダメです。だれも乗れません」「命令です。広島へは行けません」

朗はふたたび沿岸の自動車道に戻り、広島市街地に向けて歩きはじめた。

　舗装された２レーンの国道２号線は下関と広島とを結ぶ唯一の幹線道路であったが交通途絶、まったくの無人と自動車不在であった。
　ガソリンがないのでバスもトラックも、むろん乗用車は走らなかったし、自転車もたくさんの人が持てる物ではなかった。それにうっかり広い道の上を歩いていようものなら、いつグラマン戦闘機の機銃掃射を浴びるか、知れたものではない状態だった。いくら歩いても前方に人影は現われず、うしろを振り向くと、見捨てられた白昼の自動車道が延々と、いつまでもいつまでも後をつけてきた。
　ある意味では何も平素と変わりがなかった。
　目の前では時おり青いしっぽをギラギラと光らせるトカゲが陽に灼けたアスファルトの路面をすばやく横切った。磯の香がする。
　右手は島影が見えたり隠れたりする紺碧の瀬戸内海で、小さな数千の鏡がチカチカと朝の陽光を照り返す。アメリカ軍の敷設機雷さえなければ、潮風を受ける漁船の白帆がもっと風情を増すことであろう。ところどころ自動車道にまで近づくキメの細かい白い砂浜では潮が寄せたり引いたりする波間を縫って、ハサミを振り上げたカニが走った。
　左手は連なる丘陵のふもとまで田園風景で、肩を寄せ合う集落と、濃い緑の野菜畑が水田の中に点在した。畑仕事の人影はついぞ見当たらなかったが、せわしないニワトリの鳴き声と、のどかな牛の歌声が聞こえた。トウモロコシの葉がカサカサと鳴り、エンドウの蔓が揺れる。強烈な夏の真昼の太陽の下で、すべての植物がキラキラと輝く平和でもの憂い８月の日が、朗の身のまわりにあった。

第２章　広島市・1945年８月６日

しかし、前方には、これら見慣れた風景とはまったく異質で異様な別世界の巨大な噴煙が地表と高空とを結んで立ち、見上げていると首が痛くなった。
　黒い煙の塊は、いまや直径数キロメートルもあろうかと思われた。頂点は成層圏に到達したらしく、ハケで刷いたような巻雲を呼び起こしてヨコ方向への拡散を始めていた。
　周囲の青い空とはハッキリ分かれたキノコ雲は上下左右・内外にわたってムクムクと動き、乳白色や灰色やドス黒い煙が内部で渦巻いた。ときに深紅の焔が立ち上がり、稲妻が走って暗い雲のここかしこがボッと明るくなった。
【当時知るよしもなかったこの不吉な雲は、じつは史上空前の生体大火葬、すなわち一瞬のうちに焼き殺された十数万人もの人命の昇天中の大団塊なのであった】

　1時間ほど歩いて海老山のそばを通り八幡橋を渡るとき、朗は水を飲ませてもらおうと思って五日市の伯父・五郎の家に立ち寄った。松並木の西国街道は、国道の少し北にある。
　五郎は不在であった。出てきた伯母は朗の足先から頭の上まで、まるで幽霊を確かめるかのように疑い深い目で何度か吟味したのち、うす暗い玄関土間のかまちに腰かけて動かない等身大の灰だらけの人形を指さした。
「だあれ？　どうしたの？」
　朗は長年、天井ウラに放置されて埃まみれになったマネキンを連想しながら尋ねた。
「初……初江さんだよう」と答えた伯母は、それから「どうしよう、どうしよう」と繰り返しながら戸口に出、土間を通って勝手口から

裏庭に出、また逆戻りして表の道路に出、両手を組んだりほぐしたり、心せわしく動きまわった。
「初江？　初江といえば、つい昨日のこと、白島町の家におはぎ餅を持参した従妹ではないか」と目を凝らすと、初江は「こ……、こんなになって恥ずかしい」と言いながら顔を隠そうとした。

しかし両手を顔から5センチばかり離したままにしている。変だなあ……と覗いてみると、顔に無数の切り傷があり、ある傷口は灰と共に凝固し、他の傷口からはまだ鮮血がしたたっていた。一見したところ、汚れた小麦粉を頭から被ったようすの顔の多くの傷口からは尖ったガラスの破片がのぞき、さながらダンスホールの照明かのように、戸外の光をキラキラと乱反射した。

初江は両眼を閉じたままだった。
「眼球にもガラスが……」と思ったとたん、小心者の朗は気を失いかけた。初江の頭髪から靴まで土ぼこりと灰と煤にまぶされていた。本来は白くあるべきブラウスは血痕で変色し、顔を隠しているつもりの14歳の少女の手はまるでカメの皮膚のように荒れ、爪が割れて血に染まっていた。
「いったい全体、どうしたの？」
「わかんない、わかんないわ」初江は苦しそうに呻いた。「痛い、痛い、泣きたい……」
「いったい何事が起きたんだ？」朗はまた、訊ねた。
「そんなこと知らん。痛い……ここはどこ？　死んでしまいたい……」

初江は半狂乱だった。「痛いわぁ、なんとかしてえー。目玉を抉り出してよう……死にたいよぉおー」

伯母は伯母で動転し、「どうしよう、どうしよう。ここで死ん

もらっては困るがな」とつぶやきながら戸口に立ち、裏庭に出、また救いを期待して戸口に立った。

　伯母からみれば初江は遠い親戚、義理の妹の娘に当たる。

　身もだえしている哀れな従妹を目にして朗の心配はますます大きくなった。初江は、たしか、三菱重工業に学徒動員されていたはず。三菱重工は南観音町に所在していたが、あそこで何か事故でも起きたのか。しかしどう考えてもあの噴火は広範囲に過ぎる。ただごとではない。これは何が何でも早く家に帰ってみなければならないと心に決めて暗い土間から出ると、戸外は、目がくらむ強烈な日照りであった。

　朗はふたたび自動車道にとって返し、またしばらく独り、歩いた。

　月見草に縁どられた道路の両側に草津の集落が立て込み始めたころ、初めて人影が路上遠くにみとめられた。一人、二人、三人……いや、数人ではなく集団がこちらに向けて歩いてくる。広島からの人たちか？　ようやく人間に会えたなと思いながら朗は足を早めた。

　遠方の人影は、灼けつく太陽のもとで発生するかげろうのようであった。こちらに向いてくる人なら何事が起きたのか、きっと知っているだろう。朗は自己本位に自分の疑問にばかり気を取られていたが、近づくにつれ、顔から血の気が引いた。

　対面したのは人間には違いなかったが、とうてい人間だと呼べる状態ではなかった。

　鬼の形相というか幽霊の恨みというか、まともな顔がない。炎天下の舗装道路を歩くのにみんな無帽ではだし、頭髪は焦げてちぢれるか、または焼き切れて頭の皮膚までただれ、どこが着衣でどこから身体なのか分からず、中にはほとんど全裸で、リンパ液らしいも

のを随所に滲み出した人もいる。女の人に見えたドロ人形のピクピクけいれんする口の端からは血が流れて胸に伝い、別の顔は、ほおが抉り取られてその傷口が血糊でベットリと塞がれていた。年老いた男の人が折れんばかりに曲げた腰の裸の背には、首筋から尻まで小さな水泡がびっしりと連なった。その横では男の子がびっこをひいた。後頭部から両肩にかけてたくさんの切り傷があり、その傷口から黒いトゲが束になって突き出ていた。ひとりの女の子は腹部をさすりながら時おり黄褐色のゼリーを吐いた。吐瀉物は平たい乳房に流れ、そこで酸っぱい異臭を放った。手で撫でまわすたびに汗と血とほこりが粘土になって肌の上で傷口に重なり、茶褐色の筋に固まった。

なぜ皆このように大けがをしているのか尋ねようがなかった。ひとりとして口がきけない。これら灰まみれで瀕死の火傷を負った人たちは、必死の思いで噴火口から這い出してきたと考えられた。そして消えかかる最後の本能を頼りに、道路は広く明るく開けているにもかかわらず、目の前を懸命に手探っている。

やけどに触れると激痛が走るからだと後日判明したが、みんな、絵に描いた幽鬼のように両腕を高く前に差しのべて、手先を垂れ、泥酔しているかのように足を引き摺りながら左へ、右へとよろけた。

眼は動かなかった。というよりか、眼がなかった。

あるべき瞳孔がない。乳白色一色に塗りつぶされて、まばたきをしない人形の眼球だった。黒い瞳が欠けた人間の目には、底知れない深い絶望が漂っていた。

うつろな眼をした人が体当たりをしてくるのを避けながら、朗は同情を通り越して罪悪感にとらわれた。右も左も重傷の人びとの中で朗だけが無傷のまま、しっかりとした足取りで行き違う。白い陶

磁器の眼が「なぜ、お前だけが無事なのか」と詰問した。朗は「すみません、すみません」と言いながら歩いた。大やけどをした人が苦悶の声をあげていたのか、呻いていたのか、もう耳には入らなかった。この人たちはどこに行くのか、行けるのか、いったいどこで助けられて手当てを受けられるのか考え付きもせず、あまりの悲惨さに、卑怯にも心を閉ざして、自分自身を隔離した。

　集団の中のところどころで倒れる人があった。倒れた人はもがき、手を突き、立ち上がってはまた倒れた。

　朗の目の前でカサカサに乾いた女の人が瀕死の行列から落ちこぼれてしゃがみ、身をふたつに折って苦しげに血を吐いた。朗は思わずきびすを返し、うなじから腰まで赤黒く焼けただれた背中に目をそむけながら、腕をつかんで立ち上がらせようとした。持ち上げたとたん、朗の心臓が止まった。腕がすぽっと抜けたのだ。

　はっとして見直すと、抜けたのは腕ではなくて、皮膚だった。

　20センチ四方の人間の皮膚はみるみるうちにクルクルと端から巻き込み、手のひらの上で小さな皺だらけのボールになった。朗は驚愕して懸命にその皮をひろげ、なんとかして元どおりに貼り付けようと試みたがタテを引っ張ればヨコが縮み、ヨコを伸ばせばタテが巻き、しかも都合の悪いことに、一度剝がれた皮膚は、皮下脂肪にくっつこうとはしなかった。そのうちに赤剝けになった肉の表面のあちこちから血液が滲み出し、カンカン照りの太陽の下で、はやばやと茶褐色に固まった。

　女の人はしゃがみ込んだままで声すら出さなかったが咽喉の横が切れているらしく、ぜいぜい呼吸の音と共に血の泡が大きくなったり、しぼんだりした。

「あっ、殺したか！」

死んだヒフを手にしたまま朗の目の前が真っ暗になった……。
　気が付いたとき朗は「ごめんなさい、ごめんなさい」と呟きながら歩いていた。全身に冷や汗をかいていた。クチャクチャになった人間の皮を反射的に女の人の肩に戻し、振り返りもせず、その場を逃げ去ったのだ……と思う。

　正午に近かった。
　右手は夏休みにふさわしいコバルト色に輝く海で、左は昼寝中の緑の繁茂であった。しかし正面には今や大空の半分に広がった噴煙を背景に、手足が折れ、煤にまみれ、全身に大やけどを負って白目を剝き出した怪我人が口からヘドと血を吐きながら、機械人形かのように両手を差し伸べて、次から次へと突っかかってきた。
　心臓をぎゅうーと摑まれたまま、朗は森のような煙幕のほうに進んだ。天地は東半分が暗闇で、西半分が燦然と明るかった。ごうごうと轟く低音が鳴り続いた。
　よろよろそぞろと押し寄せる幽鬼を正視できなくなって足もとに目を落としたまま歩を運ぶ。舗装路面にパラパラ落ちはじめたと見えた大粒の雨が、古江の集落を過ぎるころには次第に稠密になり、赤く色付きはじめた。セメント表面の暗赤色はだんだんと濃さを増し、ところどころ、おそらく負傷者が立ち止まったのであろう地点では深紅の血だまりとなり、その中で靴が滑った。
　市外、高須の町に入るころには重傷者集団はいなくなったが彼らが通ったそのあとの自動車道は、ローラー圧延の直後でまだ乾いていない表面のように一面が黒ずみ、血汐の匂いが立ち昇っていた。

　市の西端・己斐で国道が市内道路に分岐、東に向けて橋になる。

廿日市駅長が声を嗄らして叫んでいた「入市禁止・市外への一方通行」を覚えていたので橋は、たぶん警官か兵士が交通整理に当たっているに違いないと判断し、そこで橋の手前で自動車道をはずれ、対岸が見える場所で着のみ着のまま川に入った。

　広島市は太田川の三角州いっぱいにひろがる。太田川は北から流れるので朗は一辺が6キロくらいの大三角形の西南のカドにいた。

　深みに嵌まらないよう足で探りながら渡るうちに川の水位は腰から腹へ、腹から胸へと高さを増した。電車から毎日眺めたこの川は、そんなに深くはなさそうであったのに、どこまで深くなるのかなあと心細くなった朗は、それでも二つの革靴を結んだ紐を犬のようにくわえ、懸命に水を掻いた。幸いに足が届かないところは長くなく、また冷たい川水が全身の汗を洗い流してくれた。

　正午であるべき太陽は黒い雲に隠れ、周囲は時ならぬ薄暮に包まれた。市の二方を遠く囲む山脈は隠れて見えなくなり、燃えるゴムの悪臭が鼻腔をつく。ゴロゴロ地底で鳴る音が耳から離れない。朗はずぶ濡れの上着からハンカチを取り出してマスクとし、豚革製の靴の中の水を振り切ってから履いた。

　倒壊しかけの無人の家屋と野菜畑がまじる地帯を1キロばかり行くと市街地の西南端、観音町に出る。そこで熱い灰と塵の嵐に初めて包まれた。

　右手、海の方角に三菱造船所のクレーン塔が数基、停止したまま立つのがかすかに見えたほかは、いっさいを灰色の霧が遮った。正面と左には一段と暗い灰色の壁が立ちはだかって暗黒色の天井と一体になり、その壁の中で熱風と黒い煙が逆巻いている。焼け落ちた区域はどこまでか見通せないし、ここから8キロ離れた白島町は案外、何事もないのではなかろうかと朗は一瞬ためらった。

だが、逆戻りしても、もう、行く所が……ない。
　街路は倒壊した家の残骸で埋まっていたが、それでも観音地域は比較的に歩きやすかった。棟木や柱が折れ、土壁が崩れ、屋根が地面にかぶさっている。大気はしだいに熱くなり、汚れを増した。焦げたカーテンや土足に踏みにじられた布団、手足のもげた人形や潰れたオモチャ、折れ目がささくれ立ったちゃぶ台や、割れた風呂場のタイルなどが無人の道路に散乱した。表紙がちぎれた本のページが熱風にパラパラめくれ、頭部が損傷した消火栓から水が噴き出し、逃げ場を失った野良犬が慌てて壊れた乳母車に頭を突っ込む。
　見当をつけて東北に進むうちに激しく炎上中の地帯に達した。
　眼には舞い上がるホコリが入り、鼻には息がつまる臭気が押し入り、肩の上には灰が積もり続けた。煙で目が痛みはじめ、その後は何もはっきりとは見えなくなった。
　消火活動が、見受けられなかった。
　消防車が居なければ消防団の姿もない。火事だというのに何をしているんだと腹が立った。どこかでだれかが煽っているかのように焔はパチパチと音を立てて燃えさかり、ここかしこで狂ったように天に昇った。煙と煤と紙の焼け屑がつむじ風になって凄まじく回転しながら突撃してくる。窯に入ったかのように空気が熱くなり、着ている夏服は、とっくに乾きすぎてパリパリに硬化して、いまにも粉になりそうだった。もしも身体から汗が出ていなかったなら、もしもあの川で川水をたらふく飲んでいなかったなら、朗の皮膚も乾燥して割れはじめたに違いない。
　朗は戦闘帽を目深にかぶり、東に方角をとって市庁舎を目指した。
　広島市役所は３階にしては非常に広壮な建物で周囲が庭園であったから、このブスブスくすぶる焼け跡でも確実な道しるべになると

考えられた。視程は20メートルから30メートルしかなく、朗は煙の中から突如現われるさまざまな障害物や火炎を細くした目で瞬時に判別し、その場その場でとっさに避けた。灰色の煙はときに水蒸気と混じり、あっという間に手や首筋を焼いた。

　3番目の橋で、はじめて人影に出会った。

　はちまき、紺がすり、モンペ姿は学校を終えて婚期までの女性の組織、女子挺身隊のものだった。欄干に寄りかかり、水面を見すえて身じろぎもしない。足元には擦過傷と火傷で着物がらみズタズタになった別の死体が横たわっていた。

　途中の沿岸自動車道でショックを受けた朗は、もう、自分の感覚に頼ることをやめていた。それでもなお、この立っている若い女性は無傷で正常に見えた。

　しかし、まだらな橋板を用心深くまたいだあと振り返ってみると、最初は見えなかった左半身が黒焦げで、こめかみから脛まで黒いウロコやコブで覆われ、着物の焼け端と、めくれた皮膚とがフワリフワリと熱風にそよいでいた。

　朗は変色したヤネ瓦の丘を越えたり、壁土の下の焼け残りの編み竹につまずいたりしながら一歩一歩進んだが、いくら歩を運んでも、取り巻く煤煙と熱風も、朗と共に動いた。どこで火災が発生したとしても、七つもある太田川支流のどこかで止まるから、30分も辛抱して歩けば、火災から脱出できるはずだと計算したが、行けども行けども周囲は煙と灰と熱気であった。壊れかけの木の橋をいくつか渡っても次の岸も火災だったので、これは延焼ではないな……と感じ始めた。

　広範囲な火災では、大気中の酸素が二酸化炭素で置き換えられるということに気が付かず、なるたけ煙を吸い込むまいと努めたもの

の、そうすればいっそう苦しくなった。深呼吸をすると、肺が刺激されて激しく咳き込んだ。咽喉はヒリヒリ痛み、目からは涙が流れ、耳はガンガン鳴り続けた。

　見つかり次第、水を飲んだ。あるときは破れた鉛管から漏れる上水道、他のときは各戸備え付けの防火水槽の生ぬるい溜まり水。コンクリート製水槽には木の破片や焼け屑が堆積し、平素はボーフラが泳ぐ水は、あらかた蒸発していた。飲めない場合はマスク代わりのハンカチを浸し、身体じゅうに振りかけた。

　消防士の姿がまったく見当たらず、なぜ、このように火災を放置したのか朗はタカノ橋地点に至るまで立腹していたが、この主要交差点に位置した消防署では、ポンプ車が2台とも車庫の中で灰に埋もれ、見張りの鉄塔が倒れて地面で曲がりくねっていた。

【広島市記録：消防士450名と消防ポンプ車55台、および警察官900名が一瞬にして死傷し、それぞれの機能が停止した】

　消防署を過ぎたあたりで何やらがれきとは異質な感じがする小さな山に遭遇した。足もとで割れる瓦や燻ぶる焼け屑とはどこかが違う。踏み越える体力を温存して迂回してみると、倍近くの大きさに焼けぶくれした1頭の馬の死体であった。

　足の速い馬がなぜ火災から逃げきれなかったのか、瞬時の疑問は、ただちに霧消した。何が原因かは別として、とにかく一瞬間の出来事で、かつ、火山噴火とは正反対に、空からの強大な圧迫があった形跡が市役所付近で発見された。

　市庁舎玄関前の広場の隅に、さながら季節はずれの落ち葉かのように重なったたくさんの死体があった。

　紺のセーラー服にモンペ姿の女学生に外傷はほとんど認められず、やけどの跡も少なかった。どうして動かないのか不思議なくらい穏

やかで、あどけない小さな顔が大きな胸の名札と対照的だった。なぜか防空頭巾をかむっていない。ズック製の手提げ鞄や厚手の手袋、ハンカチ包みの弁当箱などの小山の中で、ある者はうつむけに、ある者はエビのように縮こまり、各人各様の姿勢で死んでいた。ひとりは垣根の上で眼をクワっと見開いていたが、その子の平たい胸を尖った鉄棒が貫いており、血が鉄棒を伝ってまだ滴っていた。

朗は呆然とした。防空頭巾をかむる時間もなかったのか。

だいたいこの女の子たちは今朝、わずか数時間前、電車内で嬉々とたわむれていたではないか。それとも昨日の朝だったのか。または「見たはず」だと思うだけなのか。これら可愛い少女たちは、"愛国の花"を斉唱しながら、家屋と廃材撤去の重労働に従事していたはずではなかったか。それとも広場に集まっていたのか。

熱い。気分が悪い。頭が痛む。朗は意識がもうろうとしてきて自分が生きているのか、気が触れているのか分からなくなった。沿岸で見たキノコ雲、うつろな眼をした幽鬼、いま目の前で動かない女の子。これらはすべて夢なのか。夢ならなぜ夢を見ているのか。からだは燃えるように熱いのに何かしらゾクゾクと肌寒い。足元からは火が吹きあがり、頭上からは熱風が吹きおろし、あたりは灰色の霧が荒れ狂っている。幻覚が生じた。自分は火の中に生まれ、焔こそわがいのち。これこそ自分が住む世界！　同時に見たと思うものはことごとく空想の産物で、もともと自分というもの自体が存在しない、死んでいるのだとも感じた。

しかし市庁舎の建物は、煙にこそ包まれてはいたが、しっかと目の前に立っていた。

朗は二つの目的から市役所を目指してきた。

一つは位置の確認で、二つ目は火災に関する情報だった。

　市庁舎に辿りついたので地理上の位置は確認できた。だが建物はまだ炎上中で、生きた人間はだれひとり居なかった。焼死体はたくさん転がっていた。背の高い窓からは濛々と黒煙が噴き出ている。防空・防火の司令塔がこういう状態では消火・救急活動が不在なのは当たり前だとわかった。次の瞬間、助ける人だけでなく、助けられるべき人たちもまた居ないのだと気が付いた。

　身のまわりは熱風と、20メートル先が見通せない煙の渦巻きだった。足もとの木切れは燃えているし、死体もまた同じようにブスブスくすぶっている。これにくらべれば仏教画の「地獄」は愛嬌のあるマンガであった。ここには鬼さえいない。生命が何一つ存在しなかった。割れたレンガ、曲がった鉄骨、折れた電柱、トグロを巻いた電線、綿がハミ出た寝具、黒焦げの人間の死体からも蒸気やガスや煙が立ち昇り、爆発音、はぜる音、崩れる音が絶え間なく続いた。朗の顔からは涙と汗、鼻汁と煤と灰が間断なく、したたり落ちた。

　徹底的に気落ちした朗は市庁舎から北へと進路をとった。ともかく白島へ帰ってみよう。大手町大通りの北端、市内電車の直線軌道の先には広島城天守閣があるはずだった。都市の火災では街区ごとに焼け落ちるので焼け跡になってもふつう元の道路は判別できる。しかし広島の場合、街区も道路も見分けがつかなかった。大手町大通りですら区別がつかなかった。だがここでは所どころで電車のレールが見えた。

　電車通りの路上には数台、軍用トラックが転覆し、赤錆色に焼けていた。

　小町にある朗の一中校舎は電車通りからは見えず、その前面にあった市立図書館はコンクリートの残骸と化してうず高い灰の中に埋

まっていた。図書館の正面入り口内部で二人、死体を積み上げている人影が煙を透かして見えた。

　幕末の長州征伐で、徳川と毛利が和平交渉をおこなったという由緒のあるお寺、国泰寺の大伽藍は姿もなく、境内の楠の大木が背丈ほどの株になり、樟脳が燃える異臭を放ちながら小さな炎がチョロチョロと、赤い舌をその株から出した。

　それから朗はそれまでこんなに巨大だとは思わなかった日銀支店、富国生命、明治生命、住友銀行などの商業ビル残骸群を通り過ぎた。

　路面には焦げた柱に見える焼死体や、死体と見まがうぼろ切れが散乱しており、ときには火傷しそうな熱風、ときには熱い灰が滝のように降りかかった。

【爆心から東北500メートルだと後日判明した】紙屋町の三叉路交差点では電車が4台、車輪から離れた車体が路上に座っていた。木製布製の箇所が燃え尽きた茶色の鉄板の箱だった。1台の運転台では内側に崩れ落ちた運転手の右手がレバーを握ったまま炭化していた。車内の片隅には焼け焦げた死体が折り重なって山になり、窓の枠で身体を二つに折った車掌の頭と両手が車外にだらりと垂れた。

　幻覚と幻聴がふたたび朗を襲った。

「これは数時間前に乗った電車じゃないか。この車掌は娘に会いたいと言わなかったか。この死体は、雨が降りますようにと祈ったあの年寄りなのではないか」、と一つの声が訊ねた。

　別の声が間髪を入れず、答えた。

「いや違う。すべて妄想だ。お前の錯覚だ。地面に叩きつけられた少女、押し潰された電車、車内の片隅の焦げた人間。すべてが存在しない。だいたいお前自身が存在しない。ここは異次元の世界なのである……」

紙屋町の北の西練兵場は1キロ四方の大草原で、ここがエア・ポケットになっていた。身のまわりの温度が下がり、大気中のガスが一時、薄くなる。朗は深呼吸してようやく意識を回復し、久しぶりに上下左右を見まわした。

　午後の太陽の位置は分からず、冬空のような曇天の下を低い煙や雲が駆け足で往来していた。煤をふくんだ黒い雨粒がパラパラ落ちる。練兵場には何も燃えるものはなかったが、街区との境界に植えられたポプラの並木が短く焦げた杭の列に変わり、その後ろに揺れ動く煙が空高く幕を張り、残り火で紅に染まった地平線が、ぐるりと練兵場を囲んだ。ところどころで思い出したかのように火の手がパッパッと閃き、黒い竜巻になる。得体の知れない悲鳴に似た高音と、低音でごうごうと唸る声とがごっちゃになって聞こえた。
　地面から酸っぱい、すえた匂いが立ち上がる。練兵場のミドリに代わり、茶色に変色した夏草の葉が見わたすかぎり一方向に向けて土の中にめり込んでいた。地面は固く、川を渡って以来はじめて、まともに普通に歩くことができた。
　その開放地にもクシャクシャになった赤褐色のトタン板にまじり、死体らしいものが点在した。そうしてその一つのしかばねが、とりわけ朗の注意を惹いた。
　朝からショックに続くショックで神経も感覚も頭脳も麻痺し、かつ道を急いでいたにもかかわらず、なぜ通り道から数メートルも離れたその屍をわざわざ寄り道して検分する気になったのか、わからない。しかし、すうーっと引き寄せられて思わず息をのんだ。
　人間の顔ではなかった。
　頭髪がない。耳も鼻も口も眉毛もない。人間の顔の特徴がまった

く欠けた暗赤色の熱湯でいっぱいの水球に見えた。先刻のタカノ橋の馬の丸焼きに似て、火にあぶられて腫れるだけ腫れあがり、ハチ切れそうに２倍大に焼け膨れた半透明の球体の表面に、枝分かれしたムラサキ色の血管が浮いていた。

　ただ一箇所、両眼があったと思える場所が浅くへこんでいてその底に、眼窩から押し出されたのか真珠大の、焼き魚かのような白い目玉が鎮座していた。

　これは人間の眼球なのか。目玉は熔けるものなのか。火災から遠いこの広場で、どうしてこんな目に……。

　頭部以外は火傷も外傷もなく、正常に見えた。幻影ではなかった。年のころは少年で中学生か、豚革製の編み上げ靴を履いてゲートルを巻き、仰向きになっていた。だがこの火脹れした顔に小さくなった白い目玉……。もう絶対に、元には戻れまいと思うと朗の胸は悲哀で張り裂けた。着ていた粗末な麻袋のカーキ色の夏の制服が、自分のものと同じであった意味を、朗は、そのとき、認知できなかった。

　西練兵場から八丁堀の電車道に出るため歩をついで再び焼け跡に踏み込んでまもなく、幼児に出くわした。

　余燼くすぶる残渣の上で、灰色の煙の中にうごめく独りぼっちの子どもは男か女か見分けがつかなかった。頭の皮まで髪が焦げ、顔は煤け、衣服はズタズタに裂け、一見、ごみ焼却場に投棄されたぼろの観を呈した小動物は、何やら離乳食コップのようなものを握り、熱せられたがれきの山を越えようとしてか滑ったり転げ落ちたりしていた。

　がれきの間にのぞいた鉛管からチョロチョロ流れ出る水をやっとのことで受けた幼児は、ヤネ瓦を踏み砕いて近寄る朗には目もくれ

ず、もと来た方角に引き返そうとした。水をこぼすまいと懸命に努力しているようすであったがわけもなく躓き、こぼれた水を恨めしそうに眺め、それからまた鉛管へと向かう。
「おおい、何してるんだ？」
　まさか遊んでいるのではあるまいと疑いつつ声をかけたつもりであったが声が出ず、言い直すとガラガラ声が出た。驚いてわれに返ると咽喉の奥でかゆみが爆発し、顔がチクチクと痛んだ。
　その子は朗を見上げ、口らしいところから小さな、まばらな歯を見せたが何も言わず、また下を向いてヨチヨチと、おぼつかない歩を運んだ。
　行く手に女の人の上半身があった。
　苦しみながら死んだのであろう、目玉が飛び出て垂れ下がっていた。土ぼこりをかぶった顔と肩は無傷のようだったが下半身が焼け焦げた大きな梁と、バサバサに乾いた壁土とに抑え込まれていた。
　汗をボタボタ落とし、鼻汁をズルズル流しながら朗が注視するうちに幼児は女の人の顔の上にしゃがみ込み、優しい手つきで引きつった唇のあいだに水を注いだ。
　水は口の端から一条のすじになって歪んだ顔の煤を洗った。けれども子どもはコップをさかさにして振り、ささやいた。
「オイチイ？　オイチイ？　よかったぁ」
　それから子どもは再び飽くことなく片手両ひざで這い、割れたヤネ瓦と共にずり落ち、時々立ち上がろうとしては尻もちをつきながら、目に沁みる煙の中の破れた水道鉛管に向かうのであった。
　朗は放心したままその場を去った。
「置き去りにすべきではなかったかもしれない」とは、後日、言えることだった。

時は８月６日、午後３時ごろのことであった。

　朗はなかば機械的に北へ北へと進んだ。もう近くであろうと思えるのに縮景園の森も二葉山も煤煙でさえぎられた。焼け跡は歩き難く、幾度となく足をくじいた。相変わらず道がない。鋭い角で引き裂いたゲートルから時おり熱い灰が靴の内側に入り、足の裏にやけどを負って文字どおり飛び上がった。汗があとからあとからと額に湧き出てきては霞んだ目を刺す一方、口腔内で唾液は蒸発、鼻腔には粘膜が貼りつき、気管支がぜいぜい鳴った。
　ただ一つの救いは、一歩ずつ、目的地の市の北端に近づいていることだった。
　しかし着いてみると、東白島町も白島中町も西白島町も残ってはいなかった。
　入市した西南端からは直線距離で約10キロ、正反対の位置である。「被災は三角州の一部であれ」との望みはすでに捨て去ってはいたが、それにしても踏破した限り、全部が焼けていた……。
　朗は大地に吸い込まれるような落胆を感じた。
　煙は薄く、視程は200メートルくらいに広がった。けれども道しるべになるものが無い。道路は家屋の灰と残り火とに隠れ、どこがどうなっているのか見当がつかない。わずかに白島小学校の運動場が、一段と低い湖底に見えた。
　熱気がムッと湧き上がる焼け跡は、平坦に見えるところも信用できなかった。コンクリートの塊だと思って踏むとズボッと沈み、まだ火照っている炭火だなと用心しつつ体重をかけると、いきなり背が高くなる。落とし穴は鯉や金魚が泳いだ池だと考えられた。這い出たあとの窪みには燃えかけの茶箪笥、割れた茶碗、脚が折れた座

り机などが再び灰に覆われた。庭木は黒い木株となって残っていたが、この地に移転して来たばかりの朗には、どれがどの家のものなのか、推定できなかった。

　父・良一の姿は、なかった。鮮やかな青色のアサガオも、打ち水をしていた北村一家もいなかった。死体らしい焦げたものは無数にあった。しかし判別は不可能と思えたし、際限がないとも考えられた。自分のからだも地面も火照っている。素手では掘れない。それに状況を確認したことにより、奇妙な安堵感が生じた。

　もう朗には、何もすることがなかった。8時間前には本当に、自分はここに居たのだろうか。それともそのように記憶しているだけなのか。

　触感が欠けた靴先で足もとを突っついてみる。粉のような灰が舞い上がる。足の下で何かが潰れる。黒焼きのカボチャが黄色く煮えた果肉を吐いた。

　いったい何事が起きたのか？　キノコ雲からの疑問が間歇的によみがえる。だが今となってはすべてがムダだった。質問がムダなら、延焼を食いとめようとした防火帯もムダ、働いてきたことがムダなら、生きようとした人びとの努力もムダ。ひっきょう生きること自体が徒労なのだと考え付いて初めて果てしない虚無感にとらわれた。熱風も騒音も感じなくなった。泣き叫びたい衝動が突き上げてきたが、これとてムダだと知ると、声も出なかった。朗は頭を垂れて立ちつくし、汗と涙と鼻汁も共に垂れ落ちつづけた……。

　どのくらい時間がたったか、足もとを踏み定めながら近づく足音と、何かが砕ける音に気が付いた。
「おーい」

張りのある声がとどいた。朗はビクッとした。
　父か？　信じられない。
「おおい、そこの人」
　聞き慣れた声ではなかった。まさか、とは思ったが……。
「どうした？」頭の上から声がかかる。
「えらいことでしたのう」
「えらいことでした、どうされました」はその後、広島の焼け跡で挨拶がわりのことばになった。生き残った人びとは、その短い問いかけに万感の同情をこめた。
「だれを探していなさるんかね」
　しゃがんだまま朗は「父です」と答えた。
「その下だと、分かっているんかね？」
「いいえ、でも……。けさは居たんですが……」
「ふうーん……気の毒じゃが家の中だったら助かってはいまいて」
　事もなげに言ってのけると、その声は続いた。「わしも親戚を探して千田町（せんだ）まで行ってみたがのう、手が付けられん。ここ、おんなじじゃ。みーんな焼けてしもうとる。生きとらんだろうなあ。なにしろ一瞬のことだったからのう」
「ええ？」
　朗は思わず声を見上げた。農夫だろうか、鍬を一丁、肩にかついでいた。「一瞬……って、どういうことですか？」
　立ち上がりながら朗は繰り返した。「逃げる時間がどうして、なかったんですか？」
「知らんかったか？」
　その人は目だけを残し、夏日なのに厚い布きれで頭から顔、首をグルグル巻いていた。

「ご存じなんですか？」
「うーん……、ピカーッと凄い光がして、ドーンと爆発したと聞いた。たぶん、そのとき、火が飛び散ったんじゃあ、ないかなあ。なにしろ町全体がガバッとひっくり返って火になった。聞いた限りでは広島の人は家の下敷きになって死ぬか、出られないまま焼かれたか。一瞬のことだから、だれも助からん」
「なんでまた、そんな……」答えを知ってもムダと知りつつ、朗は尋ねた。
「それが、よう分からん。分かった人はひとりもおらん。何か起きるか待ち受けていたわけじゃなし……ただ、どこで聞いても皆、天空そのものがカミナリのようにピカーッと光ったと言う」
「じゃ、空から何か落ちたんでしょうか？」
　乳白色の霧が流れ、むかつく匂いで窒息寸前になる。肺の中がむず痒く、手を差し込んで掻きたかった。煤に刺激されて目がうるむ。
「わしは空からだと思う。飛行機を見た人がいる」
「ぼくも見ました。でも時刻が合わない。うんと早く、7時半ごろでした」
「そうだな。同じB-29かも知れんし、あとから来た別のかも知れん。とにかく、わしは、飛行機に関係があると思う。爆弾？　爆弾じゃあないよ。爆弾というものはな、世界で最大のものでも150メートルの穴にしかならん。一発の爆弾で、なんでこの大きな町が吹っ飛ぶものか。人が住むところに火薬庫はありゃあせんし、燃料倉庫もなかった。いったいどうしたのか何が原因なのか、さっぱり分からんが、広く、ひどくやられたもんじゃのう」
「ええ。ぼくは己斐から歩きましたが観音町は別として、あとは全部、焼けていました」

「ふうーん。己斐といえばここから10キロも離れている。わしは、逆に、北から来た。白島から北がもう1キロ、おなじように焼け落ちている。わしゃあ更にその北の祇園に住んどるがのう。近所では落下傘を見たちゅう、もっぱらの噂じゃで」
「落下傘？」
「そうよ、落下傘よ。飛行機乗りが使うという、あの大きなコーモリ傘よ」
「敵の飛行士が飛び降りたんですか？」
「さあ……、たしかじゃないが爆音が聞こえたので敵機を見張ってた者がいた。それが東の空に大きく開いた白い落下傘を見つけた。いつも見えるもんじゃあない。しかも一つじゃあない、いくつかあって賑やかだった。だから『はよ、来い。はよ、来い』言うてほかの人を呼び寄せて、空にふわりと浮かんだもんを皆で眺めた。ある者は敵が何かを投下したと思い、ある者は敵機が墜落していると手を叩いて喜んだ。そこへ、あのピカッ、ドンだ」
「落下傘が……ですか？」
「それが……よう分からん。見てた連中はみんな眼を焼かれ、のたうちまわっている。眼というもんは敏感で、太陽をちらと見ただけでも傷痕が残るからのう。メクラになるじゃろ、かわいそうに」

そこまで話して農夫は、はげしく咳き込んだ。

なぜ落下傘なのか。なぜ空が光ったのか。ショック続きのその日は理解不能なことばかりであった。

長い夏の日もようやく暮れて、天地いっぱいに終日、立ち込めた煙霧が次第に濃さを増した。

その夜、朗は市街の北、太田川沿いの野菜畑で野宿した。

ひとたび腰を下ろすと気力が抜けて、動けなくなった。近くの農家では灯火を管制したまま夕食のようすであった。食を乞えばもらえたであろうが、それができなかった。24時間前には自分も自分の家で家族と一緒であった。だが今や、何も、ない。からだが疲労にとろけた一方、頭脳だけが別物かのように働いて、様ざまな思いが交錯した。

　父はたびたび口にした、「人間は、独りで生きるものではない」と。楽しそうな夕餉の雰囲気が農家から伝わる。そうか、家族こそ人間最後の砦……。母と弟妹はたぶん仁保町の戦時菜園に出かけた後であったであろう。だが父は、どうしたかなあ。家の中に居たら無事では済むまいと聞いたが、だいたい何が家屋を壊したんだ？

　目の前の広い葉のあいだに何か長いものがぶら下がっていた。淡い月の光に透かしてみてそれがキュウリだと分かると朗は１本いただいて歯を立てた。

　そして冷たい汁が渇ききった口腔に沁みたとたん、「キュウリのように冷たい」という英語のたとえを憶い出した。授業で教わったときには適切な表現だとは思えなかった。そのことに続いて英語のクラス、それから親友・江川があだ名「ライオン」を得た経緯へと連想がつながった。This is a dogを訳せと指名されたものの拙い挿し絵が犬には見えなかったらしく、「これはライオンです」とやったものだから皆が大笑い。以後、かれはまたの名、ライオン。

　そういえば「ライオン」は、きょうはどうした？

　そう、そう。陸軍士官学校予備学生への志願書を提出しに行ったと聞いたなあ。

　とすれば第5師団司令部へ寄って、西練兵場を歩いて、紙屋町から電車に乗ったわけだ。まあ、どこかで無事であろう。

他の連中は、きょうも一日中、地御前工場でゲージを作ったのかなあ？　そこまで考えて朗の頭脳は思考を停止した。

　しばらくして冷たい夜露で目が醒めた。からだが動かないし、頭が冴えない。うつらうつらとしながら、ここはどこだ、ここで何をしているんだと自問自答しているうちに寒さが加わった。
　気が付くと目の前遠く、心もち欠けた月が中天にかかっている。何時かな、と思いながら朗は背を丸くして膝頭を抱え込んだ。眠い。もう、このまま寝込んで再び目覚めることがなくてもいいと考えたが……寒い。何か着るものがないかなと頭の半分が思案した。あの気が狂いそうな熱気の中で、よほどのこと脱ぎ捨てようかとしたマニラ麻のスケスケ上着とズボンが、今や、唯一の救いとなっている。そう思い到ると即座に衣類、住まい、おかね、教科書、ヴァイオリンなどすべてが焼失したのだと再度、思い起こされた。
　深い藍色の夜空が美しい弧をえがく。星くずの帯をはさんだ牽牛・織女の一対が天頂でひときわ燦然と輝き、天の川が流れ落ちる西の空には黒い影絵の山並みがくっきりと一線を画した。周囲には蒼白い月光下、ありとあらゆる植物がかすかに息づき、正常な夜の静寂が天地を包んだ。
　しかし何か平素の夜のしじまとは言いきれないものが感じられた。一方では鼓膜が痛むくらいの沈黙があるのに、他方ではむせび泣く声が地の底で唸っているかのような異常さがあった。はるか南の空、昨夜まではおびただしい数の人びとが不安のうちにも共に眠ったであろうあたりにボッと、おぼろに光る低い雲が広がった。それはただ単に物理的な火照りであったのかもしれないが、朗は、後日、あれは人間の霊魂だったのだと確信するに至る。

いかに「最後の一兵まで戦え」と鼓舞されて「戦おう」と共鳴したとはいえ、各人各様、他人の安否を気遣う愛、義務に生きる決心、将来への希望、助かりたい希求などがあったわけだ。それらが一瞬にして、もう絶対に、もとの姿には帰れないハメにおとしいれられた。棲み家を失った魂は、お互いを捜し求め、変わり果てた姿を嘆き合い、遠い前線に取り残された夫や兄弟、子どもや親の兵士に一足先に別れを告げて、しかもこの世を去り難く、未練を持って漂ったに違いない……。

　また朗は、その夜、天涯孤独だと思ったが、じつは、何千何万という数の負傷者が苦しみ、絶望しつつ、同じ星と月を見上げていたのであった。

　近くの暗闇でコオロギが、休みながら悲しく鳴いた。

　幽玄の境をさまよっていた朗は、けたたましい鶏のときの声でわれに帰った。そうして再び、なぜこんな所に居るのか、懸命に考え込んだ。

　あたりは典型的な日本の田園風景である。だが足や肩、からだの各所が痛む。それに朝露が衣服を煤と灰で黒く染めあげている。煤と灰！　狂乱のけむり！

　きのうのことが、何かの間違いでありますよう、せつにせつに祈った。しかし、昨日と同じく昇った太陽は、きょうは、変わり果てた焼け跡を容赦なく照らした。世界は、一晩で、こうまで変わりうるものか。目の当たりにする現実が信じられないまま重い足を引き摺って歩く。市の東南部、仁保町を目指す。

　ただの一本も舗装道路が見つからない。それでもその日は障害物をまたいだり、迂回したり、底なし堆積層にめり込む前に、まず試

してみることが可能になっていた。火災の熱風はほとんどおさまり、窒息しそうだった煤煙も淡いかすみに薄らいでいたが大気には、まだいっぱい塵埃が浮遊しており、見わたすかぎり、赤く焦げて醜い廃墟がひろがった。

　朗は新しい靴がほしかった。

　靴ひもが焼け切れただけでなくゴム底がすり減って穴があき、灰が入って気持ちが悪い。しかし死体から脱がすわけにはゆかなかったし、落ちている靴は、自分のよりもひどい状態だった。つぎに足を置く場所の硬軟を判断しながら一歩一歩、注意深く進んでいるうちに飲み水が見つかった。上水鉛管の折れ目から、細かな霧が小さく美しい虹を散らしている。

　飲もうとして身をかがめたとき、ガラガラ声が朗の耳の中でささやいた。たまげて反射的に飛びのいて見直すと、まわりの焼け屑とは区別できなかった黒いタールまみれの人体が、足もとに転がっていた。

「みず……水をください」

　その人体は、うごめきながら頼んだ。死の直前の最後の力を振り絞っている。

　朗は、のぞきこんだ姿勢そのままで、動けなくなった。昨日の渦巻く熱風の中では目も心も凄惨な外界を遮断した。だが火も鎮まって明るい朝の陽光の下で見る瀕死の重傷者には、何よりも先に、恐怖を感じた。

　頭から顔の左側面にかけて赤黒くただれた大きな火傷があり、眼がつぶれ、黒く収縮した窪みに無数の裂傷が白い口を開いていた。他方の眼窩には腐った魚の眼のように赤く充血した眼球が上下左右にチロチロと動いている。頭髪が皮膚まで焼けて、残りの長い毛は

乱れて壁土にまみれた。黒く油に汚れて裂けた着衣からのぞく乳房の白さが陽に映えて、凝結した傷口の茶褐色に対して信じられない対照をつくった。

　女の人は、口と思える所から泡を吹き、胸をつかんで大きく呼吸した。
「水を……ください」
　女の人は、あえいだ。焦げた髪の悪臭が鼻をつく。まさか、母・イトではあるまい。朗は全身から冷や汗を流し、何も入っていない胃からこみ上げてくる胃液を呑みくだした。いや、ぼくの両親は、絶対に、どこかで必ず無事なはずだと自分に言い聞かす。

　即死するから、ひどい火傷を負った人には飲み水を与えるな、と聞かされていた。そこで朗はすぐに救助が来るから待つようにと可能なかぎりの優しさでもって諭した。しかし女の人は「みず……みず……みず……」と繰り返し、そうして大きくそり返り、からだを蔽うヤネ瓦の破片をガタガタ鳴らせて、けいれんした。

　朗は心にもないウソの慰めを口にして悔やみ、罪悪感と哀れみと怖れに身を縮ませて、気づかれないように少しずつ、後ずさりした。
「みず……水をください」
　瀕死の哀願は、どうすればよいのか分からず逃げる卑怯な朗にどこまでも、いつまでも、追いすがった……。

　市の東北端・常盤橋のたもとで陸軍兵士の一分隊が焼け土をのけて通り道を作っていた。おお、生きているではないか！　かれらは朗が久しぶりに目にする健康な人間であった。

　中国山脈に展開した陣地から動員されたのであろう兵士たちは、頼もしくも凜々しく、清潔な軍服で、動作もキビキビとしていた。

作業の一つは、死体の回収と見受けられた。

　いろいろな死体があった。

　あるものは肉が全部焼け落ちて黒ずんだ骨格標本に近く、あるものは部分的に強く焼けて筋肉が炭化していた。人間が灼ける匂いは牛や豚とはまったく異質であって、たとえようのない嫌悪感を呼ぶ。不完全な焼却体からは、その吐き気をもよおす悪臭を放ちながら、黒い塊となった人肉がボロボロ落ちた。火に焙られた死骸は、一つとして長く伸びたものはなく、すべて焚火にした流木か、等身大のクモかのように縮み、手足を折っていた。各部位からゴツゴツと骨がとび出た亡骸は、兵士が持ち上げようとするとバラバラと、灰と粉とに分解した。分解しないものは、焦げた手足が冬の枯木の小枝かのように四方八方を示したまま軽々と、持ち上げられていた。

　常盤橋の下では川の水が浅野家別邸・縮景園の裏で湾曲しつつ溺死体を南に運んでいた。大小の溺死体はみんなうつむきで、水中に広がって揺れる長い髪の毛も目についた。ふやけた人間の死体は、死んだ魚の白い腹とともに浮き沈みしつつ、ゆっくりと漂った。

　常盤橋から朗は川の東側を南に下がった。

　川岸に並んで建っていた家屋は全壊に近かったが火災は向かいの岸で止まっていた。その下は川に崩れ落ちた木造家屋の残骸が積み重なり、その間に挟まれた人体の部位、もぎ取られた腕や足、ちぎれた胴体、ぬめぬめした内臓などに加えて目玉が飛び出た人間の首がひとつふたつ、識別できた。

　国鉄広島駅の前の広場には仮設テントの救護所が設置され、さながら蜂の巣かのように人びとがせわしなく出入りしていた。

　大部分は親戚知人の安否を気づかう近隣地区からの人らしかった。かれらは汗を流しつつ声高にどこどこの状態はどうかとか、だれだ

れはどうしたか知らないかとか思い思いの質問を発し、相手を取りかえ引きかえて忙しく尋ね、また尋ねられていた。

聴いているうちにヒロシマの輪郭が浮かんだ。

惨禍の原因は空からの投弾で、ただ一つ。被害範囲もしだいに確定した。

直径約6キロメートルが完全に消滅し、そのまわりの家屋は修復不能の大破、鉄骨コンクリートの構造物は、骨組みだけ残った。また無傷で脱出できた人は、いなかった。手当てを受けながら体験を話し合う脱出者の典型的な例は、のち活字となった（下に英文 Give Me Water, Citizens' Group to Convey Testimonies of Hiroshima and Nagasaki, Tokyo, 1972 の中の一篇、岩本はくぞうの"Cremating My Child"から抜粋引用する。英文和訳は在責筆者。なお岩本氏は爆心から1キロの地点で被爆。当時46歳、自動車運転手。のち1964［昭和39］年死亡。死因、原爆後遺症）。

【……小学校で油薬の塗布を受けたあと家に帰ってみました。まだ火の手が上がっている大手町に入ると、地面にひざまずいて合掌した姿そのままで焼けた死体が目につきました。

いまひとりの死体は理髪店の椅子に腰かけたままで、私がふれた途端、こなごなに砕けてしまいました。隣近所の人だとわかる死体もたくさんありました。私の家はここだったが、と目を凝らすと荷車をひいた馬が裂けた腹から山のような内臓を出して横たわり、なんとそのそばに私の妻が転がっているではありませんか。

妻の説明によると落ちてきた梁に殴り倒されたものの、なんとか探し出した水溜りに這い込み、火が燃えるあいだ必死にギザギザの

底に身体を押し付けていたということです。着物が焼けて、一糸まとわぬ裸体でしたから、私は自分のズボンを脱いで穿かせ、それから歩けないというので背におんぶしました。そして水をくれ、水をくれとせがまれ続けるうちに市の公会堂に着いたのでおろし、セメント床の上に寝かせました。

　けさ早く「けが人を収容する」と兵隊さんが戸板を持ってきたので私も千田町の日本赤十字病院まで付き添いましたがお医者は独りもおらず、20歳くらいの若い男の人がたったひとりで後から後からと押し寄せてくる負傷者と取り組んでいました。順番を待つ人たちは窓が吹っ飛んだ病室、廊下、庭からさらに倒れかけの物置小屋の中にまで足の踏み場がないほど一面に横たわっていました。ここなら妻も安全だろうと思い、私は妻をそこに置いて、こんどは息子を捜しに出かけました。

　金比羅神社のそばで三輪車に乗った小さな死体が二つあったので、これはうちの子かなと迷っていると、通りかかった顔見知りの少年が「新橋で四郎を見た」と教えてくれました。11歳になる四郎は橋の下の避難者の群れの中で女の人に抱かれていました。礼を言うとその女の人は「いいえ、私ではなく別の男の人がゆうべ一晩中この子を抱えて川の中に立ち火を避けたのですよ」と話してくれました。私を見ても反応せず、ぐったりした四郎を背負って日赤病院に戻ってみると私の妻は死んでいて、すでに冷たくなっておりました。

　私は焼けたフライパンを拾ってきてお粥をつくり、息子に食べさせようとしたのですが、受け付けません。四郎は頭に軽い火傷があるだけなのに遠くを見つめたきりでした。そしてけさ10時ごろ、コーヒー色の塊を数個、ごぼごぼと吐いたかと思うと一言も言わず目をつむり、そのまま息を引き取りました。

長い、長いあいだ私は妻と息子の亡骸を抱いて泣きました。
　しかし他人様の邪魔になる、とようやく諦めて死体を血染めの着物にくるみ、焼却処理を指揮している将校さんの所へ行きました。
　若い少尉さんが名前と住所と年齢をノートに書き付けたあと命令し、兵隊さんが二人で妻と息子に重油をかけて手と足とを持ってふりを付け、ほかの死体が焼けている炎のなかに放り込みました。
　まず息子の頭に火がついて、残りはどんどん燃えました。妻の亡骸は焼けているあいだも、また白骨になってしまってからも、ずうーっと震え続けておりました……】

　仮設救護所の一隅では目のふちを黒ずませた女の人がほつれた髪を指で掻き上げながら身体を揺すっていた。足もとに、包帯だけが真っ白い小児が二人、うずくまる。涙で顔をクチャクチャにした女の人は時々しゃくり上げながら何か意味の通じない子守唄を歌っているかのように見えた。だが胸に抱きしめているのは、丸めた汚い枕であった。
　枕だとわかった瞬間、朗にある考えがひらめいた。そうだ、八丁堀のあの子ども、昨日は見捨てたが今日は違う。ここへ連れてくればよい……。

　飛行機のプロペラ爆音がした。市内の生活騒音がいっさい途切れた今ではハッキリそれとわかる音である。低い。片手で額の汗をぬぐいながら反対の手で陽光をさえぎって見上げると、翼から突き出たエンジンが四つある重爆撃機B-29であった。
　昨日とおなじくただ1機。しかし昨日の高空で飛行機雲を曳いたゴマ粒の1機が「広島の上空に雲なし」と打電し、その案内にした

がった攻撃機がこれまた目に見えない広島の上空、高度１万メートルから投弾したのを知らなかった朗は、けさの単独機もまた同じくアメリカ第20空軍から飛来、こんどは破壊状態を細部にわたってゆっくりと、低空から偵察中なのだとも気づかなかった。
　空には灰色のもやが立ち込め、大気には何か微粒子が多数、浮遊している。悪臭が立ちこめる地表では、もう二度と、警報のサイレンが鳴ることはなかった。
　朗が初めて近くで見る大型機はゆうゆうと、あたりに漂う薄い雲から出たり入ったりしながら旋回していた。
　かすみの下の焼け野原には、ところどころに折れた鉄骨、尖った黒い木の幹、倉庫か冷蔵庫であったのかコンクリートの残骸などが立ち、ここには人間の生活があったのだと告げる。死の沈黙のうちに曲がった柄なし包丁、へこんだ鍋、割れたミシン、ふくらんだ消火器などが灰をかぶった焼死体と混じっていた。
　国鉄広島駅前から市電のレールを頼りに西へ、八丁堀へと向かう。
　昨日の惨状がそのまま残り、電車道には黒焦げの電車とトラックの残骸が数台、散らばっていた。架線や電線がトグロを巻き、がれきの山と谷が昨日と変わらず歩行を妨げていたが、朗はようやく幼児が居た付近に辿りつき、赤く焼けた壁土の地層から突き出た女の腕を捕捉した。
　こぶしを握った片腕は全体が炭になり、絶叫したのか大きく開いた口の中は焦げ茶色の皮革になっていた。
　幼児は女の人の横に並んで寝そべっていた。
　８月の真昼の太陽がじりじりと照りつける。
　気温がどんどん上昇して熱風が燻ぶる焼け跡を煽ぐ。
　死臭、腐臭、人肉の焼ける醜悪な臭みがいっせいに湧き立った。

からだ全体が浅黒く変色した幼な児は、凹んだアルミのコップを手にしたまま自分の顔を母親の頰にすりつけて、満足した小天使の笑みを湛えて……死んでいた。

第3章

被爆後の日々

　その日、被爆二日目の夕方、家屋が半壊した段原町やレンコン畑の東雲町を通って朗は市の東南、仁保にある戦時菜園に着いた。家族はいるか。「いてくれ」という祈念と、「あの大災害では……」という諦めが交錯した。

　暗い山道の杉林を出ない前に「おぉーい」と声をかけてみる。「お兄ちゃんだぁ」妹・美代子の声が応えた。

　弟・繁がトマト畑で立ち上がる。手拭いを姐さんかぶりにした母がエプロンで手を拭きながら近づく。朗は、その場にヘタヘタと座り込んだ。

　父と11歳の弟・優がいなかった。

　みんなが西白島を出たとき気分がすぐれない父は、あとから行くかもしれないということだった。優は忘れ物をしたとかで途中で引き返した。母と繁、3人の妹は、市街地に対して逆斜面の山畑に到着していたため助かった。爆発の瞬間、みんなは一時、気絶したもようであった。

　1歳の妹、弘子が見つからないので大騒ぎした。弘子は斜面を転げ落ち、離れたところの溝に、はまっていた。それから皆は市街に面した崖の上に立ち、猛煙と大火を一日中眺め、不安と恐怖で神経

を消耗し、虚無感と絶望のどん底で時を過ごしていた。

　お互い手みじかに経過を話し、何度も何度も繰り返して父の安否を気づかっているうちに暮れなずむ下の山道から「おーい。ブドウだぁー。ブドウ、もらったよおー」と叫び声がひびいた。なんと、落伍して皆を心配させていた弟・優が、熟れたブドウの房を高々と頭の上にかざしながら山道を登ってくる。
「お前はどこまで心配させれば気が済むんだろうねぇ、まったく」
　安堵した母の声に怒りはなかった。「けれど昨日は、いったい、どこに居たんだよお」
　優は野球用のボールを取りに途中から引き返した。そして母の荷車に追いつこうと急いでいたところ、常盤橋近くで気を失った。気が付くと二葉山のふもと、陸軍西部総軍司令部の応急処置所であった。擦過傷のほかにケガはなかった。大量死傷の現場では、軽度負傷者が最初に救助されるのであった。

　優のそばに横たわる老人は復讐をうったえた。忙しく立ちまわる看護兵をつかまえては「兵隊さん、かたきを討ってくれ。アメリカ人は、なんという人でなしだ。頼む、兵隊さん。きっと仇討ちを……」と懇願した。

　優が家に帰りたいと告げると、白い手術着姿の将校は「なに？　帰る所があるのか？　よし、それなら帰れ。気をつけてな」と言って挙手の礼をした。

　仁保への道すがら、優が東雲町にさしかかると、ブドウ棚の下に避難者たちが群れていた。ほとんどが火傷を負っていた。やけどの箇所は頬とか手とか、治療しやすい「点」ではなくて「面」であった。たとえば顔の側面を焼かれた人は、おなじ側の目、耳、鼻、口、肩から胸にかけて広範囲に焼けただれた肉を剥き出しにしていた。

まともな服装をした者はいなかった。猛火から脱出した人びとは全裸にちかく、そこで看護の第一歩は付近の倒壊した民家の窓からカーテン生地を引きちぎり、それでまず傷だらけの身体をくるむことだった。
　ブドウ園の所有者が、ブドウの房を切っては避難者に与えていた。
「すみませんがのう。とても皆さん全部を家へお連れするわけにゃあ、ゆきませんけえ、ここで勘弁してくんさいのう」
　持ち主は嘆いていた。「もう、こんなもん要らんわい。なにもかも終わりじゃ。この世は終わりじゃ」
　それで優も抱えられるだけ、ムラサキ色によく熟れた房をもらったのだった。
「そんなことは、どうでもよい」母が苛立った。
「え？　きのうの朝のこと？　お父さんはね、二階にいたよ。気が向けばあとから行くかもしれんし、八丁堀へ行って、家の下敷きになっている本か雑誌を引っ張り出そうかな……とも言ってたよ。そんだけ」

　何が起きたのか、広島の人たちにも外部の人たちにもかなり長い時間のあいだ、わからなかった。
【広島市は1945（昭和20）年8月6日午前8時15分、日本の交通・通信網から突如、姿を消した。広島中央放送局はアナウンサーの頭上に崩壊し、電話局は交換手を押し潰し、電信局は配達夫とともに蒸発し、汽車・電車は一斉に脱線した。市街中心部に居た人びとはその刹那、絶命するか、重傷を負った】
【外界と遮断された広島からの第一報は軍用地下ケーブル回路での福山、および福岡陸軍連絡所への電話、「広島が全滅状態です」で

あったという。通報は一方通行で間もなく途絶え、その他の軍用民間、有線無線、電信電話に広島はいっさい応えなかった（諸説がある）。数日後、広島城跡に設けられた中国地方司令部情報室を救助隊が発掘したところ、厚さ20センチのコンクリートで固められたにもかかわらず一部陥没した地下壕内で圧死した通信兵にまじり、白鉢巻をした比治山（ひじやま）高等女学校3年生、学徒動員の14歳の女の子たちが送話器を握ったまま昏倒していた】

　放射能とか、またそれが危険、かつ残存するものであるとかは当時まったく知られていなかった。朗が知っていたのはアメリカ軍が刻々と接近しつつあることだった。また持ち場を守る義務であった。しかし焼け野原の反端側に位置した工場は遠すぎて、もう通えない。そこで朗は父の消息を求めてヒロシマの大噴火口に出かけた。

　噴火口の内部は遠くから望めば平坦に見えた。荒涼とした不毛の赤土がひろがる。しかし、じつは千差万別の形をした熔岩や焼け屑だった。何人の被災者が「元どおりになれ」、「死んだ人、帰ってこい」と熱願したことか。だが苛酷な現実は、何日たっても変わらなかった。元気な兵士たちが少しずつ通路を拓き、死体を火葬処理していった。

　ほとんどが識別不能の屍体であった。山間部から幼くして女中奉公に出された哀れな少女、わずかな儲けのために毎日市内を歩いた行商人、叫び声を上げて走りまわった腕白な子ども、いたずらっ子の群れに頰笑みかけた駄菓子屋のおっさん……みんな黒焦げで身元不詳、火葬燃料として用いられた鉄道の枕木と区別することすら、むずかしかった。

　直径6キロに及んだ噴火口【あとで分かったことだがヒロシマではナガサキの場合の4倍もの面積が核爆発に包み込まれた。また放

射線による感光もより広範囲に及んだらしく、御幸橋たもとの3枚を除き、被爆後1週間以内の撮影写真が絶無に近い】の中の数カ所で、屍体焼却の火が上がった。

　焼却場では葬式も弔問の客もなく、どこでどんな生活をした何という名の人か、さらには男か女かさえ分からないまま、灰の山と骨粉とが高さを増した。

　日中は青い淡い雲が空に低く棚引いた。人びとは、人体を焼く煙はまっすぐに上昇しないのだと、ささやき合った。夜は漆黒の暗闇の中で、不気味な光の柱が数本、立った。大多数の人には絶対に経験できないであろう人間を焼き切る悪臭は、近くの通行人の衣服に付着して、離れようとはしなかった。

　焼き場から焼き場へ、身内を捜す人びとが巡礼の列を作った。

　都市の焼け野原には物陰というものが存在しない。真夏の太陽が一日中、照りつけた。加えて白熱の焚き火が気温を上げる。にわか巡礼は休む所も飲食店もない焼け跡を踏み固め、伝え聞くことを直ちに現場におもむいて検証し、東から西へ、北から南へと方々を訪ね歩いた。多数の屍体が焼け土に埋もれており、埋もれた焼死体は、みんながその上を歩くたびに砕けてますます判別不能となった。

　朗は時おり知人や親類と遭遇した。従兄の谷川は、自分の父の遺体を発見した。勤め先の保険会社ではコンクリートの天井が崩落し、遺体もすべて黒く焦げていたが、従兄は父・薫の金歯の位置を記憶していたので確認できた。

　ひとの消息を尋ねる巡礼は、急設された病院にも焦燥と落胆の旅をつづけた。

　病院には焼け残りの小学校が当てられた。校舎は傾くか、または陥没していたので体育館か講堂か玄関が収容所になった。

収容所は同時に死体置き場でもあり、堅い床に横たわる血まみれの人間はどれが生体で、どれが死体なのか分からなかった。探す人は血の海の中を這いずりまわり、メチャメチャになった顔やからだを一つ一つ、調べねばならなかった。

　早くも蛆虫が、開いた傷口を舐めていた。

【市中央部の焼失は、すなわち緊急時の看護体制の全滅を意味した。市周辺の農作地帯に準備はなかった。広島市に登録していた298人の医師のうち60人が即死、210人が瀕死の重傷を負った。1,780人の看護婦のうち1,654人が行方不明。臨時救急所に指定されていた32の小学校と18の個人クリニックが灰燼に帰した。残ったのは3病院。医薬品、止血剤、輸血材料、消毒液、ビタミン類、ガーゼ、包帯などすべてが燃えた】それで手当てのしようがなく、いかに苦痛を訴えようとも負傷者は、ただ単に放置された。

　他方、医療品がどれだけ揃い、医師がたくさん居たとしても、結局のところはムダだったかもしれない。放射能に晒された場合の処置は、まったく未知の事項であった。

　放射能による死は一種、独特であって前例が無かった。

【のち日本研究陣により纏められた医学臨床レポートは、広島死者の大半は超高熱による瞬間焼却が死因であるとした。通常の熱線はヒフの外皮で止まるが、ヒロシマの熱線は中皮も、また内皮をも貫ぬいた。したがって皮膚層そのものが肉から離れ、裂傷は破傷風になり、火傷は化膿した。放射能を浴びて起こる最初の症状は嘔吐、第二が食欲の喪失、ついで口腔、鼻腔、咽喉など体内粘膜が出血する。そうして血便。つぎに内臓器官が出血しはじめる。血液が薄くなり、ために身体が動かなくなる。同時に血漿が随所で凝固をはじめ、顔部、胴体、軀体手足に死相の皮下溢血斑点が形成される。放

射能患者の死亡には前兆がない。外傷もなく意識は鮮明で、これなら健康を回復すると見えても突然に死ぬ。なぜ予知できないのか、謎であった。死亡のあと、全身が青黒く変色する。多くは苦痛を訴えず、無口のまま死亡した】

「多くは無口のまま」医学レポートに該当しなかったのは朗の従妹、顔にガラス片が刺さってミラー・ボールになった初江の両親であった。初江の母・ワイは、被爆前日、朗の一家を訪れた心優しい伯母である。

　船越夫婦は市内、十日市町で瀬戸物の卸しを手広くあきなった。爆心から西、800メートルの地点で陶器の破片により生き埋めとなったが究極的には郊外・五日市の実家、五郎の家にたどり着いた。空いた場所がなかったので厩舎に入り、四つ足を間断なくゴトゴト踏みかえる馬のそばで横になった。

　人手が足りなかった。それで看護がないまま放置された船越夫婦は身じろぎも困難で、ただ呻いた。骨折は自然に治癒しないから寝返りもできない。そばの馬はしっぽを振ってハエやブヨを追い払うのに、動けない怪我人は、自分の裂傷や擦過傷にたかる小さな虫に手が出せず、開いた傷口を食い荒らされた。火傷をしていないのに放射能が身体を透過していた。平時の金持ちは歓迎されても戦禍の犠牲者ともなれば話はちがう。裕福であった商人と優雅な妻は、自分たちの流血と塵芥と糞尿とに埋まり、苦悶した。

　息を引き取る前にワイは口をきいた。
「ねえ、このまま死ぬのでしょうか。死にたくないわ。初江や久雄がいる。死んだら子どもはどうなることか。なぜこんな目に……。悲しい。私たち、いったい何の悪いことをしたんでしょうか？　神仏は、毎日、拝んできたのに。どうしても死ななきゃ、ならないの

でしょうか。もう少し生きたい。もうちょっとでいいから……生きていたい」

　涙が眼から溢れ出て蒼白な頬をつたう。居合わせたワイの兄・五郎は何もしてやれず、彼もただ涙にむせんだ。

　太っちょで豪放磊落な夫・朝吉は、そのような窮状にあっても妻を慰めようとした。「泣くな、泣くな。泣いても仕方がないことだ。それよりか、良かった昔の話でもしよう」
「これという不満はなかったなあ。ありがたいことだった。お前が居たのも幸いだった。丈夫な子どもも授かったし、店の者も懸命に働いてくれて商売は繁昌したし、物乞いを断わったこともなし。考えてみりゃあ、良い人ばかりだったなあ。幸せで、うまいもんばっかり食べて……。そうそう、あの田園交響曲とやら、おぼえているか？　商売人の家内だから長唄か三味線でもやればいいと言うのにさ、良さんの真似をしてからよぉ。でもあれは気分が明るくなる音楽だったなあ。だろ？　だろ？　おい、おい。おーい……」

　朝吉自身、上を向いたきりで動けず、横の妻を見定めることができなかった。

　船越朝吉は、一日遅れて死んだ。

　顔と頭を包帯でグルグル巻きにくるんだ初江は両親の死を聞かされても泣き声を立てなかった。声が出なかった。ただ目隠しの部分に血と涙がじわじわと、滲み出たそうだ。

　のち学童疎開から帰った弟の久雄は、親はどこかと問い続けて周囲の人びとを困らせた。

　その年の秋、丘の上の松林で、沈みゆく夕陽に泣く孤児二人の姿を五日市の人たちは、たびたび見かけた。

放射能による死者があとを絶たない8月15日、突然、昭和天皇の終戦宣言がラジオで放送された。「武力抵抗をやめる、ということだ」と教えてくれた仁保の隣人・大林さんは放送内容も天皇のカン高い声もよく聞き取れなかったが「耐え難きを耐え、忍び難きを忍び」という文句から、日本が敗けたと推定できると説明した。

　敗戦宣言のあともヒロシマ噴火跡には変わりなく、毎日、知人・親戚・家族の消息を尋ねる人たちが歩いた。

　同時期、市の郊外では、あちこちで間断なく読経の声が上がり、せわしないセミ時雨と混じり合った。

　まがりなりにも葬式を出す余裕のある地域では人びとは各自の職務に従事した。ラジオも新聞も機能した。朗が日本で唯一の新聞かと思っていた広島本社の中国新聞は社屋が全焼、従業員もほとんど死滅したが非番であった生き残りが1台だけ郊外に疎開していた輪転機をまわした。焼け出された人びとは1枚のワラ半紙の新聞がボロボロになるまで廻し読み、また、同情にもとづく強い共同体意識から、知らない者同士でもよく話をした。そのような伝聞を通じて原子爆弾と名づけられる特殊兵器であったこと、またその使用が日本の徹底的抗戦の意思をくじいたことなどを知った。

　しかし、そのようなことをいくらたくさん知ったとて、一家には何の役にも立たなかった。

　幸い父・良一は、あの日、圧死することなく倒壊した家屋から這い出て火がまわる前にひとりを救助、自分も救護所で数日間、手当てをしてもらってから帰ってきた。家庭菜園の山畑では寝たきりだったが息子たちが力を合わせて掘立小屋を作った。強制立ち退きの際、家庭菜園に移したトタン戸板や資材を用い、荒縄で縛り上げてとにかく屋根を葺いた。

いちばん困ったのはフロだった。湯にどっぷりと身体を沈める機会には恵まれなかった。

　二番目に困ったのは山畑の暗闇で、電灯がないので夜になるのがこわかった。近くの林の中に苔むした墓地があり、いつ人魂がフワーッと浮かぶか、分からなかった。

　日中は畑の手入れをし、みずから栽培した野菜で飢えをしのいだ。そしてキーンと耳を突くターボの爆音がすると、朗は丘に登った。

　アメリカの新鋭戦闘機ムスタングが超低空で地面を撫でながらヒロシマの噴火口盆地を周回する。日本のゼロ戦を軽々と追い越す勝利者は、何機も何度もヒロシマの焼け跡を空から見物に来た。

　直径６キロもある焼け跡を徒歩で横断し、五日市の伯父・五郎が貴重な食料品をたずさえて見舞ってくれた。宮島沿線からは、まる一日の行程だった。五郎はまた親戚の消息も、もたらした。不明が多かったが、生死確定もあった。

　母・イトは船越夫婦の死を聞いて「そうですか。死にとうない、死にとうないと言いながら……死にましたか」とおうむ返し、ハラハラと落涙した。子どもたちも、涙もろかった伯母の霊に手を合わせた。見納めは、わずか２週間前のことだった。

　数日してこんどは朗がおもむくと、五郎は病床に臥していた。

　いなか五日市、先祖代々の土蔵つき平屋は広く涼しい。同時に内部は日中でも薄暗い。暗がりの中に伯父が横たわっていた。

　被爆直後から２週間、五郎は休みなく働いた。負傷者の介護、親族知己の捜索、焼け跡での死体処理。彼だけでなく多くの人びとが公共と他人のために働いた。残留放射能というものがあると知らされた時には、もう遅かった。15日目、いつものように家を出ると

たん、五郎の両膝が崩れた。寝かされても吐瀉に苦しむ。胃液に赤い血が糸を引いた。呼ばれた近所の医者は、一目見て首を振った。
「ダメです。アメリカの毒ガスです……」
　治療法に手がかりがなかった。せめてものこととゲンノショウコの煎じ薬を処方される。しかし薬湯は宿便せず、即刻、血便となって流れ出た。
　朗が見た伯父は急激に衰弱しており、顔には死んだ細胞が集まって醜いアザを形成していた。五郎は「寝たきりなのに身体がだるい」と説明し、力のない笑い声を立てた。
　戸外では８月後半の炎天下、青々と茂る稲穂がうなだれた。一条の潮風が旧家の中を走り抜ける。蒸し暑い日も残り少ないことであろう。だが秋は、くるのだろうか。次の日が必ず明ける……とは信じられない時代であった。
　つい先日までは憎悪した敵、また実際に 110 もの都市を平然と焼き払った鬼畜が大挙してやってくる。異邦人らがどんな無法を働こうとも甘受しなければならない。わが祖国は、無条件降伏したのであった。
　日本の人びとは略奪をおそれ、無理難題を想像しておののき、女性の髪を剃り落して男装させた。
　1945 年 8 月 15 日の一夜にしてそれまでの特攻隊闘志が冷却し、その反動からか諦観と危惧と不安が人びとの思いを支配した。底知れない虚無感にとらわれて一日一日、その日だけを生きた。将来があるとは、とうてい、思えなかった。
「心配するな、太陽はまた昇る」五郎は朗を励ました。
「みんなが腑抜けになったのはよう分かる。じゃがのう……降参したからとて、この世が終わるわけではない」

伯父は苦しそうに咳き込んで、それから間もなく眠りに入った。それがじつは意識混濁に陥ったのであり、二度と目を開くことはなかったと、朗はあとで知った。

　９月２日、日本の降伏文書調印式が東京湾に停泊したアメリカ戦艦「ミズーリ」の甲板上でおこなわれた。軍艦は、所属国領土の延長である。したがってそれはアメリカ合衆国の領土が東京にまで拡張し、さらに調印後は、アメリカ政府の意思が日本全土に及ぶことを意味した。東京湾内には米国ほかイギリス、フランス、ソ連、オランダ、オーストラリア、中華民国などの戦闘艦、合わせて300余隻が集結し、衝突事故が起こるありさまだった。
【おなじ９月２日、冒険心にあふれた一アメリカ人レポーターが早くも広島に到達した。どのようにして混雑を切り抜けたか不明であるが当時500万人と推定される都市焼き討ちの犠牲者が、（ルメイの言う）石器時代の半人半獣の原始生活に叩き返されて、買えない住まいと食を求めて右往左往するところへ、さらに300万名と呼号された日本内地防衛軍将兵の武装解除、除隊、帰郷とが重なったため、それでなくてもすでに銃爆撃による損害をこうむっていた鉄道は、想像を絶する混乱に陥っていた。それにもめげず、また占領軍司令部による「外国人ジャーナリスト西日本への立ち入り禁止令」にも違反して、東京から西へ800キロ移動したアメリカ３大テレビの一、ナショナル放送ＮＢＣの通信員バーチェットは、モールス発信器で検閲もかいくぐり、現地報告第１報をアメリカに送って「世界中で、ヒロシマくらい破壊された都市はなく、４週間後のいまも、放射能のせいで毎日100人ずつが死亡している」と書いた（The New York Times, 1945年９月４日と５日）】

五郎が死んだあと、朗の番がやってきた。

　ある朝、朗が嘔吐するのを見て母・イトは顔色を失った。たびたび出かけた焼け跡で、アメリカの毒入り水道水をがぶがぶ飲んだからだと信じた。ほかの人たちは放射能というものだと説明したが、いずれにせよ後の祭りであった。

　食欲がなくなり、しだいに動けなくなった。寝ころんだきり、肩で大きく呼吸しなければならない。息が切れた。煎じ薬も飲んだとたんに激しく嘔吐した。胃がカラになると、さらに元気がなくなる。ことばを発することすら億劫になった。

　昼夜の別なく長時間にわたって便所にしゃがんだ。しゃがんでも通常の排泄ではないので便意が収まらず、内臓をはじめ、からだの内部がつぎつぎに分解し、血となって流れ出る感がした。ある時は粘液であり、ある時は鮮血がほとばしった。

　便意のあいだを縫ってしばし横になると高熱のためか、大しけの海で船室にへばりついているかのように身体がフワーッと空中に舞い上がり、それからザ、ザーッと奈落の底に落ち、またフワーッと浮き上がっては落下した。気分が悪い。落ちたまま再び上がらないのが「死」というものかなあと、ぼんやり考えたり、吐き気がするのに吐き出す物がない苦しさに悶えたりした。

　時どき意識が回復した。回復するたびに母の顔が目の前にあった。つい先年までは色白で丸まげを結った若奥様の顔が見るかげもなく肌荒れし、陽に焼け、苦渋にゆがんでいた。パサパサの髪をひっつめたイトが思い入れと共に朗の頭を撫でると、五分刈りの髪の毛が節くれだった指にからまってスポスポ抜けた。

　母・イトは、あきらめる前に人事を尽くす女であった。

　放射能であろうが何であろうが、火傷の水泡や打撲傷や煤煙吸入

のほかには外傷がないから、新陳代謝が原因であろうと勝手に考えた。食べもしないのに血の下痢ばかり。血を出すといえば鼻からは血をしたたらせ、歯ぐきは血で滲んでいる。血液が凝固しない。これは薬草では間に合うまい。とにかく胃に止まり、血を造るものを食わせねばなるまい……。

　そこでイトは近所の一軒家に住む朝鮮の人から馬肉を買い、茹でた肉塊をいやがる朗の食道にねじ込んだ。朗は顔をそむけ、嚙まずに吐きだし、呑み込まされたものは嘔吐し、あるいは直ちに下痢して排泄したがイトは怒らず、倦まずたゆまず繰り返した。

　肉類は配給制度には載らない貴重品であり、密売買には現金が要る。おそらく非合法に入手したであろう馬を屠殺した朝鮮の人にとり、たまたま現金を所有していたイトは、上得意になった。物々交換経済の時代だった。現金を欲しがる人は少なかった。だが家財をそっくり焼失した一家は、この現金があったので命をつないだ。ただし哀れな馬は、近くの杉林で解体処理されたらしい。撲殺される前の馬が恐怖のいななきを上げ、逃げようとしてドタドタ地面を踏みしだくのを横になったままの朗は夢うつつのうちに聞いた。

　初秋の気配が朝夕、漂いはじめたころ、朗はなんとか回復して動けるようになった。それまで慢性栄養失調のために成長が遅れていた少年のからだに、たぶん、細胞増殖のバランスが少し残っていたのと、それから親心のしろうと荒療治が効いたのかもしれない。

　９月17日、元気になるや否や枕崎台風がやってきた。

　しっかりした構造物の中に居ても台風は不気味なものである。一家は必死で戸板を結び、柱に木の棒をつっかえた。

　大きな雨粒をふくんだ黒い雲が丘の上をかすめて飛び、風がしだいに強くなる。原子爆弾が炸裂したとき家族を熱線から守ってくれ

た崖と谷が、こんどは風雨を加速した。妹たちは「こわいよう、こわいよう」と泣きじゃくりながら頭だけシートの下に隠れた。父と息子たちは四隅の柱を一本ずつ肩にした。夜通し雨に打たれながら踏ん張り、ようやく持ちこたえたかと思った矢先の明け方近く、一陣の突風に「危ない」と感じて身をかわした刹那、小屋は吹き飛ばされて、ばらばらに分解してしまった……。

　一家は多忙であった。大阪で焼け出されたあと父母を頼って来た遠縁の寡婦の行方も調べなければならなかった。また何か役立つものが焼け跡に残っていないか探す必要もあった。
　西白島町の借家跡では防空壕を掘り返した。庭が狭く、手掘り手作りの家庭壕に家族は入れなかったので防空壕は貯蔵庫として用いていた。ジャガイモが蒸し焼きになっていた。干上がっていて食べられなかった。
　台風一過のあとは、美しい秋の日がひろがった。
　焼け屑が散乱した赤土の荒野の上に目が醒めるような蒼穹が立ち、ハケで掃いた巻雲が季節の変わり目を告げる。清冽な大気には、まだ消したばかりの焚き火の匂いが時々まじったが、もう心臓が凍るようなサイレンの音も、危険の予告であったプロペラの響きもしない平穏が天地に満ちた。
　しかし原子爆弾で破壊されたあとの静寂は、同時に、死の沈黙でもあった。住民たちが花見を楽しんだ長寿園公園の桜の並木は焼け杭しか残っていない。葉擦れの音や、賑やかなスズメのさえずりも聞こえない。この季節には広島の市街をいろどった金色のイチョウ、緋のもみじ、常緑のヒイラギなどいっさいの天然の色彩が消滅していた。かわりに低い秋の夕陽が焼け土に映え、見馴れない醜悪な無

数の影がギザギザの地表面をきわだてる。その廃墟では、あたりを見まわす朗の影が一番長い影だった。

ほど遠くない所に人骨が見つかった。

ほぼ完全な大小2体、寄り添っていた。明らかに枕崎台風に洗われて出土したものである。せめて小石で周囲を囲みたいと探したが大きな庭石しか見当たらない。それで石灰色の人骨のまわりから様ざまな焼け屑を取り除き、もし父であり夫であった人が無事に復員したら、飢えに泣いた赤ん坊と、涙ながらにあやした若い母親とを発見するようにと祈った。

10月に入ると中学校の授業が再開された。

場所は大河（おおこう）小学校で、半日の借用だった。その木造校舎は市の東南南に位置し、焼失はまぬかれたものの窓枠が折れ、窓ガラスが欠け、大きくうねった2階部分には運動場から長い支え木がしてあって、倒壊寸前の状態だった。

主として住居や通学の困難から生徒の半数は姿を見せなかった。朗の盟友・江川隆は、ついに家族のもとに戻らなかった。8月6日の朝、廿日市の海岸で朗と別れたグループは、全員、それぞれの家族のだれかをその日に失っていた。

級友・大津の姪は生後8カ月、かたことの前触れ音を出し始めていた。トタン板で囲っただけの仮小屋から見えた焼け野原にかかる新月に小さな手を合わせ「まんま、アン。まんま、アン」と発声しながら独りでうなずいていたが、ひと朝あけると母親の腕の中でプッツリと、こと切れていた。

いじめられるので弱虫の朗が怖がった松井は、両親を亡くして孤児になっていた。人が変わって悲しそうな目つきをするようになった松井は、小さな空き缶を持ち歩いた。授業中には机の上にそれを

置く。彼が両親の遺骨だと信じる破片が数個、入っているとのことだった。紙のふたを輪ゴムで止めた、いびつなブリキ缶は、カサコソと、乾いた音を立てた。

　名のみの中学４年生は、２年間の授業空白を埋めようとしたが実行は困難だった。

　とりわけ焼け出された者は、昼の弁当はおろか、過去の記録も現在の教材も、何一つ持たなかった。朗は死んだ親友・江川の家族が２、３日の差で家財ぐるみ市内から転出していたと聞き、遺品となったであろう勉強道具を貰い受けることが可能かもしれないと考え付いた。だが両親の心情を察すると、とうてい出来ることではなかった。それで手ぶらで出席した。

　どこのどんな災害においても被害の程度には個人差が生じるものでヒロシマの場合も噴火口盆地の中では一家消滅、周辺では家屋半壊、爆心から４キロ以上離れていればおおむね平素の生活が維持された。級友は先生に命じられるまでもなく、お互いに助け合った。

　しかし、限度があった。持っている者が少数で、しかも、持っている者自身がノート用紙も鉛筆もチビリチビリと倹約しなければならない。朗は懸命に丸暗記しようと努めたが、先生の説明は一方の耳から入って他方の耳に抜けた。掘立小屋の家に戻っても一枚の白紙がない。読むものも書くものもない。まったくのお手上げだった。どうしても、教科書だけは……要る。

　ついに晩秋の一日、朗はいちばん好きだった学友の遺族に頼んでみようと意を決し、中国山脈のなかにある江川の家族の疎開先の山村を目ざした。

　江川の一家は、それ以前下宿させていた同級生・榎木の実家に逆下宿していた。いつも江川と行動を共にした榎木は、あの瞬間は廿

日市への通勤途次であり、いなかに置いた所有物は焼失しなかった。朗はヒロシマの焼け跡を横切り、北端・横川駅から鉄道の終点・可部駅、そこからは次第にせばまる紅葉の山道を歩いた。訪ね当てたときは午後3時をまわっていた。

　江川一家は納屋を改造して住んでいた。簞笥の上の額縁から黒リボンをとおし、隆が、ほお笑む。好男子であった。

　遺影に線香をあげてから朗はそばに座った隆の母に、思い切って真の来意を打ち明けた。

「もちろん、ご遠慮にはおよびません」と江川の母は快諾したが、それから「あの子も、河内さんに使ってもらえれば、きっと喜ぶことでしょう」と続けたかと思うと、いきなり、ウワーッと大声を上げて泣き伏した。

　朗はおおいに後悔した。だが遅かった。親友が亡くなったあとに……来たくは、なかった。さんざん迷い、ためらいにためらっての挙げ句の果ての懇願であった。代案が、ただの一つでもありさえすれば、絶対に、悲しませなくても済んだのに……。朗は、肩を震わせて泣きむせぶ大柄な母の背に慚愧を感じ、身の置きどころがなかった。

　隆の母は涙ながらに「まだ毎晩、戻ってくるのを待つんですのよ」と語った。死んだ長男は戻ってこないと知りつつ、それでも夕方になると石垣の上に立ち、下の山道から隆が現われるのを待つ……。
「死んだのは確かでしょうか。まだ、どこかで……」

　慰めるつもりで朗が尋ねると、遺体を発見した、と応えた。江川の父が探して名札で確認した。死体があったのは、西練兵場だったという。

　西練兵場！

ところもあろうに……西練兵場！
　軍関係の志願書を提出して師団司令部を出たばかりの所。紙屋町で電車に乗るため歩いていたに違いない広場……。
　朗の全身がゾクゾクッとした。そういえばあの被爆の日、なにかしら見たことがあるようだなと一瞬、頭をかすめたのは、あの死体が着ていた服の袖には一本、黒い布線が入っていた痕跡があったからだ。袖が輪切りになっていた。「黒色は、原爆の高光熱で焼ける」知識は後日のものだったが両袖に一本ずつの黒い線は、所属が広島県立広島第一中学校であることを示し、朗が着ていた制服と同じだったのだ……。
　あの日、朗は紙屋町交差点から北の西練兵場に入った。死体らしいものが点在していた。その一つの屍体が、とりわけ注意を惹いた。神経も感覚も思考も麻痺し、かつ道を急いでいたにもかかわらず、なぜ通行道から数メートルも離れたその屍だけをわざわざ寄り道してまでも検分する気になったのか、わからない。しかし、すうーっと引き寄せられた。
　人間の顔ではなかった。火焙りにされて２倍大に腫れあがり、耳も鼻も口も失われて代わりにハチ切れそうになった半透明の球体にムラサキ色の血管が浮き、両眼があるべき場所に、真珠大の白い目玉が鎮座していた。頭部以外には火傷も外傷もなく、ふつうに見えた。着ていた制服が自分と同じであった意味を、朗は、そのとき、認識できなかった。動転していた。けれどもなぜ選りに選って、あの屍体にだけ惹かれたのか、今にして思えば、あれは江川だったのだ！　江川が、「見てくれ、おれはこうして死んだ」と叫んでいたのであった！

親友は、死してなお、通りがかった僕を呼んだのだと朗は刹那に悟り、全身の皮膚を鳥肌立てて、わなわなと震えた。
　隆の母はことばを継いだ。「だから息子があそこで死んだのは確かなんです。身体も衣服も見覚えがありました。ただ、顔が……」
　もちろん顔は強火に焙られて、破裂せんばかりに膨張して原型をとどめず、変わり果てていたのだ。朗は熔けた眼球を見たとも言えず、ただガタガタと慄えつづけた……。
　父・江川は８月７日、疎開先の納屋から可部駅、不通になった線路沿いに横川駅、さらに江川が立ち寄る予定であった広島城跡の師団司令部への行程をすべて徒歩で辿ったらしい。一日仕事である。名札は大きな白の木綿布に墨書したもので、黒色のみが焼失していたので読めたという。遺体は確認できたものの、運搬手段がない。
　翌日、大八車を用意して再び20キロを歩き、西練兵場の現場に到着したところ、遺体が消えていた。だれがどこでどのように処理したのか、無人の焼け跡では捜索の方法も、問い合わせ先も、残っていなかった……。

　後刻いとまを乞う朗を見送って、江川の母は石垣の上に立った。「毎晩、息子の帰りを待つ」という、その石垣である。
　晩秋の山あいがたそがれて、夕靄が低く垂れこめた。深い渓谷沿いの小径をくだって燃える紅葉の木立を曲がる前に立ち止まり、振り返ってお辞儀した。薄暮幽明の境であった。黄泉の国へ帰る自分の息子に見えたのか、隆の母は文字どおり天をあおぎ、身をよじり、ついで身体を二つに折り、よろけながら手放しで、大声を上げて泣いていた。

親友が遺した教科書を持って朗は授業に出席した。教師の都合も一つの理由で、交替制の授業はあったり、なかったりした。未知の世界がこの世に存在することを教えてくれた英語の矢島先生をはじめ、軍刀を杖にして寄りかかった教練の真崎退役大佐、その他たくさんの教員が死んでいた。生き残った先生方は、住居とか食糧とか死傷した家族の処置とかで、それぞれ困難を手いっぱい抱えていた。

　そうした急な休講日、菊の香が薫る大河小学校の近くで、朗は初めてアメリカ人に出くわす。キャップ帽を斜めにかぶった軍服姿をみとめて避けようとしたが、田んぼのなかの一本道だった。

　すらりとして背が高く、非常に若く見えた兵士から顔をそむけたまま擦れ違おうとした瞬間、声をかけられてギョッと立ち止まる。しかし彼は丸腰だった。何を言っているのかサッパリわからなかった。手にしたラクダの絵の紙箱を見せるので何か「買え」と言っているのだなと直感し、首を振った。その直後、ヒロシマと知って来て田園地帯にまで独りで足をのばしたのだから、こちらに買えるお金があるとは思ってはいまいし、欲しいなら差し上げようかと訊ねたのかもしれないと、推量を重ねた。おとなしくそのまま遠ざかる異人の後ろ姿は、異郷で、寂しそうだった。

　一家は焼け跡を放置しておけなかった。借家跡も、自宅跡も、将来住むかもしれないので整理する必要があった。また早めに整地しておかないと、ゴミ捨て場に変わる怖れもあった。放射能が残留していて危険だ、などという知識は持ち合わせていなかった。

　焼け跡の整理は困難な作業であった。食べ物も道具も陽の影も、はたまた交通の便もない。救護所も、むろん店舗もない。つい先日までは市街から仁保の農作地帯に通ったのに、こんどは山畑から八丁堀に通わなければならないハメになった。

焼け跡はどこも同じで変色した洗面所のタイル、朱色に焼けた壁土、焼け戻して表面がざらざらになったヤネ瓦、セメントの塊や細竹に付着した壁の面などがうず高く堆積していた。朗たちは辛抱強く、ひとかけらずつ素手で選び分けた。爪が割れ、荒れた指の先を血が染める。メガネのツル、半焼けのズボン、焦げた浴衣、へこんだアルミ食器、割れた釜、熔けかけたミドリの一升瓶……。すべて見覚えのある物が、まったく無用の長物と化していた。

　整理したので移動に便利になったからか、一家が居ないあいだに工場設備・機械器具・金属材料類はことごとく姿を消した。

　時おり腰を伸ばして立ったまま休むと、荒涼とした焼け跡のパノラマが四方にひろがった。秀麗であった広島城の天守閣は、内堀の中に崩れ落ちていた。東南と西南から北へ集まる山並みが、驚くほど近くなっていた。

　八丁堀からほど近い所に教会が二つ建築されて、平たい焼け野原にポツンと孤立した。

　次に復活したのは映画館だった。

　八丁堀の電車接続点に位置した８階建ての福屋百貨店は外構だけが焼け残っていたが、その２階の背の高い窓の開口部に内側から幕が掲げられ、そこからビング・クロスビーが歌う「イースター・パレード」の陽気で明るいメロディが流れ出し、見わたすかぎり一面の廃墟の上に果てしなく拡散していった。

　映画を観に来たのは娯楽にのみ飢えた近郊の人たちだった。仮設映画館の一歩外では、たまたま生命のみが助かった旧市内の人びとが、一文にもならない自分の家の焼け跡を片付けて働いた。

　焼け廃材をわきに押しやって作った大通りにジープを駆って、清潔な服装をしたアメリカ軍兵士らも見物にやってきた。

第3章　被爆後の日々

アメリカ兵は、まわりの日本人を警戒するどころか多くの場合、無視した。

　迎える側の目にも特別な憎悪・敵意は見られなかった。「これが、つい先日まで、まなじりを引きつらせて爆弾と共に突っ込んできた、あの恐ろしく勇敢な兵隊と同じ人種、同じ国民かと目を疑った」と告白するアメリカ人もいた。

　朗は戦争が始まったとき教頭先生が訓示の中で「欧米人は、われわれ日本人も他の東洋人と等しく、強い者には卑屈なお愛想笑いを浮かべる、と信じているのだ」と話したことを思い出し、まったくそのとおりかもしれないと感じた。しかし現実に、一人や二人のアメリカ兵に、個人的に突っかかっても仕方がない。

　その後7年間つづいたアメリカによる日本占領は、歴史上ほとんど例がない成功といわれた。アメリカ人たちは、それが自国兵の正義感と強い宗教心に起因すると解釈した。しかし立場を変えると、外国人将兵が気ままに行動しても、日本人が萎縮して反抗の気配すら示さなかったからだとも言えよう。

　ヒロシマに来たアメリカ兵たちは、むろん原爆廃墟の見物が目的で、したがって、お祭り気分であった。声高に笑いながら焼け土の上で死んだマネをしてふざけ、写真を撮りあい、焼け跡を踏み荒らして記念品を探し、高熱で融合したガラスや瓦をたまたま見つけると、子どものように大はしゃぎして喜んだ。

　ジープの1台はイトの一家が働いている所へ来て止まった。そしてアメリカ兵たちは運転台の上に長い足を載せたり、シートの上に寝そべったり、めいめい気楽な姿勢で缶ビールを口飲みしながら一家を眺めていたが、そのうち空き缶や硬貨をほうり投げ始めた。8歳の美代子と5歳の妙子が拾いに駆け出す。母が厳しい声を出した。

「行くな。乞食ではない」

　妹らがしぶしぶ引き返す。と、誘われたかのようにひとりの兵士がジープから降りて、こちらへ歩を向けた。

「さあ、どうしょう。お母さんの口ぶりが、気に障ったらしいよ」

　繁がつぶやいて、みんなが顔を見合わせた。

　見るからに上等な仕立ての軍服を着込んだ兵士はズカズカと近寄り、いきなり母を打ち据えたかと子どもたちは思わず顔をそむけたが、じつは、何か紙切れをイトの手に押し付けただけで大股に歩き去った。そうしてジープに戻るとくるりと振り返り、矢継ぎ早にカメラのシャッターを押した。

　紙切れは、アメリカの軍票だった。使えないお金で紙くずに等しかったが、そのアメリカ人の気持ちはわかった。

「もし焼けさえしなければ、おなじ写真を撮るにしても私の刺繍とか衣裳とか、ふさわしい題材になるものは、たくさんあったのに」

とイトは嘆いた。化粧どころか、髪はほつれて汗まみれ、黒いモンペの野良着である。子どもも同様、乞食姿であった。

　朗はその兵士がスカートを穿いていたので、あっけに取られた。アメリカ軍には女性兵士が居るなどと、聞いたことも想像したこともなかった。戦争は、男がするものだと思い込んでいた。スカートの下の脚は白くて長く、セクシーだった。絶えて嗅いだことのない香水の香りが、しばし、焚き火の跡の匂いと混じる。足もとでは小さな妹たちがうずくまり、はたを盗み見た。いつの間に拾ったのかチューインガムを口に入れ、顔を見合わせてニタニタ喜んでいた。

　一般には知られなかったが当時、放射能が残って危険なヒロシマの焼け跡で、日本人の学者や研究員も働いていた。

【原爆症患者を治療するためには原爆がどのような危害をもたらすか調査する必要があった。そこで日本学術会議は敗戦の混乱のさなかであったにもかかわらず委員会を設け、東大の都築正男教授が17大学の医学部と、1,200名の科学者を率いた。この人たちとて個人的な生活は決して楽ではなかったであろうけれども入れ替わり立ち代わり広島に来てテントで眠り、自炊しながら努力した。その結果、物理学から動物学にわたる諸分野での知見が膨大なレポートに纏められた。その中に朗が宮島沿岸国道2号線で遭遇しても助けられなかった重傷者の群れにつき、次のような記述が載っている】

【8月6日、被爆時、広島市には市外から入った勤労奉仕隊がたくさんいた。防火帯設置のためであった。県および市の当局は市内で全滅したが、勤労隊を送り出した側の近郊の町村は、それぞれ各自の被害状況を把握した】

【(広島市の西南に隣接した)大竹町からの一分隊は爆心から西900メートルの地点で働いていた。87名のうち80名が即死、3名は第1週目、3名は後日死亡、1名は行方不明で死亡率100パーセント】

【大竹町森本地区のチームはおなじく1,200メートルの地点で2階建て木造家屋の影で休憩中だった。圧死した数名をのぞき、残りは直接に照射されず、したがって火傷も負うことなく脱出した。しかし第3週目から放射能透過の影響が出はじめ、3カ月目には死亡率が84パーセントに達した】

【大竹町本隊は、まだ目的地に向けて徒歩行進中であり、そのため落下する原子爆弾に対面する格好になった。2,300メートル離れていた。580名全員が顔に一時的な日焼けをした。わずかそれだけの負傷なのに、4カ月目には9名が死亡した】

このレポートの臨床例の部には「放射線の後遺症は、いつ現われるか予断できない」との注釈が付いている。
【一例は18歳の男子学生で、一時は完全に健康を回復し、退院した。2カ月たって11月、秋の収穫に従事したら突然発病、高熱と体内出血がはじまった。白血球の数が以前は650であったのに、390,000と爆発的に増加していた。死亡は再入院後5日目であった】
　原爆症患者の手当てをするために日本学術会議が払った努力は陽の目を見なかった。日本を占領したマッカーサー司令部が1945（昭和20）年9月19日付で報道・出版に対する事前検閲制度を敷いたからである。
　その結果、この日本の学術レポートは完成した段階で記録映画はむろん、病理標本までも押収されて、その後ワシントン在アメリカ学術会議が1975年に返還するまで30年間ものあいだ、極秘に保管された。
　その間アメリカ人医学者は次から次へと放射能と原爆症についての論文を国際学界に発表し、ために現在では放射能を浴びると人体にはどのような影響が出るか、知見はかなり広まっている。しかしこれら論文は、すべて前述した日本人研究者の手による学術レポートを英訳し、自分の名前を発表者としたものである。というのはヒロシマ・ナガサキの当時の調査例以外には、絶対に入手できない各種データに基づいているからだ。
　戦後まもなく広島市内の丘・比治山の上にABCCと名づけた施設が構築された。Atomic Bomb Casualty Commission（原爆傷害調査委員会）はアメリカの政府機関であり、そこから当時、スマートな乗用車が特定の原爆症患者を定期的に迎えに来た。
　送迎される招待患者らは、当時は入手不可能だったオレンジ・ジ

ュースをもらい、丁重な診療を受けた。そこで原爆そのものを発明したアメリカだから、きっと何か特効薬があって早く治してくれるに違いないと喜んだ。診療は30年間つづき、前述した日本資料の1975年返還を機にＡＢＣＣが財団法人・放射線影響研究所に改組されたのちも引き継がれたもようである。

　後遺症の短期影響は先述・日本の学術レポートで、他方、長期影響はＡＢＣＣの追跡診療により、それぞれ膨大な観察データの蓄積が、アメリカには存在する。

　したがってアメリカ軍は、何メートルの厚さの何の種類の遮蔽物のうしろでは何の衣服を着ていれば何時間後にはどのような反攻に出られるかなど、核戦争の準備を完了しているという。ただし一般人は知らず、知らされず、また気にも留めていない……という現実についても合意が成立しているそうだ。

　後遺症が精密に調査されたことから後年の"核分裂・生体実験説"が生まれた。すなわち「原爆は、人体実験を目的として日本人に対し、使用された」との主張である。目的ではなかったであろうが、結果は、最大限に利用された。

　1）日本の先行学術レポートが盗用された。学界においては先行性と独自性が発表価値の判断基準である。学者の生命であり、敬意が払われるべきだ。この点、レポート完成者が焼け跡で働いた日本人であったにもかかわらず、アメリカ人医学者たちは、あたかも自分が発見したかのように各種論文を発表しており、原始功績者にクレジットを与えていない。【筆者は証拠の英訳文を所持しており、これから日本原文の存在を知った】

　2）ＡＢＣＣ広島の運営目的は追跡調査に限定されていたが、この真の目的が秘匿された。診療には診察と治療の２面がある。丁

重な診察だったので招待された患者は早い回復を期待し、そうでない圧倒的多数の患者はうらやんだ。しかし、実際には少しも治癒しなかった。1年、2年と言わず、10年しても20年たっても治癒しなかった。それもそのはずＡＢＣＣは、治療をまったく行なわなかったのだ。ただ単に観察を続行しただけだった。「利用された」認識が一般に行き渡るのに30年もの年月が、かかった……。

ひと口に日本が戦争に敗けたと言っても皆が一様に被害を受けたわけではない。違法とされた配給制度以外の物資の売買、言い換えるとヤミ取引きに応じず、ために栄養失調で自死した人格高潔な判事もいたが、他方、そんな人はアホだと嘲笑し、自分さえ良ければ他人はどうなってもいいとする少数の人は土地や旧軍関係隠匿物資を操作、日本の敗戦を逆手にとって私利を得た。

一般的には、家財を焼かれたか否かが分岐点だった。

この区別はヒロシマの生存被爆者にも当てはまる。行政区域が全部焼けたのではなく、中央の密集住宅街が焼失した。周辺は、家屋も生活もそのまま残った。

住居と家財をなくした上に負傷者または病人を抱えた家族が最も悲惨であった。物々交換しようにも交換する物がない。働こうとしても自分がケガをしているか、または家族を介抱しなければならなかった。さらに被爆者は、政治的にもまったく無力であった。というのは立候補もできず、選出されず、投票にも参加せず、したがって自分たちの要望を届ける手段を持たなかったからである。

戦後の日本の政治家は経済復興を第一とした。時代の当然の要求ではあった。しかし、かれらの多くに焼け出された体験はなく、被

災者の窮状もわからない。だからか日本の政府は海外に目を向けた。

　一例は、開発途上国への資金援助である。

　もともと政治家・官僚は、自分の身体を酷使して稼がなくてもすむ金を左右できる。せっかく一方的に強制徴収した税金を、ふたたび国民に返すことは不要。そこで国内外の圧力の強さに応じて自分たちの都合のいいように分配する。戦後の政府が国内弱者を犠牲にしたからこそ日本は、敗戦国でありながら、世界第三位の国際的寄付国に成長した。日本が国連児童基金や国連原子力機構に世界最大額の喜捨をしている背景には国内の声なき者たちや、過去の犠牲者の存在がある。

　国内ニュースで、ほとんど取り上げられなかったが、大阪の岡本尚一弁護士は、法のもとでの正義を問うた。

　職業柄、「殺人」と「戦争」とは別物であると知っていた岡本は、原告5名の苦しみは原子爆弾の使用によるもので、これは軍・民の識別を要求する戦争法規に違反したからだとして1955（昭和30）年、アメリカ合衆国と前大統領トルーマンとを相手どって損害賠償を訴え出た。【原告の中に大田洋子が居た（戦前に小説家として確立。広島で被爆、後遺症。占領軍による報道規制中、原爆小説『屍の街』1948年を書いた）】

　一度は受け付けた東京地方裁判所はなんと8年間も待たせた後、1952年に発効した日米講和条約で「日本および日本国民は、アメリカおよびアメリカ市民に対するいっさいの賠償請求権を放棄する」と決められていることを理由に訴訟を却下した（The New York Times, 1963年12月7日。注：アメリカ人読者向けの発表がパール・ハーバー攻撃の開戦記念日であることに注目）。【原告・大田洋子は同12月10日、心臓まひで急死した。57歳】

条約締結（国際法）は、国内法よりも優位の効力を有する。したがってこの司法判断は、妥当であると言えるかもしれない。では日本の行政府は、どういう対処をしたか。

　国外提訴がだめなら必然的に次は国内提訴、すなわち対・政府が考えられる。そこでその芽を摘むため内閣はただちに声明を発表し、太平洋戦争は宣戦布告のもとにおこなわれ、布告は「民間人の損害は補填しない」という意味だから、日本人が被った人的物的損害は、それが原爆によるものか否かを問わず、政府に補償義務はないとの見解を発表し、国内提訴の可能性を封じた。

　他方で政府は、人もあろうにカーチス・ルメイに叙勲する。

　ルメイは1945年、サイパン・グアムに集結したアメリカ第20空軍の司令官であり、ワシントン在空軍参謀部と共謀して東京はじめ諸都市を住人ごと焼き討ちするよう下令した。のち全アメリカ空軍参謀長、大将に昇進していた。

　日本の国会議員にも勉強する人はいるもので、他のだれも知らなかったこの事実を広島県選出の社会党・大原享衆議院議員が賞勲局の推薦リストにルメイの名を発見、指摘して反対した。受けて広島市に本社を置く中国新聞も、原爆投下機は第20空軍所属であったのだと知ったヒロシマの被爆者のあいだに大きな怒りがあると報道したが佐藤栄作首相は、「航空自衛隊の育成に貢献した」として押し切り、1964（昭和39）年12月4日、閣議で勲一等旭日大綬章授与を決定した。

【1990年、83歳まで生きたルメイが日本指導層のメンタリティをどう解釈したか資料は見つからない。しかしのち道義性が問われるたびにルメイは、この日本のための最大級の功績に報いる最高表彰であり、数えるほどの人にしか贈られていない旭日大綬章を取り出

しては、これみよがしに見せびらかしたそうである。唯一の救いは、天皇から親授の勲一等の通例を破り、昭和天皇は、ルメイと面会することはなかったという（ウェブサイトPantera原爆展）。いずれにせよ内閣府賞勲局は、もともと授賞推薦を吟味する責務がある。今ではルメイは日本の110都市町村焼き討ちの命令者であったと確定しており、民間人死者51万人もの怨霊の怨嗟の的である。この恨みは賞勲局の「心ない仕打ち」に向いている。「賞勲局は欺瞞の存在」のそしりを免れるためにも公式に過ちを認め、未曾有のことながら、叙勲を取り消す必要があるのではなかろうか。民間人51万人虐殺も、また未曾有のことなのだ】

こういうわけでヒロシマの被爆者には戦後20年間の長きにわたり、公的援助は提供されなかった。この時期は、日本経済が驚異の復興をしたと讃えられた時期と一致する。みんなが「夢中で駆け抜けた時代」であり、他をかえりみる余裕がなかったとは言えよう。ただ被爆者は、他の戦災被災者とは異なる二重の責め苦を負った。後遺症と、隔離である。

たとえば被爆者は隣近所の共同体を一挙に失い、しかも多くの場合、自力更生が不可能だった。落魄した病人たちは焼け跡から赤錆びたトタン板を拾ってきて広島城の西、基町の旧陸軍敷地に一大貧民窟を形成し、そこに身寄りのない身体を寄せ合った。食べ物は、近郊でゴミ箱を漁った。

市当局は、住居と職を与えるべく努力したものの国政レベルでの救済法案はなく、市政レベルでは納税する住民がいなくなったので財源は乏しかった。基町には同類相憐れむ人たちが集まった。朗の級友で、両親の遺骨を缶に入れ持ち歩いた松井もそこに最後の人情

を見出して、放浪者の群れに加わった。市の近郊では花咲き鳥鳴き四季が移り変わったが、基町は長いあいだ赤茶けて折れ曲がったトタン小屋の集落のままだった。不潔でフロもなく、下水が地面にあふれ、いつも悪臭が漂った。そんな貧民窟で、世間から存在を忘れられた被爆者は、拾ってきた薄汚い布団にくるまり、日を追って、ポツリポツリと死んでいった。

1965（昭和40）年8月6日、アメリカの新聞各紙は原爆投下20周年を特集し、75年間にわたって不毛、かつ定住不能であろうとされたヒロシマは、かくも見事に奇跡の復興を成し遂げたとして商業地・金座街の新築ビル群の写真を掲載した。

他方、そこから遠くない基町は、いまや世界のヒロシマとして見物客を迎えねばならない市当局が撤去を図る。経済復興から落ちこぼれた被爆者の多くは、自殺の道をえらんだ。2例のみ挙げる。

平塚律子。シャワーで首吊り。原爆後遺症のために無学、無職、未婚。30歳（毎日新聞、昭和49年8月7日）。

納屋で男性61歳、縊首。遺書には「どこの病院に行っても治らない」とあった（毎日新聞、昭和50年1月1日）。

同じようなケースは広島県下で前年の1974年、8例が報告されたと追記されている。被爆後、30年が経っていた。

地元を一歩外に出ると、被爆者は日本の人たちのあいだでも敬遠、疎外された。保険会社は生命保険、健康保険への加入を拒否した。結婚の申し込みも拒絶された。被爆者というだけで、さながら伝染病患者であるかのように白い目で見られた。ボランティアが奉仕、運営した相互扶助会も郵便の受取り人被爆者が懇願するので"原爆"とか"被爆"の名称を使えず、"白菊の会"その他、仮名を用いなければならなかった。

被爆者の中でイトの一家は例外的に家族に欠員がなく、しかも原爆症患者を抱え込まないで済んだ。かといって万事めでたし、でもなかった。困難は後年やってきた。土地をめぐる係争である。

　敗戦と経済復興にともなって様ざまな歪みが生じたが、とりわけ都市における土地の需給が逼迫し、インフレと相まって地価が高騰した。

　広島は陸上・海上の地理的要衝である。しかも市街地の土地所有者がほとんど死滅したとあって外部の強力な法人組織、企業、団体、くわえて市内外の健康な人たちが焼け跡の土地に目をつけた。

　一家は仁保の戦時菜園を売却、代金で住宅公団の組み立て家屋を買い、八丁堀に建てて住んだが再度ならず追い立てられる。問題は大別して３種あり、それらが解決のしようもなく絡み合った。

　第一に戦争中、指定防火帯からの立ち退きに応じたがこれは土地の没収なのか、法的解釈が不明であった。

　第二に書類が全部、焼失していた。個人の手に土地権利書がなければ市当局にも納税証明書が残っていない。法務局は登記原本とともに焼け落ちた。それでお互い、証明のしようがない。証人となり得た隣組の知人は死滅か、四散した。

　第三に、被爆者ではない市議会や市役所のメンバーがこの機会を逃すなとばかり都市計画を打ち出した。焼け跡に点在した掘立小屋の住人たちは政治的に無力であり、市条例さえ成立させれば追い払うのは簡単だった。したがって平時においては想像できない混乱が生じた。利権屋が暗躍し、暴力団が動き、役人は情報を売り、議員が私腹を肥やした……と噂が飛んだ。地主であっても被爆者は弱かった。前述したように精神、肉体、政治力、資産、共同体などすべての面で弱者であった。それで強引に立ち退かされた。

イトの一家も移転した。しかしどこへ行っても紛糾した。ある時は換地の真の所有者が出現し、ある時は事務上の手違いがあったからとして決定が取り消された。イトは、おめおめと引き下がりはせず、「女だてらに……」と陰口をたたかれたが法廷に持ち込んだ。
　おもに市当局を相手取った係争は20年近く続いた。
　つぎつぎと敗訴した。ときには法定費用が支払えなくて立ち消えになる。本人予審に一回でも欠席すれば、これがまた自動的に敗訴になる。
　月日が経つにつれて情勢は刻々変化、ヒロシマの焼け跡には昔のおもかげを一新した町並みができあがり、見知らぬ人びとが移住してきて既成事実が形成される。市議会は条例を制定して土地の現状を凍結し、過去にさかのぼる清算を禁止した。イトの弁護士は金にならないと見切りをつけて訴訟相手方に鞍替える。市役所の帳簿を根気よく照合して記入操作の端緒をつかんだ母は異議を申し立てた。上司は事務担当者の私的責任とする。退職した下級公務員を大阪にまで追跡したイトは、「圧力に負けた」と告白する前職員の赤貧の生活を目の当たりにし、ついに涙をのんだ。戦争中がんばって広島に居残った一家は、平和がおとずれたのち、生まれ故郷から追い出される始末となった。

第4章

一度は消した記憶

　敗戦後日本の混乱期は、朗の学生時代であった。

　朗は親友・江川隆が遺した中学教科書で半年勉強し、翌年には高等工業学校に進学、学校制度の切り替えがおこなわれて新制大学を卒業したが何か、物足りなかった。たとえば父・良一は大規模な自動車修理工場を経営し、長男が受け継ぐものだと予断していたが、機械設備・工具一式・建物が失われて継承するものがなくなっていた。お金がそんなに大事なものとは思わなかったし、資本とは何であるかも知らなかった。新円・旧円の切り替えとか、小作農の廃止とか、驚天動地の改変が続いた。原因も影響もともに理解できなかった。これは経済学とやらを学ぶ必要がある。公立学校はムリでも私立なら編入できた。世の中とはいったいどういうものなのか、学びなおすに越したことはない。

　ただし東京におもむくと同級生が授業にも出席せず"就職、就職""コネ、コネ"といって走りまわっていた。異郷の東京で朗にコネはない。資格があれば有利というので準備、試験に合格し、会計士補に登録した。

　それからアメリカへ留学したのはよいが、必修科目のアメリカ憲法、アメリカ歴史と（キリスト教）宗教哲学以外は単位換算を満た

しているからとて1年で卒業、出て行けと告げられる。そこでコロンビア大学ビジネス大学院で会計を専攻した。

大学院に入る時、アメリカ人にとり発音しやすいようにと名前を工夫した。河内朗（こうちあきら）として生まれ育ったが、姓の"こうち"は英語のCoachに聞こえて誤解されたし、ローマ字でKochiと綴ると長母音を知らないアメリカ人に"こち"と読まれて不愉快だった。名前の"あきら"は呼び捨てにされて、これまた耳障り。結局、Albert Kawachiを採用し、以後、英語圏ではアルバート・カワチで通した。

そのころ1950年代は、アメリカにとり最良の時代であった。人びとは失業もインフレも、その他もろもろの社会悪を知らなかった。金利2パーセントで皆が一軒ずつ家を買う。自動車は年々長く、広く、華やかになり、車庫に入らなくなる。黒人問題もまだ表面化せず、ニューヨークは感じのいい白人の町だった。町の中の落書きも、また健康のためのジョギングも夢想だにする人はなく、コーヒー・カップはマッグと称して2倍の大きさだった。

アメリカ人は老若男女を問わず万事につけて鷹揚であり、道で出会うとニコッとするか、「ハーイ」とか言うので朗はどこで会ったのかなあと首をかしげた。小売店舗は夜通し照明を点けっ放し、シャッターもなかった。泥棒がいないのか、不思議であった。日本では庭先から洗濯物がごっそりと持ち去られていたというのに……。

しばらくして理解できた。結局、みんなにお金があるわけだった。それが豊かな社会というものだった。おなじ理由からニューヨークの盛り場、タイムズ・スクエアも清潔で賑やかだった。ユル・ブリンナーが主演のミュージカルThe King and Iを含むブロードウェイも安全で、喧噪のうちに映画館もバスも地下鉄も24時間営業な

のに犯罪も麻薬もなく、客引きもいない。給料のいい仕事が有り余っていれば、女性も酒場やキャバレーで素性の知れない男たちの機嫌を取り結ぶよりか、小ぎれいな身なりをして近代的なオフィスで澄まし顔をしているほうが望ましいに決まっていた。

　当時の日本では、そうはいかなかった。

　日本の手間賃稼ぎ産業は、1950（昭和25）年朝鮮戦争による特需注文が入るまでは復活しなかったから男に職がなく、家庭に収入源がなく、したがって赤線・青線区域が多く存在し、社会には不満がみなぎり、盛り場では「こんな女にだれがした」という歌がはやっていた。悪いのは軍人、政治家、財閥、先祖に天皇、すべて他の日本人。自分ではない……。

　それに反し戦勝国のアメリカでは責任転嫁をする必要がなく、人びとは、努力しさえすれば、必ず成功して自分の家が持てる、と自信に満ちていた。

　ヨーロッパからもアジアからも外国人留学生が少ないときだったので、成功した富裕な家庭がしばしば留学生を招待してくれた。招くほうは好意だけでなくAmerican Way of Lifeに自分がいかに満足しているか、誇示したい気持ちもあったもようである。

　そのような夕食会で、銀髪を束ねて金縁のメガネをかけた上品なおばあさんが、たびたび「ジャップ」という言葉を口にした。たとえば「ジャップはキリスト教徒なのですか」と尋ねる。

　朗が日本人であるのを知りつつジャップと呼ぶのは少々無神経すぎる。何か理由が、あるのではなかろうか。こんな時には率直に、ただすのが賢明だ。「ちょっと待って、マダーム。さっきからジャップ、ジャップとおっしゃってますが、どういうつもりでジャップなる言葉を口になさるのですか？」

「え？　ジャップとはもちろん、日本の人ってことよ」

「でもねえ。アメリカ生まれの日本人がジャップと呼ばれると、立腹する事実は、ご存じなのですか？」

「え、えーっ、ほんと？　なぜかしら。あなた、怒った？」

「いや私は平気です。たぶん、日本生まれの日本人にはあまり気にならないことでしょう。しかし人種名を短縮する……たとえばシナ人をチンク、朝鮮人をチョンと呼ぶ。これはやはり失礼なんじゃあ、ないでしょうか。日系人はね、ジャップとは人種差別の言葉だとして凄い剣幕で、いきまくのですよ」

「へえー、そうだったの。べつに悪気はなかったけど……。私たちはRobertをボッブ、Elizabethをベティと愛称で呼ぶし……、短いのはいいことだと思っていたけれど。そいじゃ、これからは、気を付けなきゃ、ならないわね」

　朗は、訊いてみてよかったと思った。

　でなかったらアメリカ人は、いまだに日本人を軽蔑すると誤った結論を再確認したかもしれないし、また、このように一見、教養のある人でもジャップとジャパニーズの使い分けに無頓着である現実にもおどろいた。

　できれば轍を踏みたくない。

　けれども一括が好まれるのは日本でも同じであって、たとえば当時はやった「一億総ざんげ」。

　人にはいろいろ異なった考えもあろうというものなのに、だれが他人をも代表してこんなにハッキリと断言できるのだろうか。少なくともオレは入れるなよ、相談もしないでおいてからさあ……。

　また、同じ日本人であっても背景を知らないまま「一億総ざんげ」と聞くと、何と解釈するだろう？

第4章　一度は消した記憶

招待が多かったので学校の外の社会に触れる機会に恵まれた。そしてアメリカの社会にも截然とした階級があると知る。

　招待者はきまって裕福、本を読む種族であり、外国の事情を知りたがった。とりわけ数年前までは激戦につぐ激戦の仇敵・日本と日本人には深い関心があった。パーティには主客ともども様ざまな人種が集まるので、ふつう「どこから、おいでました？」で話が始まる。「日本です」と答えると、たいてい「日本のどこですか？」と返ってくる。

　馴れないうちは正確な返事をしなければ失礼かと考えた。しかしヒロシマと答えると、相手はとたんに返すことばを失った。

　まずい。これは禁句なのだと鈍感な朗もさすがに気がついた。

　しかしこれまた一括包括で、実際にはアメリカ人みんなが寄ってたかって原爆を落としたわけではないし、事前に投票したわけでもなかろう。なのに良識のある人びとは、アメリカという「一般概念」と、質問者がたまたまアメリカ人であるという「特定個人」とを連想か混同か、または同一視して自分のこととし、心を痛めたもようであった。

　アメリカの名でおこなわれた原爆攻撃について心を痛めた人は知識層に多く、意見表明や批判など行動で遺憾の意を示した人たちもかなりの数が居た。

　とくにクェーカー教徒の団体 American Society of Friends は、被爆者の直接援助に手をつけた。文芸雑誌編集者ノーマン・カズンズを代表として1955（昭和30）年、顔のケロイドを蔽って少しでも結婚の機会をふやすための整形手術運動が取り決められる。

　原爆による火傷は通常のものとは異なって変種細胞といわれる醜い引きつりに化け、時間が経っても元通りにならなかった。

その観点から手術効果が最も期待できる軽傷の結婚適齢期の女性25人がえらばれて、ニューヨーク市マウント・サイナイ病院で皮膚の移植を受けた。太平洋を渡る交通手段がなかったのでマッカーサーの後任、日本駐留軍司令官リッジウェイ大将がワシントンの意向に逆らって軍用輸送機を手配した。

　いわゆる原爆乙女25人はニューヨーク市近郊の教徒宅に分宿し、1年半ものあいだ家族の一員として厚遇された。

　手術は自身の腿の皮膚を切り取って顔面を蔽うもので10回にわたっておこなわれ、その結果、眠る時にはまぶたが閉じ、笑えば口もとがほころぶようにはなったものの、多くの場合、移植しても移植しても下のケロイドが皮膚を破って芽を出した。

　一人は麻酔事故により現地で死亡、一人は帰国後死亡、3人は国際結婚をしてアメリカに居残った。のち日本で結婚できた者の数は十指に満たない。

　女性にとって顔の傷、とくに醜怪なケロイドほどイヤなものはないであろう。赤黒い隆起には乳液もクリームもパウダーも、のらない。隠しようがない。捨てるわけにもゆかない。したがって、もし現在、存命中であれば皆もう80歳になるが、推定2万人の当時妙齢の女性たちは以後、屋内に引き籠もり、鏡のない部屋で、世間から存在をまったく忘れられたまま、本人にとれば、片時たりとも忘れられない呪いの生涯を、送らざるを得なかったことになる。

　朗の場合は、「ヒロシマ」そのものを忘れた。忘れようと努力する必要はなかった。敗戦後の日本は混乱と貧困で、みんなが「懸命に駆け抜けた」し、英語しか通じないアメリカに来るとこれまた毎日、人並み以上の挫折、失敗、困難に直面した。

どうにもならない昔のことを憶い出しても直面する問題の解決には役立たない。「時は最良の医師」と英語のことわざにある。日本でも「咽喉もと過ぎれば熱さ、忘れる」という。人間には責め苦とか不快に対する防御メカニズムが備わっているらしく、だからか思い出は常に楽しく、美しいのだそうだ。でないと生命・健康にかかわるのだとの説明がある。いずれにせよ朗は幼少時代の写真も持ち物も何ひとつないことも原因で、過去も生い立ちも、自分が日本人であることも、もちろん苦く辛かった思い出のヒロシマも、すっかり忘れた人間になってしまった。

　朗は日本語すら忘れた。英語圏で生活するのに日本語は不要。新環境に毎日毎時、適応を強制された。これがアメリカナイズというものの調整過程であろうか、見知らぬ土地で試練とその克服とに追われ、とにかく郷愁とか追憶にひたる余裕はなかった。

　ところが、せっかく過去のこととして忘却のかなたに埋没したはずのヒロシマを再び掘り起こすきっかけが数年後、生起する。

　きっかけは、同僚の質問だった。たまたま雑談していてそうなったのだが、朗はそのとき中央アフリカは今でいうコンゴ民主共和国、ザイール、当時の呼称、ベルギー領コンゴに居た。国際連合が派遣した平和維持国連軍にニューヨーク本部からの出張文官、Finance Officerとして従軍中だった。

　さかのぼって国連から任官要請を受けた時、朗は院生の友人、グレゴリーの助言を求めた。

　グレゴリーは東ヨーロッパのスロヴァキアに生まれ、第二次世界大戦後にソ連が共産化を実施して父親の農作地を取り上げたので逃亡、ベルギーやフランスを流浪しながら経済学を専攻、ソルボンヌ

大学の学位がアメリカで認められないので、コロンビア大学で博士号の再取得をめざしていた。

グレゴリーは朗の無知に驚いて、いろいろな事柄を教えてくれた。いわく国家間にも力学が働いている。各国は、権謀術策と合従連衡を繰り返し、国益増進と安全とを図る。しかるに日本はどうか？世界地図をひろげてもどこが日本か、見つけ出すのも難しい。その小さな国が単独で、アメリカと事を構えた。無謀だ。ある意味では「よくぞ戦った」と称賛したいが結果はどうだ。非情にも民族絶滅近くにまで報復された。これは日本人が国際感覚に欠けていたからだ。国際関係を知らないからだ。各種国際機関には、一人でも在籍の多いほうがその出身国への貢献になる……。

国際連合の本質は、加盟国の相談会だった。各国代表がいろいろな会議を開く。事務局は諸会議の準備・運営と決議事項の実施に当たる。この関係は、国会と行政府とに類似する点が多かった。事務局職員の職能は専門職、Professionalと一般職、General Serviceとに分かれ、専門職を一般職が補助する人事管理形態で、専門職新人の資格には、アメリカの大学院修士および実務経験２年に加え、加盟国ごとの上限配分が存在した。

日本が国連に加盟した直後だったので、事務局は、日本人専門職を歓迎した。簡単な宣誓を指示された。

１）特定の国を利する行動を取らないこと
２）常に事務総長の指揮・命令に服すること

辞令は発行されなかった。その後も日本式の辞令はいっさい交付されず、すべてが口頭で、書類も署名のみ。印鑑は、国連のみならずアメリカでもヨーロッパでも、だれも使用せず、だれも持たず。したがって印鑑の紛失も盗難も誤用もすべてあり得なかった。

アメリカ社会も国連事務局も、意外と階級制度が発達していてプロフェッショナル1の朗にも窓付き個室が与えられ、入り口には若いアメリカ人女性の専属秘書が机を構えた。電話を取ってくれ、コーヒーを淹れてくれる。専門職は即戦力なので、研修期間も職場回転もない。個人の良識が前提とされて出退勤のタイムカードもなしで、その分、残業手当の制度も存在しなかった。

　2年ばかりして上司が長期出張を打診してきた。"命令"ではないのが国連事務局の特徴である。好奇心も旺盛であったし、受けて2年間、平和維持国連軍ガザ駐留本部に勤務した。

　ガザ難民地区は、1957年ごろからすでに武力紛争のタネであった。国連が派遣したブラジルとインドの歩兵部隊がイスラエル国境線沿いに展開し、パレスチナ側に置かれた本部との連絡・通信・交通および補給全般は、カナダ軍将兵が取り仕切った。国連軍本部自体は総勢50名ばかりで小さかった。実効支配はアメリカ軍退役将官が掌握していたもようであり、朗に対しては、アイゼンハワー大統領の訪日を拒否した日本の1960年安保騒動に対する不快感を述べた。朗は公務移動と休暇で破壊前のベイルートを含め、周辺地域・中東の地理にも歴史にも少し詳しくなった。この地に平和は、訪れることはあるまい……との感触を得てニューヨークの国連本部財務局に帰任した。

　帰任後まもなくこんどは平和維持コンゴ国連軍への出張を要請された。辞退できたがそれでは国連という組織自体は困る。男女平等とはいえ女性の戦地派遣は躊躇されるし、他方、国連本部の広報官や経済学者が、準戦闘地域に必要とされていたわけではない。朗は要請を受けることにした。

国連創設の第一義は国際関係の固定であった。常任理事国5 ——アメリカ・イギリス・フランス・ソ連・中華民国 —— それぞれの戦力均衡、関係の固定化、換言すれば平和維持。これが第一義。

　ところが創設直後、思いもかけぬ第二義が追加された。旧植民地の独立支援である。

　この動向を発動させたのは、ほかならぬ戦前・戦中の日本の言論と行動だった。

　大東亜戦争中、後付けではあったが日本は民族解放の大義をかかげた。旧日本軍が戦った相手は各植民地に駐留中のイギリス・オランダ・アメリカ軍だった。マレーシア・インドネシア・フィリピンなど現地の人びとに対しては、先に述べた大東亜会議で実証されたように、宗主国からの独立を日本は支援した。人類史に残る一大功績である。

　その日本の影響で国際連合は、当初の目的ではなかった旧植民地の独立支援を無視できなくなっていた。

　ベルギー領コンゴもその一つであった。独立宣言後の騒乱が収まらず、殺傷が続いたので常任理事国会議は武力介入を決定、事務局が軍隊の派遣を実施した。

　コンゴはアフリカ大陸中央のコンゴ川流域にまたがり、アルジェリアに次いでアフリカ大陸第2の面積で、西ヨーロッパ全体に相当する広さであるという。大半は密林で、これまたアマゾンに次ぐ世界第2位のコンゴ川もめちゃくちゃな大河で、流量もアマゾンに次ぐ。大西洋に注ぐ河口に船舶の遡上をはばむ落差があるのでヨーロッパ人の侵入が遅れたが、ベルギーの国王レオポルドが1885（明治18）年、専断で軍隊を送り私有、のちベルギー国有鉄道を建設して住民に象牙やゴムの採集を強要したという。

1960年、「白人支配は鉄壁ではないのだ」と先例に刺激された知識人カサブブやルムンバが独立闘争を組織すると、人数が少ないベルギー軍は、はやばやと母国へ逃げ帰った。密林に住む合計6千万人は、もともと数百を越す多様な民族集団なので、統治は大都市においてのみ有効。大都市は高層ビル建築をもつ近代的ヨーロッパ中核の3箇所で、首都（改名後キンシャサ）レオポルドヴィルはコンゴ川沿い大西洋に近く、エリザベスヴィルは南部サバンナ高原の中心地、スタンレーヴィルはコンゴ川沿い北東のアフリカ大地溝帯に位置していた。

国連平和維持軍の組織と運営は、さながら対コンゴ占領軍かのようだった。

現地コンゴ人は畏敬の念を表わして距離を置き、道を譲った。軍の主力は軽装備のインド歩兵であったが紛争地に分散しているので目に付かず、カナダ空軍がレオポルドヴィル・エリザベスヴィル・スタンレーヴィルの大三角を不定期に結んだ。

レオポルドヴィルに設置された駐留軍本部は武装スウェーデン兵士に警備された総勢50名程度であり、実権は、出向したか退役したか、アメリカ軍将官が掌握しているようすであった。

見るからに軍政の切れ者の雰囲気を漂わせたアメリカ人本部長が担当者会議を招集したので朗はたまたま上司の代わりに参加したことがある。

古い建物の2階で数人が額を突き合わせる密室会議のような状況下 Chief Executive Officer、つづめて CEO と呼ばれる本部長が「ところで紙幣の印刷は進んでいるか？」と問いかけて朗をジロリと一瞥し、あわてて話題を変えた。Finance Officer の朗は、ニューヨーク本部からの派遣者だったのだ。

その後、朗が担当者会議に呼ばれることはなかったが何が計画されていたのか察しはついた。一般には知られていないが、国連では暗号も用いられている。職責上の守秘義務もある。

　軍本部は常に要員不足であって、金銭財務の面でも臨機応変の対処が要求された。

　大西洋岸ボーマ市で国連軍は兵舎の建築を発注し、現金の支払いを軍本部に求めた。朗は紙幣を詰めて人間ひとりが入っているかのような現金袋を一つ持ち、護衛の若いスウェーデン憲兵二人にも一つずつ持たせて白塗りの国連軍輸送機ダグラスＤＣ３に乗った。マタディ飛行場は三方が切り立った崖の上にあり、しかも大西洋の潮風が間断なく吹きつける。滑走路を踏みはずすと下は奈落の絶壁で、こんな危険な飛行場は聞いたこともない。

　ほかには仕事がない労働者たちが長い行列を作り、支払いリストに拇印を押した。朗は傍らに立ったコンゴ人監督に言われるままに紙幣を数え、手渡した。みんな同じアフリカ人の顔に見え、不正があったとしても「処置なし」だった。白塗りの鉄かぶとを目深にかぶって黒い腕章を付けた憲兵は、ピストルのホルダーの留め金をはずして朗の背後に立った。どこかで見たことがある光景だ。どこだったけ？　これが既視感、デジャ・ヴュというものか……。

　国連自体は常設の軍隊を持たない。国連軍というのは加盟国にその国軍の海外出動を委嘱するもので、交代がある。

　インド軍と交代するインドネシア軍部隊が到着することになり、コンゴの西の端レオポルドヴィル本部からアフリカの東の端、ケニアのモンバサ港にまで出迎えた。

　出迎えチームは３人で、用兵担当のインド人中佐、財務担当の朗と調達担当のギリシャ人現地雇用者。

朗はすでに中堅幹部のプロフェッショナル3に昇進しており、軍と折衝する場合には中佐相当の待遇を受けた。ホテルに着くとそれぞれにレンタカーを手配し、自分用にはフォルクスワーゲンの「かぶと虫」を選んだ。3人そろってモンバサ市役所に出向き、国連軍通過に対する市の役務提供につき取り決めに入る。

　約2,000名のインドネシア陸軍将兵がモンバサ港で下船、陸路で駐屯地に移動する前の二、三日をモンバサ郊外で野営する。その際の借地代・上下水道・電気代などを国連本部から持参した小切手に署名してモンバサ市長に支払う。また銀行でケニア通貨に換金、ホテル代ほか経費を同僚に手渡す。

　ケニア共和国第二の都市モンバサは、古くから知られたアフリカ東海岸の交易港で、今では主要観光船も寄港する。港湾の外は白砂・青ヤシの風光明媚な遠浅海岸であった。

　あの有名なヴァスコ・ダ・ガマも1498年、アフリカ大陸を西から東にまわってこの港湾に到達した。のちポルトガル、オマーン、ドイツ、イギリスが領有を争う。イギリスがケニア国を手放すのは1963年で、これにも敗戦国日本が掲げた民族自立が影響した。

　モンバサ守備隊イギリス軍司令官からの晩餐招待を受けて国連チームは挨拶かたがたイギリス軍要塞を訪れる。迎賓館に直接出入りしたが要塞は天然の崖を利用しており、ジブラルタルを連想させた。家族は居るはずなのだが目的が儀礼であったためか主客とも全員が野郎ども。司令官はスコットランド出身、おそらく退役まぢかの大佐で平素は絵画を描くと話し、自作の油絵をみやげに……と呉れたあと、立派なひげを捻った。

　歴史がありそうな小さなホテルに帰り着くと、ほとんど同時に顔も衣服も靴も泥だらけの数人が、日本語を話しながらドタドタと受

付けカウンターに群がった。訊けばゴリラの研究旅行の帰途だと言う。そういえばコンゴ東部は世界でただ一つのゴリラ生息地であったし、京都大学人類猿研究所は、世界でもその名を知られた権威であった。しかし熱帯密林で這いつくばって野生動物を調べる学者と、かたや人間同士の紛争を解消するための国際機関で働く職員と、この両者をつなぐ共通の話題は日本語以外、存在しなかった。

　輸送船が入港し、インドネシア軍部隊が野営地に落ち着いた頃合いを見計らって独りで現場視察におもむいた。実際に上下水道が機能しており、電灯が点くか確認しておかねばならず、また何か、解決すべき不都合が生じているかもしれない。

　軍隊というものは自給自足が原則で、移動に際しては旅館に泊まらずテントを張って野営する。2,000名の迷彩服がテントの行列を並べて夕餉の支度をするさまは壮観だった。

　朗は小高い丘に車を停めて降り、宿営地を見渡した。特別な問題はなさそうだ……。

　と、将校らしい若者が近寄って来たので国連の財務官である、設営に手落ちはないか確認に立ち寄っていると告げた。将校は、英語を話した。

「日本の方でありますか？」

　友人に対する口ぶりだった。国連に日本人が居るのが不思議だったらしい。これぞ大学院生グレゴリーが薦めた「国際機関には一人でも多く在籍するほうがいい」の効果か？　朗は朗で、一目で日本人だと見抜かれて、変に気が引けた。

「そう、日本人だけど……」

　すると将校はキャンプの列のほうを振り返り、大声で何やら指示した。

応じて数人の将校らしい——というのはピストルのホルダー・ベルトを肩がけにしている点が一般兵士とは違う——のが集まってきた。何か悪いことをしたかなぁ？　朗は反射的に身構えた。
　だが将校は態度を改めて笑顔をつくり、まなざしをやわらげた。
「われわれは、日本のおかげでここまで来ました。見てください。こうやって国連軍の一部隊として、見知らぬアフリカにまで遠征するだけの力を蓄えました」
　そこまで説明すると将校はみんなを見まわし、日本語で発声した。
「いまあーむらあーかっかにぃー、けいれいっ！」
「いまあーむらあー」が今村均で、今村将軍が1942年、パレンバン油田の確保をも含めたオランダ領東インド攻略作戦を指揮し、降伏したオランダ軍を収容、逆にオランダ牢獄からスカルノを救出して独立軍を組織、このインドネシア軍が日本の敗戦後、再上陸してくるオランダ軍を撃退したことを朗は知っていた。
　また中学生時代の軍事教練で、敬礼の仕方は体得していた。徒手敬礼は、むろん敬意の表明である。そこで朗は無帽、ネクタイを締めた上下スーツの会社員制服姿ではあったが上級将官らしく、ゆったりと右手を挙げて形を作り、浅黒い顔の眼を一人ずつ覗き込みながら、薄暮の中で返礼をした。
　お互い故郷から遠く、インド洋に面したこのアフリカの地で……ことばは要らなかった。過去の記憶が走った。旧・日本軍は、善政を敷いたのだ。戦陣で死んだ先達のたまもの……胸に熱いものがこみ上げて落涙しそうになるのを朗は必死でこらえた。
　それから将校たちは、野戦食ではあるが夕飯を食ってゆかないか、そのあとキャンプ・ファイアを囲んでbunga・sakuraを歌わないかと誘ってくれた。

bunga・sakuraは日本の歌だと言う。だが国連の名の下での朗の行動は、ここが限界だった。仕事があるので……と手を握る。将校たちは歌い始めた。メロディは"愛国の花"、あのヒロシマで顔を焼かれて死んだ少女たちが平素、斉唱していた歌だった！

　♪　真白き富士の　けだかさを
　　　こころの強い　楯（たて）として
　　　御国につくす　女等（おみなら）は
　　　かがやく御代の　山ざくら
　　　地に咲き匂う　国の花……

【"愛国の花"は昭和12（1937）年、日本放送協会ラジオの国民歌謡として作られた。広田、林、近衛と目まぐるしく内閣が変わり、7月には盧溝橋事件、8月には上海・南京方面への派兵が決まる。こうした世相の中でこの美しい歌は発表された。戦地の父や夫に銃後の心配をかけまいと、国内の女性たちの健気さを歌った「心の歌」だとされる】

【作家・深田祐介は『神鷲商人（ガルーダ）』で「愛国の花」を取り上げた。この小説は1958年に調印された賠償協定をめぐる利権争いを描いたもので、その中に〈1959年、日本を訪れたインドネシア大統領スカルノは、ナイトクラブで美貌の歌手、根岸直美を見初める〉との描写があり、この「直美」が東京・赤坂のクラブ「コパカバーナ」のホステス・根本七保子であるという。〈スカルノは立ちあがり、ピアノの傍に歩み寄って、2番の歌詞を直美と一緒に正確な日本語で歌い始めた……〉】

【スカルノが「愛国の花」を歌えたのは旧日本軍将兵から習ったからであり、国際問題評論家・加瀬英明の小説『ムルデカ　17805』によれば日本敗戦の1945年、インドネシアが独立宣言を繰り上げ

て、再来攻してきたオランダ軍に対する「ムルデカ＝独立」、4年間にわたる独立戦争が勃発した。スカルノは戦陣で「同僚」日本人が歌う「愛国の花」を独立運動の心として歌ったらしい。加瀬は「日本の多くの青年が、アジアを白人の手から取り戻すために生命を捧げた。それが世界を大きく動かし、大戦後、植民地解放の嵐となって吹き荒れた」と主張する】

【初代インドネシア大統領故スカルノは、「愛国の花」の歌詞をインドネシア語に移し替えて「桜の花」、bunga・sakuraと名付けた。そこでこの曲は、現地では良く知られているという（ウェブサイト「愛国の花」について　渡部亮次郎）】

【1962（昭和37）年、インドネシアご訪問中の明仁皇太子と美智子妃殿下・新婚ご夫妻は、このブンガ・サクラの沸き起こる大合唱のなか、スカルノ大統領夫妻の出迎えを受けたのであった】

　時は1963（昭和38）年、アメリカでは大統領ケネディが暗殺されて大騒動であった。前年にはソ連がキューバに大陸間弾道ミサイルを設置したというのであわや核戦争勃発という一大危機が迫り、世界中が緊張の極度に達していた。事実、多数のアメリカ人は核弾頭の応酬を覚悟して急きょ、核シェルターを実際に整備した。警戒水準は極秘の裡にレベル5に引き上げられて、ニューヨークではビル地下壕群の緊急点検が下令された。アメリカには退役後のReserve、予備軍という制度がある。この予備軍組織が高層建築の地下シェルター群を一つずつ点検・整備してまわった。

【極秘にされたとはいえ、この世界の恐怖の瞬間に気付きもしない日本では、1962年から1963年にかけて、国内問題の新幹線開通とオリンピックの開催準備とに忙殺されていた。のんきである】

米ソ開戦を心配しながら朗はコンゴ国連軍司令部に詰めた。軍隊に必要な補給、運輸、通信、財務などのサポートは民間人が担当しており、朗をふくめた国連職員は、自分たちの日常の仕事が直接、世界平和に貢献するのだと張り切っていた。

　司令部は道路沿いの小さなビルに入居しており、国連職員の大半は、道路向かいの超近代的タワー・マンションに住んだ。そのレオポルドヴィル中心地は生活インフラが整った旧ベルギー人居住区であって、ひろびろとした敷地のあいだを葉のないブーゲンビリエ樹が、燃え立つ紫赤色の花をいっぱい咲かせていた。

　一日の仕事を終えると職員たちはパーティを催して歓談した。アパートはデュプレックスで、滔々と流れるコンゴ河に夕陽が落ちると眼下の６車線大通りが水銀灯に照らされて、さながら夜間着陸するパイロットが見る滑走路の趣きを与える。黒く大きく、ワニが棲むというコンゴ河のはるかなる対岸には隣国首都ブラザヴィルの森に、小さく貧しい家々の灯火が点滅した。

　職員はさまざまな国から来た。お国自慢もさることながら、政情不安が身のまわりにあるのでしばしば戦争とか平和を議論した。日本人が入ると、話題は必然的に日本とアメリカとの戦いへと移る。とくにヨーロッパから来た連中は、太平洋戦争と日本につき、大きな関心を寄せた。

　アイルランドから来た通信技師トムが「お前はどこで育ったか？東京でなければおもしろい。何しろみんな東京、東京からだからなあ」と尋ねた。

　アメリカ人ではないから遠慮は不要。しかしトムは、ヒロシマだと聞いてびっくり。他の者たちからも俄然、質問が集中した。
「そこに居たのか？」

第4章　一度は消した記憶　147

「爆弾の下に居たはず、ないじゃないか」
「どのくらい離れてた？」
「電車で30分。自分の家も隣近所も全滅で残らず、帰るべき場所が消えた」
「うひゃー。なんと、ラッキー！」
　朗は、幸運だとは思わない。運不運の問題ではない。もちろん絶対に、奇跡ではない。あれだけたくさんの人が殺傷された場合、ラッキーだったとか、奇跡であったとか評するのは、極めて不遜である。求められるまま焼け跡を歩いた自分の体験を語った。しかし、いざ話すとなると、自分が取った大まかな行動以外は記憶に鍵がかかっていて、詳しい状況は、思い出せなかった。
　話し終わると、みんな、押し黙った。
　雰囲気を変えるため「さぁ、また一杯やろう」と、うながす。応じて数人が立ち、飲み物を注ぎにその場を離れる。しかし、すぐに帰ってきて口々に尋ねはじめた。
「それで、いったい、何人死んだ？」
「どんな人が死んだ？」
　朗は答えに詰まった。知らなかった。
　大人数というだけでは見当がつかない、とトムが食いさがる。信頼できる数字がないのだと説明した。だが考えもしなかった設問が続いた。
　いわく爆撃機は何機か。どこから来たのか。爆撃予告はなかったのか。日本側は、なにゆえ警報を出すことができなかったのか。広島市の住民は、なぜ逃げなかったのか。アメリカの大統領トルーマンが命令したと言うけれど、だれに命令したのか。機長に、か。なぜ広島か。広島のどこが標的になったのか。一都市、広島がやられ

て日本という一つの国が降伏したと聞くが、どういうわけで広島がそんなに重要だったのか。なぜアメリカは、続けざまにナガサキを攻撃したのか……。

　朗は知らないし、知りたくないし、思い出したくもないと答えるのが精いっぱいだった。だが若いアイルランド人は承服しなかった。
「それですべて忘れ去って、いいものか？　オレの生まれた国にも長い葛藤の歴史がある」と彼はつづけた。
「日本も、そうじゃあ、ないか？　日本の歴史も敗戦後に始まったわけではあるまい。われわれは綿々と続いてきた先人の努力の恩恵を受け、また失敗の責めを負い、現在に生き、そして子孫に後世を託す。個人が死んでも歴史は残る。原爆を落とされても日本は滅亡しなかった。原爆被害も、この歴史の流れの中で捉えねばなるまい。そうすれば、これからの世界もきっと良くなる」

　自分は関知せず、と朗は突っぱねた。評論家、政治家の数は日本に多い。歴史家、学者、作家はさらに多い。その人たちが何かすればいい。朗には出来もしない。
「しかし原爆、ヒロシマを忘れてはなるまい」
「いや、忘れていたのだ。思い出したくもない」

　強硬な反発にトムはついに音を上げた。

　そうして書物を２、３冊持ってきて、ニヤニヤしながら押し問答にケリをつけた。
「ま、自分が体験者なら、どんな経過であんなことになったのか、知っておいても悪くはあるまい。この本に原子爆弾のウラニウム材料は、なんとこの……われわれのお膝元、このコンゴで産出したと書いてあるぞ。ヒマになったら鉱山でも見に行かんかね」

しばらくしてアフリカ大陸の中央高原、ザンビア国境に近いエリザベスヴィルに行く公務ができた。エリザベスヴィル付近にはまだインド兵部隊が駐屯していた。

　白塗りの国連軍輸送機に乗る。内部は兵員用キャンバス張りの貨物室のままだ。ダグラスＤＣ３は蛇行する苔色のコンゴ河を頼りに左へ右へと方向を変えた。2,000メートルの眼下には、名にし負うアフリカの低湿地ジャングルがびっしりと、見わたすかぎり地平線から地平線までを蔽う。喬木は１本１本見えるけれども空き地も村落も、まったく見当たらない。あの濃い緑の下にヘビやトカゲや肉食動物が潜んでいると想像すると、背筋がゾクゾクとした。万一、不時着でもしようものなら救援は不可能に違いない。

　中継基地で給油する。窓ガラスが破れた管制塔は無人で、商業交通は途絶していた。

　公務を済ませたあと独りでシンコロブウェ鉱山に向かう。

　公共の交通手段が皆無なので職権をかざす。公用車はシトロエンの砂漠仕様。空冷２気筒、シャシーはパイプ、車体はブリキ板。見たこともない簡素な造りであったがこれが良く走りもするし、だいたい故障しない。舗装道路が１本、カタンガ地域の広大な草原台地の荒野をつらぬいている。人も家も……ない。ところどころに群生するハゼの林が見事に紅葉し、さながら平坦にした志賀高原の風情がひろがった。

　戦乱のせいか休日だったのか、鉱山は稼働していなかった。

　小さな事務所社屋を押し潰さんばかりにうず高く、鉱石が山積みにしてあった。ウラン鉱石だと朗が勝手に決めた小学校教材用の鉱石標本、黄銅鉱に似た光沢のある尖った石は、見かけによらず、ズシリと手に重かった。

【コンゴのウラン鉱石はそこから砂漠を横切る単線貨物鉄道で運ばれ、西岸アンゴラのロビト港から船に積み、大西洋を越えてセント・ローレンス河をさかのぼり、エリー湖畔、30年後にはアメリカでも放射能のゆえに居住は危険だとして大騒ぎが起こるラブ・キャナル地帯の工場で精錬されたのであった】

冷ややかで黒く重い鉱石を手にし、これが多くの人命を奪ったのかと感慨に堪えなかった。そう言えばニューヨークのコロンビア大学構内で、学生たちが気味悪そうに「あそこで原爆研究が、おこなわれたのだそうだ」と噂していた物理学実験室の点灯した窓が頭をよぎる。

そして至極当然なことに、改めて気がつく。

そうだ、鉱石ではない、ウラニウムではない、原爆でもない。原爆を落とした人がいる。人だ！　人が人を殺すのだ。アメリカ人がヒロシマの日本人を殺したのだ。

だが具体的に、だれが、いつ、何を、なぜ決定し、どのようにして殺人を実行したのだろうか。

第5章

原爆製造と使用の全容

　ヒロシマの被爆者は「ピカドンが落ちた」と言うが、これには「落ちてきたのだから仕方がない。地震や津波とひとしく災害だとして諦めよう」という意味合いがある。容易には他人を責めない日本人の美徳も絡むこの言い訳は、心理的負担がいちばん軽いわけではあるが、同時に、人災を天災にすり替える、言い換えると、自らをも欺くことにつながるのではあるまいか。

　原爆も「人」の問題で、製造自体よりか、その使用のほうが問題の核心だとなると、発明した物理学者に直接的な責任はない……ことになろう。ただし区別は必要で、基礎理論を研究した学者と、原子爆弾を自らの手で作った学者とでは話がちがう。

　原爆の理論的基礎を築いたのはドイツ生まれのユダヤ人アインシュタインだと言われるが、かれが1905年、26歳の若さで発表した相対性原理は、ひと口で言えば世界に「絶対」はない、ということであったらしい。

　たとえば長さは物差しで測るが、物差し自体が使う場所の移動速度により伸縮するがゆえに絶対的な長さは存在しない。また目に見える物質も絶対なモノではなくて、目に見えないエネルギーの具象化であるとし、それらの相関関係を簡単な数式で説明した。ここか

ら物質をエネルギーに変換できると推論がすすむ。

　学者は自分の発見、研究成果を学会誌で発表する。学会誌は、一般向きではない。したがってアインシュタインの提唱は一般の人には無縁であった。またエネルギーの概念も理解できかねた。

　しかし科学者のあいだではセンセーションを巻き起こした。

　ある者は反論しようとし、他の者は実証を試みた。そのころまでには普通のモノは化合物、化合物は元素の結合、元素の最小単位は原子、原子は肉眼で見えなくても実在するなどと、かなり知識が進んでいた。

　レントゲン写真の発明者レントゲンは原子の大きさまで計算した。原子が球ではなく、核のまわりを電子が散開している構造については東京帝国大学の長岡半太郎がイギリスのラザフォードと互角の論陣を張ったという。また原子の世界では、未知の力が支配することもわかり、量子力学とか原子物理学とか新しい分野がひらけ、ガイガー・カウンター、キュリー夫人のラジウム放射能、原子を振りまわすサイクロトロンなど関連機器も長足の進歩をとげた。

　そうして1931(昭和6)年、約1,000キロの比較的短い距離の南満州鉄道を警備した日本軍が張学良の奉天軍を満州から追い払った時期にアメリカ人科学者ユレイが重水素、イギリス人科学者チャドウィックが中性子を発見する。前者は後年の水素爆弾、後者は中性子爆弾に関係があるそうだ。

　ついで1934年、イタリア人科学者フェルミが、ローマ大学の物理学教室で「様ざまな原子をサイクロトロンで衝突実験したところ、産物はもとの元素の電子荷重が増減したアイソトープに変化した。しかし、たった一つ、例外が生じた。最大の電子数を有するウラニウムだけは、何度テストしても産物から消えてしまう」と発表した。

すわこそ新元素創出かと世界の物理学教室が色めき立つ。自然界の森羅万象がすべて92個の元素の組み合わせだったのに、それ以外の元素が出来たと学問の世界では大騒動だったという。

そこまでなら理論上の遊びであったのに「ウラニウムだけは衝突後、産物から消えてしまう」結論が、じつは誤りであると知った学者グループがあった。

ベルリン在カイザー・ウィルヘルム研究所のハーンとストラスマンは、前記フェルミの実験を繰り返すうち、1938年の暮れ、たまたまフェルミがノーベル物理賞を受賞しているとき、たしかにウラニウムは消滅するが、それは皆が解釈しているようにエネルギーを吸収して新元素93号になるのではなくて、まったく逆に、分解してシャンデリア電球に充填するガスのクリプトン元素36号と、胃の検査の際に飲みくだすバリウム元素56号の二つになるのであると確認した。

物質の基本である元素は、それまでは、絶対に分解しないと考えられていた。しかし、もしも万一、分解するようなことがあれば、それこそアインシュタインが予言したとおり、莫大なエネルギーが出るはずだった。

事実、出た。電流計が壊れんばかりに振動した。

新現象は分解、decompositionではなく核分裂、nuclear fissionと名づけられた。この本では核爆発ということばも用いるけれども爆発は急速燃焼であり、燃焼は酸化である。すなわちわれわれが感覚的に知るすべての爆発には、火山噴火の自然現象をも含め、酸素が不可欠なのだ。他方、Fissionに酸素は要らないのだそうである。

カイザー研究所による極秘発見は、思いがけない経路でアメリカの同業科学者グループに即時、伝わった。

時は第二次世界大戦前夜、ドイツ国内ではユダヤ人排斥運動が高まっていた。それを恐れて亡命の機会をうかがっていたユダヤ人カイザー研究所員マイトナー女史とその甥フリッシュは、実験データを握ると隣国デンマークに住む物理学者ボーアのもとに駆け込んだ。ボーアは興奮してアメリカに渡り、すでに亡命していたアインシュタインをプリンストン大学高等研究所に訪れる。

　前後してまったく別の場所で「核エネルギーは戦争に使えるから、第一次世界大戦の復讐を唱えるヒトラー・ドイツだけが核を開発するのは極めて危険だ」と同意する亡命学者同志が出会った。

　ひとりはフェルミで、いまひとりはレオ・シラード。

　ユダヤ人を妻とするフェルミはノーベル章受章後ムッソリーニ・イタリアには戻らず、またハンガリー生まれのユダヤ人シラードはロンドン経由、それぞれニューヨーク市に移住、ともにコロンビア大学物理学部で研究室をあてがわれていた。

　学者、とくに自然科学者は、芸能人や芸術家とおなじく、しばしば国外に流出する。これは言語とあまり密接な関係がない分野では外国に行っても就職できるからであるが、フェルミもシラードも、せっかく亡命して来たアメリカが、ドイツにやられるような事態になっては困ると思った。

　とくにシラードは、核分裂についてのイギリス特許もすでに持ち、核分裂弾は製造可能であると信じていたので熱心に動いた。つてを求めてアメリカ軍部関係者らに会い、核分裂弾の開発を力説した。しかし反応は、冷たかった。そこで高名な大先生アインシュタインに依頼して、大統領ルーズベルトに直訴しようと企てる。

　ところが謙虚な大先生は、身分が違うとして大統領に面会を申し込むどころか、シラード作成の手紙を郵送することすら拒んだ。

そのうちに1939（昭和14）年9月、ドイツ軍が突然ポーランドに侵攻、ヨーロッパで戦争がはじまる。ドイツは隣接チェコ・スロヴァキアをすでに占領していたが、そこには世界にも稀有なウラン鉱山があったのでシラードはますます心配し、大統領ルーズベルトに近づく手段を必死に探す。

　その甲斐あって出会った有力な仲介者、アレクサンダー・サックスは、ニューヨーク・ウオール街にあるリーマン・ブラザーズ投資信託銀行の副頭取だった。

　投資信託銀行は、政府債券を引き受ける。リーマンは、日露戦争の際に日本政府の外債をも消化した大手業者であり、副頭取サックスは、世界恐慌から立ち直るためにアメリカ政府債券を乱発していたルーズベルトが個人的に頼りにしていた仲だった。

　自身ロシア生まれの移民であったサックスは大統領に会い、シラードの解説書とアインシュタイン署名の趣意書とを見せながら研究開始を口説いたそうだ。小児麻痺後遺症で車いすに座ったままのルーズベルトは一通り聞いたあと「似たような直訴は、たくさん、あるんでねえ……」と反応したという。

　しかし見るからに落胆したサックスを気の毒に思ってか「まあ、あすの朝、ニューヨークへ帰る汽車に乗る前に、朝飯でも食べに来ないか」とホワイトハウスへ再び招いた。

　一晩中ホテル前の公園で思案したサックスは翌朝、ルーズベルトに、フランスの帝王ナポレオンの故事を知っているかと尋ねる。

　ナポレオンがヨーロッパ大陸を席巻して次はイギリスの本土攻略……という時代がわずか140年前にあった。アメリカが独立して間がない時期だった。1803年に蒸気船を発明したアメリカ人フルトンは、大陸封鎖令を敷いていたナポレオンに会い【実際には海軍省

止まりだったらしい】、イギリスは伝統的な海軍国で海の戦いには強いから、まともにドーバー海峡は渡れまい。したがって目に見えない水面下の兵員輸送用に未知の潜水艦なるものを造って進ぜようと申し入れたことがあるという。

ナポレオンは「子どもだまし」だ、と一蹴した。

結果はイギリスへの進攻ならず、逆にワーテルローでイギリス・サクソン連合軍に敗れ、捕えられ、大西洋の孤島で生涯を終える。もしもナポレオンに「先見の明」があったなら……。

ルーズベルトはニヤリと笑い、「フン、指導者の先見の明か」とつぶやいた。そして早朝なのにナポレオン・ブランディを食卓に持って来させ、同時に、かたわらの副官に政府資金を出すようにと指示をする。

こうして1939（昭和14）年10月11日、アメリカの原子力研究が国家レベルで始まった。

目的と資金があれば設備も助手も入手でき、研究はおおいに進展する。アメリカでは16もの数の大学に援助金が出た。既存政府機関も3つ、科学開発局・国立科学協会・国防研究委員会がそれぞれ関与、かつ応援したので2年間のうちに基礎研究から応用技術にいたる広範囲での発明・発見が相次いだ。当初から軍事機密とされたので、いっさい公表されなかった。

2年後の1941年12月8日、日本海軍が米国パール・ハーバー海軍基地を攻撃する。周知のようにルーズベルトはアメリカ議会において、日本人は卑怯者だと罵った。

【2日後、理化学研究所の仁科芳雄は「この戦争が終わったとき、われわれ日本人原子物理科学者が遅れを取ったと言われないよう、がんばろう」と所員を激励した】

【それから理化学研究所と陸軍航空本部は共同で「二号研究」に、京大の荒勝文策グループと海軍艦政本部は「F号研究」に着手する。しかし日本は、基礎研究用の鉱石入手にさえ、こと欠いた】

アメリカでは基礎研究も応用技術も製造工法も確立していた。開戦後1週間の12月16日、ルーズベルト主催の政策会議でハーバード大学総長コナントと、カーネギー大学学長ブッシュが口をそろえて材料生産工場の建設を直ちに始めよ、と力説している。

その工場建設は半年後、ミッドウェイで日本の海軍航空戦力が壊滅に瀕したころ、大統領令でアメリカ陸軍工兵隊が着手した。

工兵の役割につき日米で認識に大差があると思われる。

日本の工兵は裏方で、補給・運輸と同じく軽侮される気運があった。アメリカの場合は真逆で、まず工兵関係・補給・運輸が整備されなければ騎兵も歩兵も動かなかった。日本で「土木」といえば何か泥くささが付きまとうけれども英語圏ではこれをCivil Engineeringと称し、関係者は「エンジニア」として評価される。

したがってアメリカ工兵隊は勢力が強く、編成の上でも工兵軍として独立していた。仕事の内容は、自ら土を掘るのではなく、企画・監督・運営をつかさどり、土掘りそのものは民間業者に請け負わせた。こうして飛行場の建設とか兵舎の設営を担当し、またそのために地理上の区分をして、それぞれに地区連絡事務所を置いた。

ニューヨーク地方を管轄するマンハッタン地区工兵隊連絡事務所が工場建設および精製すべき材料の取得を命じられた。爾後、企画はマンハッタン・プロジェクトと呼ばれる。つまり「マンハッタン計画」は、暗号名ではなかった。

この事務所の地番はブロードウェイ通り270。劇場街で有名なブロードウェイからは10キロも離れた南のマンハッタン島突端で、日

本郵船や大同汽船などの会社が集まる区域である。国連本部に帰任した朗は念のため確認におもむいた。30年が経っていた。地番は何の変哲もない大きな商業ビルだった。

　工兵隊将校数人が手分けして建築発注、物資調達に当たった。業者が何をする工場か、と尋ねる。ウラン鉱石を精製してウラニウムを取り出すのだから、鉱石の入手が重要かつ焦眉の急を要した。でないと建築設計もできない。しかしダイヤモンドよりも稀少なウランは、鉱山技師でさえ、それは何かと反問する時代であった。

　担当官はウラン、ウランと探しまわってついに首都ワシントンの国務省にまで顔を出す。国務省、つまりアメリカの外交官は戦略物資、たとえばチタンとかコバルトはどこの国にあり、それをどうやって入手するか調査していた。「ウランを買ってくれと頼まれたが、使いみちがないので断ったことがある」と言う。よく聞いてみれば、売り手のユニオン鉱業は、なんとマンハッタン工兵隊事務所のお膝元、ブロードウェイの金融商業街に事務所があった。

　ユニオン鉱業はブリュッセルに本社をもつベルギーの国際企業であり、ウラン鉱石は、20年後に朗が見分することになるベルギー領コンゴの産出であった。

　1940年、ドイツ軍がオランダ、フランスと共にベルギー本国をも電撃的に占領した際、たまたまニューヨークに出張していた一会社役員がコンゴの山元に指令を送り、輸送中ならびに将来産出のウラン鉱石をニューヨークに回送させて、自由の女神像が視野に入るスタテン島倉庫にドラム缶で2,000本、蓄積していた。

　売買は、即決であったという。たった1枚の手書き契約書で当時の世界在庫の99パーセントの鉱石がアメリカの手に入っただけで

なく、その後の独占買い付けもまた決まる。そして大西洋を貨物船が足しげく往復した。

鉱石は、アメリカで鉱山会社が粉砕・精錬し、金属会社がさらに精製して銀白色の金属ウラニウムに仕上げた。金属ウラニウムは99.3パーセントが安定した同位元素ウラニウム238なので核分裂しなかった。核分裂をする残り0.7パーセントのウラニウム235を取り出すには未知の高度な技術工程、"分離"が欠かせなかった。

分離工場の建設は大規模になった。マンハッタン工兵隊事務所は通常職務をニューヨークに残し、原子力専用の事務所を首都ワシントンに開いた。マンハッタン計画の名前は踏襲されて固有名詞となる。Manhattan projectは一計画、Manhattan Projectは機構全体を指す。

マンハッタン機構はアメリカ全土に機能を分散設置した。

A．理論研究。シカゴ市シカゴ大学、偽証「金属学」研究所
B．分離工場。テネシー州オークリッジ、ウラニウムを製造
　1）機械的方法　コロンビア大学グループが発明
　2）化学的方法　アメリカ海軍研究所が発明
　3）電気的方法　カリフォルニア大学グループが発明
C．原子炉群。ワシントン州ハンフォード、プルトニウム核爆弾材料を製造した
D．爆弾製造。ニューメキシコ州ロス・アラモス組み立て工場
E．統括。（ペンタゴンではなく）首都ワシントン、戦争省内の工兵隊事務所

Aの理論研究所には前記フェルミ、ボーア、シラードほかノーベル受賞者数人をふくむ200人もの錚々たる科学者が集められた。カ

イザー研究所から機密データを持ち出したフリッシュの名も見られる。しかし、彼らすべてが恩師とあおぐアインシュタインは、関与しなかった。成功の一つに制御材としての黒鉛発見がある。

　Ｂのオークリッジは佐渡ヶ島に相当する広さの丘陵地帯を政府が買い上げて外界から遮断、上空の飛行をも禁止した。異なった３種類の巨大な工場が同時に建てられて、完成するかたわら生産が始められた。建設には大手の民間建築会社ウェブスターと地元下請け、設備と備品納入にはクライスラー自動車、電気のゼネラル・エレクトリックほか多数の企業が関与した。

　Ｃのハンフォードもほぼ佐渡ヶ島の広さ、コロンビア河流域の砂漠にお互いが見えないほど遠い距離を置いて原子炉が三つ、建設された。化学火薬会社のデュポンが設計・施工を引き受けて１ドル、名目上１ドルの国庫支払いを受けた。写真会社のコダックが運転し、いわば燃え滓のプルトニウムを得るために、熱エネルギーをすべてコロンビア河に捨てながらウラニウムを燃やした。

　Ｄの組み立て工場は急峻なロッキー山岳地帯の峰の上に造成されて1,000人の科学者と助手が集まり、2,000名の武装兵が警護した。核爆弾製造契約は工兵隊とカリフォルニア大学とが取り交わし、大学総長が署名、大学は、代表としてオッペンハイマー教授を所長に指名、送り込んだ。

　マンハッタン機構は経営史上、類例を見ない壮大な軍産学の連携であったと言われる。ハーバード、コロンビア、カリフォルニアからウィスコンシン、イリノイ、アイオワ大学までをも含む27もの学術機関が参加、のち教育者として全米に散らばるおおぜいの人びとが、ここでは人殺しの核爆弾の末端部品を一つずつ、自分たちの手しおにかけて作った。

ヒロシマ型の円筒形と、ナガサキ型の球形のふたつが開発されてBの産物ウラニウムは前者に、Cの産物プルトニウムは後者に、それぞれ後日、充塡された。

　マンハッタン機構の存在は、外部に知られなかった。

　この守秘成功は、徹底した職務細分掌と、恐怖の相互監視によるものだった。

　もともと諸機能基地が広く分散されたうえに全員が偽名を用い、任地に拘束され、私信は開封、電話は盗聴、機械部品は番号で、材料も名前ではなくて暗号で呼ばれた。見ざる、聞かざる、言わざる原則に加えて「質問するな」があった。

　なぜだと訊ねでもすれば上司、同僚、部下、友人のいかんを問わず通報された。さらに総勢485人、「忍者」という名の内部スパイが各所に配置され、専用酒場でも他人の会話に耳をかたむけた。外部との接触は、連邦検察FBIと陸軍逆諜報部G2とが監視した。

　このように多大の努力を払い、工場建設をふくめると延べ80万人を動員したと言われる核爆薬の製造には長年月を要した。

　1トン、つまり1,000キロの鉱石から採れるウラニウムは1キロ、この1,000グラムからは7グラムしかウラニウム235が抽出できないという。

　Bのオークリッジ分離工場からはマッチ箱大の産物を持った伝令が護衛付きでDのロス・アラモスに急行する。しかし工場で働く人たちにとっては四六時中騒音を発し、ガスを噴出、蒸気を上げ、真空ポンプが唸るにもかかわらず、何も出て来なかった。

　途中の技術や工程がすべて理論どおりに完璧だと仮定すれば核分裂に必要な量、すなわち限界量はウラニウムなら20キロ、プルトニウムなら12キロだと伝えられる。1943年2月着工のBオークリ

ッジ、同年6月着工のCハンフォード、ともに2年後の1945 (昭和20) 年7月に、最初の限界量が蓄積できる予定であった。

　ところが、その出来てもいない爆弾を落とす爆撃機隊は、10カ月も前にさかのぼり、1944年に編成されている。

　1944 (昭和19) 年9月、南西太平洋のペリリュー島で日本軍守備隊が皆殺し作戦に直面していた時、米国ネブラスカ州オマハで第509混成部隊が第2空軍から抽出、編成された。

　第2空軍は、アメリカ本土をタテヨコに四分し、ボーイング飛行機工場の本社があるシアトルを含む西北が守備範囲だった。

【第509混成部隊は、この年12月に編成されたことになっている。しかし第509に関連する発表記録は、命令系統に合致するようすべて後付けで作られた ("Now It Can Be Told," Leslie Groves, 1962)。この点、数ある日本語ウェブサイトは、公式記録にのみ依存するので誤った解釈を与える】

　この「混成」とはいろいろな機種から成るという意味で、通常、爆撃機は爆撃機、戦闘機は戦闘機と機種ごとに隊列を組むが、第509グループは例外として偵察、輸送、修理維持、憲兵までをも含んだ自己完結型単位空軍で、いつどこへでも別個に行動できるようになっていた。中核は、その年に配備されたばかりの最新鋭長距離重爆B-29が14機。グループ司令官はポール・ティベッツ、29歳。すでに空軍大佐であった。

　第509爆撃隊は、最初から原爆による攻撃を目的とした。ただし、真の目的を知るのは隊長ティベッツ、ただ独りであった。

　編成直後から単発爆撃の訓練に入る。爆弾1発というのはふつう小さな急降下爆撃機がすることで、重爆は水平飛行をしながらバラ

第5章　原爆製造と使用の全容　163

バラたくさん落とす。直径2メートルで重さが5トンもある球形の爆弾1個で練習するのは異常であった。また操縦方法も異常で、懸垂装置から爆弾をはずすと同時に急降下に移り、機体に加速度をつけながら方角を変えて、なるたけ遠くへ退避した。

　訓練はアメリカ西部山間のユタ州、使用中止を解いたウェンドーバー基地から飛び立って南下、南カリフォルニアの枯渇したサルトン湖に高高度から1発の模擬爆弾を落として急降下、遠ざかるものであった。地表面の砂漠には白いペンキで丸印が描いてあり、次第に狭められて直径100メートルにされた。標的近くには前記Dのロス・アラモスから派遣された科学者の一団がたむろして一部始終を観測し、設計を修正した。5カ月ものあいだ毎日、一往復数時間の訓練飛行が続いた。

　1945年2月、第509爆撃隊はカリブ海キューバに移動、バチスタ飛行場から海洋航法の訓練をする。ヨーロッパ戦線ではドイツ軍がライン河防衛線を突破されてドイツ国内で戦っていた。ドイツに海は……ない。

　4月、第509爆撃隊は日本軍守備隊が玉砕して間がない太平洋マリアナのテニアン島に移動する。すでに始まっていたルメイの都市放火には参加せず、7月、日本内地に向けて最終リハーサルを始める。他のB-29大群がすでに焼き払った都市に昼間飛来、1機で1発の大型爆弾を焼け跡に落とす。

　リハーサルの目的は、二つあった。

　ひとつは日本人に対し、昼間のB-29単機は、無害などころか無益な事をすると教え込んで警戒させないこと。

　二つ目は、乗組員に日本の地形を覚えさせること。日本の霊峰・富士山が、かっこうの航行目標となった……。

前記BとC材料精製工場は、昼夜を分かたずボンボン稼働した。しかし原子爆弾は、長いあいだ1発も出来なかった。

　1945年3月、ルーズベルト大統領は戦争長官（和訳・陸軍長官が固定しているが、ここではあえて原語、Secretary of Warを用いる）スティムソンに会って原爆につき話す。この二人は過去12年間の長きにわたり名コンビ、かつ友人同士であった。

【ルーズベルトは、英米ソ三者ヤルタ会談から帰ってきた直後であった。会談でルーズベルトは「千島とカラフトをやるから早く日本への攻撃を始めるよう」ソ連書記長スターリンに勧めたが、この要請は、あらかじめ受けていた忠告に反した。というのは旅立つ前に占い師、ジーン・ディクソン夫人をホワイトハウスに呼び、自身の死期につき尋ね、「アメリカが所有していないもの（ドイツの東半分、日本の北方領土）をソ連に分け与えると、将来にわたって禍根を残すことになる」と諫められていたという（"A Gift of Prophecy," Ruth Montgomery, 1965）】

　スティムソンと昼飯を食べながらルーズベルトは説明した。お前を呼んだのは、ほかでもない、噂が飛んで困っている、マンハッタン機構を監査してくれないか。6年間ものあいだ政府資金をつぎ込んでおきながら何ひとつ出て来ない。あれは大統領が、大学総長らに、いっぱい食わされたんだと皆が言う、と。

　戦争長官は、心配するなと応えた。まず、すべての専門家が投入されているので監査能力を有する者が残っていない。それにノーベル賞を持つ者が8人もいる学者連中が7月にはできると言っているのだから、出来ることには間違いあるまい、と。

　大統領は「出来るのか、しかし出来たら出来たで……困るなあ」と長嘆息をした、という。

日本にとれば不運の根源であったが、ルーズベルトは、近年まれに見る大政治家である。日本はもう負けた。新兵器は要らない。

　小児麻痺後遺症のため、いつも車いすに乗ったままであったルーズベルトは核爆弾の誕生が、将来のアメリカ国民のみならず、全人類におよぼす悪影響を恐れた。

　出来たら使うべきか、出来ても置いておくべきか、製造秘密は独占すべきか、共有するか、共有するならだれと？　どうやって？　難問の誕生を見越した。「出来なきゃあ、いいのに……」

　スティムソンは慰めた、「では委員会をつくり、どうすれば良いか、みんなで考えましょう」。

　4月12日、ルーズベルトはホワイトハウスで突然、死んだ。脳卒中、63歳。その日のうちに副大統領トルーマンがあとを継ぐ。内容をまったく知らなかったトルーマンに対して戦争長官スティムソンは、マンハッタン計画の全容を解説し、委員会構想を述べた。

　5月9日、新大統領が任命した臨時委員会が初の会合をおこなう。日本列島と銃後の日本民間人は、アメリカ艦隊と爆撃機群とに包囲されて一方的な、なぶり殺しの目に遭っていた。

　この委員会は臨時、（原語 Interim。従来は暫定と訳されてきた）というだけで何も特別な呼称はなかった。メンバーは8人。猟官運動をしたと言われるバーンズが大統領を代理し、進捗状況をトルーマンに逐一、話した（"No High Ground," Knebel and Bailey, 1960）。

委員長・戦争長官スティムソン
補佐ハリソン（ニューヨーク生命保険会社社長）
上院議員バーンズ（州知事、戦時動員局長、のち国務長官）

国務次官クレイトン
海軍次官バード
国防研究委員長コナント（ハーバード大学総長）
科学開発局長ブッシュ（カーネギー工科大学学長）
マサチューセッツ工科大学学長コンプトン（弟）

　上記8人の政策ブレーンの中に軍人はひとりもいない。また任務は将来の方針を決めることであった。関連機密はアメリカが独占する、原子力は立法して統御する、管理するために政府機関として原子力委員会を新設する……などが定まった。

　またこの8人は、次の専門家4人から技術の話を訊いた。
オッペンハイマー（ロス・アラモス爆弾組み立て工場所長）
フェルミ（シカゴ大学グループ「金属学」研究所、ノーベル賞）
コンプトン兄（シカゴ大学グループ、「金属学」研究所）
ローレンス（バークレイ放射線研究所、ノーベル賞）

　ただし前記8人による**大統領への答申には（主題ではなく）副題として、当面の問題につき、次の項目が付記してあった**（"The Decision To Drop The Bomb," Leon Giovannitti, 1965 訳責在筆者）。

1. The bomb should be used against the Japanese at the earliest opportunity.
2. The bomb should be used on a major military installation to achieve the maximum psychological impact upon the Japanese government which would make the ultimate decision as to whether to accept unconditional surrender.
3. The bomb should be used without advance warning.

1．当爆弾は、機会ができしだい日本人に対して用いる
2．当爆弾は、無条件降伏をのむか否か日本政府の最終判断をうながす目的で最大の心理的衝撃をくわえるため、主要な軍事施設に対してこれを使用すべきとする
3．当爆弾は、その使用につき予告は一切これをおこなわない

　上記答申は6月16日、海軍次官バードが項目3に反対したのを除き、全員一致で採択された。委員会は解散し、二度と開かれることはなかった。大統領がどう反応したか、その記録は見つからない。のち原爆使用の是非が大論議の的となったとき、答申は入手していたと、トルーマン自身が認めている。

　大統領への答申に地名は書いてない。時日も方法も書いてない。また大統領が何も下令した形跡がないにもかかわらず、アメリカ軍部は勝手に原爆の標的を打ち出した。

　6月1日にはマリアナ群島の第20空軍、ついで7月3日には太平洋全域のアメリカ陸海軍が次の都市は破壊するなと命令された：
1．広島、2．新潟、3．小倉、4．長崎

　7月10日、日本列島を包囲したアメリカ艦隊と爆撃機の群れが艦砲射撃と夜間放火により日本の鉄道、海上輸送、社会組織をズタズタに寸断、民間人を殺傷していたときアメリカ首脳陣——大統領トルーマン・新国務長官バーンズ・参謀総長マーシャル——などが海路、空路でドイツのポツダムに移動する。

　ポツダムは、ヒトラー総統が5月1日に自殺したドイツの首都ベルリン西郊外にある町で、歴代カイザーを輩出したホーフェンゾレルン王家発祥の地であった。

　ポツダム会議の目的は戦後の配分につき英米ソの三者協議。

全長4,000キロ、旅程1週間のシベリア鉄道は1日1回の定期便を4回に増強し、ソ連軍将兵と戦車群を東に送るためフル運転を始めていた。4年前、ゾルゲ・尾崎秀実らスパイの通報によって極東からヨーロッパに移動できたソ連軍が、こんどは総力を挙げて日本を攻撃するため帰ってくる。

　ロシア人の現実応変主義を見誤った日本の政府は騙されてもまだソ連の和平仲介に望みをつなぎ、前首相・広田弘毅を箱根に送り、避難中のソ連大使マリクに日ソ中立条約廃棄通告について翻意を求め、モスクワ駐在大使・佐藤尚武は、なにゆえソ連外相モロトフが応答もせず、この時期にモスクワを留守にするのか、その真意を本省に報告できかねていた。

　7月16日、アメリカ大陸の南西、メキシコに隣接するニューメキシコ州で、人類初の核爆発実験がおこなわれる。

　場所はアラモゴルド空軍基地。この基地の広さは、われわれ日本人の想像を絶し、四国全島に匹敵するという。大半は荒蕪の泥割れ砂漠であった。

　使用材料はCのハンフォード原子炉第1号産出のプルトニウム。プルトニウムは核分裂するか、確認する必要があった。

　日の出前にスイッチを押した大爆発は、臨場者全員を畏怖と恐怖で硬直させた。ロス・アラモス爆弾組み立て工場の主任、オッペンハイマーは呆然自失、「オレは遂に地獄からの使者になったのか！（I've become Death!）」と叫んだという。

　7月26日、対日方針につきポツダムで合意成立。法的にはまだ中立であったソ連は、この「ポツダム宣言」（六法全書に収録してある）に名を連ねていない。政府通達ではなく報道陣への発表で、次のように結んであった（和訳、用字ともに日本政府公文書のまま）。

「十三。吾等は、日本国政府が直に全日本国軍隊の無条件降伏を宣言し、且右行動に於ける同政府の誠意に付適当且充分なる保障を提供せんことを同政府に対し要求す。右以外の日本国の選択は、迅速且完全なる壊滅あるのみとす」

発表には原爆につき片言隻句も見当たらない。

おなじ日、太平洋では27日、核爆弾の弾体がテニアン島に陸揚げされる。テニアンは第509爆撃隊の基地であり、そこでは学者、ラムゼイ、エイベルソンほか10名が核爆弾を組み立てた。

8月2日、双発機がミカン箱二つを配送する。Bのオークリッジで2年間もの時間をかけて分離したウラニウム235であった。

8月3日、装填完了。

8月6日午前1時、祈禱。「神よ、御身とともにあれ」。ルーテル教会派ダウニー神父が乗組員の無事を祈る。機長ティベッツが母の名をとりEnola Gay号と命名したB-29に円筒形爆弾1個を積んだ。乗員12名。ほかにB-29が2機、伴走する。午前2時発進。航路の中間点・硫黄島には非常時交代用の1機が待機していた。

また「爆撃照準点は目視せよ」と厳命されていたので上空の雲の有無を調べるための天候観測用B-29が3機1時間先行、豊後水道の上でそれぞれ広島、小倉、長崎に向け、別れていた。

午前7時15分、天候観測機Straight Flush号が「(第一候補の)広島の空に雲なし」と打電する。「エノーラ・ゲイ」は四国の中間部へと機首を向けた。乗員は四国を「見馴れた重量挙げアレイの形」と書いている。

午前8時、地上では広島県旧・松永市の防空監視員が3機を見つけた。編隊ではなく、ほとんど一列縦隊だった。双眼鏡で監視するうちに上空で60度の転針を始め、つぎつぎと真西に向かう。

胸がさわいだ。1機なら天候観測で無害、大群であれば爆撃で危険。しかし3機とは……。また、なぜ西か？　西に何がある？　広島だ！　凶変の予感に震えた監視員は、広島を電話で呼び立てたそうである。しかし爆撃機「エノーラ・ゲイ」は、すでに爆弾庫の扉を開いていた。

　B-29の爆弾投下コースは6分。数分先行した先頭のGreat Artiste号は高度を下げながら速度を速め、全速力で広島の上空を通過、観測筒4個を落とす。そのあと空には観測筒を吊ったという直径10メートルの落下傘が4つ、一列に並んで朝日に白く輝いた。

　二番機「エノーラ・ゲイ」は逆にゆっくりと上昇し、高度1万メートルに達すると水平定速で広島市の20キロ東、瀬野町の上空で照準点・T字形【の相生橋。人口40万人の市街中心地であることは終始、伏せられた】に原爆投下、ただちに急降下してスピードをつけ、方向を150度変えて全速で北の三次盆地方面に逃避した（"The Tibbets Story," Paul Tibbets, 1978）。

　起爆まで43秒、重さ5トンの爆弾にはタイマーと気圧計スイッチが連動していて、のちコンピュータ科学で有名になる数学者、フォン・ノイマンらが念には念を入れて計算した最大殺傷高度600メートル【比較すると東京スカイツリーの第2展望台が450メートル、全高は634メートル】で作動、広島の空に突如、小太陽が蔽いかぶさった。

　地上では不意を衝かれた住民たちの阿鼻叫喚の地獄が出現した。高い空からは、人びとの苦しみ悶えるさまも、何が焼けるのかも見えない。距離をあけて追尾していた三番機、No. 91の乗員は閃光が収まると、そむけていた目から黒色ゴーグルをはずし、高度を下げてキノコ雲の周囲を左まわりに旋回しながら観察、炎上中の住宅地

域を各種カメラで動画も静止画も撮影した。印象を聞かれて「油壷が煮え立つようだった」と語っている。

　3機は四国の上空で落ち合い、南太平洋のテニアン基地には午後3時に帰着した。

　この時点では秘密が全面的に開示され、アメリカ軍基地全体が興奮に包まれていた。ルメイ少将ほか多数が出迎え、待ち構えた報道陣がカメラを並べて「おめでとう」、「よくやった」などと大歓迎、ティベッツらにはその場で特別論功勲章が授けられた。

「世界で初めて原爆を使用し、成功した」報道は、大統領官邸ホワイトハウスで発表された。広島の被爆はアメリカの首都ワシントン夏時刻では8月5日午後7時15分。

　一晩明けて翌8月6日午前11時、一日一回の定例記者会見の時刻が来た。「今日もまた、おもしろいニュースはないのだろう」と夏休み気分でのんびりと集まったアメリカの新聞記者連中は、報道官が読み上げる大統領声明の内容に驚愕した、という。
「わがアメリカ軍は16時間前、日本の重要な陸軍基地ヒロシマを飛行機ただ1機で攻撃し、爆弾1個でもってこれを壊滅せしめたり。該爆弾は、通常のものにあらず。これこそ原子爆弾とも名づくべき前史未曾有の破壊力を有するものにして、卓越せるわがアメリカ産業技術、軍事の総合的勝利なり。そもそも原子爆弾とは……」

　翌8月7日、アメリカ全土の各新聞は第一面から始めて5ページもの紙面を割き、発表された大統領声明を丸写しにして核分裂とは何かの説明からその威力、政府の開発努力からマンハッタン機構の描写をも含め、全面開示と宣伝をおこなった。アラモゴルド砂漠での実験写真も公開されて読者全員がショックを受けた。もの凄い噴

煙である。付随した迫真の記述が恐怖を誘い、同時にアメリカの国力に自己感嘆させられた。

アメリカ人はヒロシマの名を初めて聞いた。ヒロシマは、陸軍基地だと思った。住民が居るとは思いもしなかった。

【日本政府は8月10日、スイス政府を通じてアメリカ政府に抗議した。大意は「……大統領声明は船舶工場と交通施設を破壊したと言うが、実際には空中で炸裂させて無差別に市民を殺傷した。これは毒ガスよりも残虐である。米国はすでに国際法を無視して都市を無差別に爆撃し、多数の老幼婦女子を殺傷し、神社仏閣学校病院一般民家を焼失させている】

【そのうえの今回の無差別かつ残虐な爆弾の使用は、人類文化に対する新たな罪悪である。帝国政府は米国政府を糾弾し、このような非人道的兵器の使用は即時、放棄すべきであると要求する……」（ウェブサイト『米機の新型爆弾による攻撃に対する抗議文』——日本政府1945年8月10日、哲野イサク）】

アメリカ政府は抗議を無視した。日本時間の8月9日、こんどは長崎の住民が大虐殺の目に遭った。凶器はプルトニウム。Cのハンフォード原子炉第2号の産物だった【第1号産物はアラモゴルド実験で費消された】。

おなじ第509爆撃隊3機が深夜過ぎにテニアンから舞い上がり、到着すると雲が厚かったので小倉を断念し、目標次候補に向かった。球形核爆弾を投下したのは二番機Bock's Car、機長スイーニー。

広島の場合とおなじく数分前に先立って同じ先導機Great Artiste号から落とされたパラシュート付き観測筒は長崎から東北へ20キロ離れた諫早市で同日午後2時、回収された。

観測筒内部にはボールペン書き肉筆の手紙が貼り付けられていた。

宛名は「嵯峨根教授へ」、差出し人は「きみと共に学んだ3名から」（「空から降ってきた手紙」野呂邦暢、毎日新聞1975年6月16日）。

後日、東大物理の嵯峨根遼吉はカリフォルニア大学バークレイ放射線研究所での学友を詮索することになる。英語の手紙はつづいた。「高名な物理学者として、日本の参謀本部に忠告してほしい。この戦争を続けると、貴国民がいかに恐るべき損害をこうむるか、それを知らせるために我々はこの手紙を送る……」

書いたのはアルバレズ、モリソン、サーバーの3人（後述・第8章）であった【ただしこの警告をもってアメリカの科学者も、また思いやりがあったと見るのは、あまい。というのはテニアンで核爆薬を装塡した12人の科学者たちは、殺人幇助であることを知りつつ仕事をしたからだ。したがってその手紙はアメリカの知識層にしばしば見かけられる偽善の表象といえる】。

8月9日、周知のとおり長崎の被爆は即時東京に通報され、おりから開催中で広島の被爆とソ連の対日参戦という大問題の対処に苦慮していた戦争指導会議に伝えられる。しかしその場に臨席していなかった天皇は、すでに慣習を破って終戦を命令しようと心に決めていた。

もともと5カ月前にさかのぼり、3月10日の東京大空襲の跡の惨状を視察して以来、相次ぐ都市の焼き討ち被害に心を痛め、4月7日には長年のあいだ侍従長、平たく言えば「じいや」として側近に仕えた78歳の鈴木貫太郎を首相に認証し、ひそかに終戦処理を託されていたわけである。侍従武官から8月6日、「広島が爆撃されて死傷者が出ている」と簡単な報告を受けた天皇は、ことのほかそれを気にかけられ、しきりに様子を尋ね続けられたという（「終戦秘話」保阪正康、週刊朝日、1984年8月17日と24日）。

【昭和天皇は戦後2度、広島を訪れられた。思い入れを持っておられる。1947年2月には全国激励巡幸の一部として。1971年4月にはヨーロッパ歴訪ご旅行に先立ち、特別に、死没者慰霊碑の前で哀悼の意を表明されている】

　1945年8月8日午後5時半、東郷茂徳外相が拝謁し、24時間前に入手した原爆使用に関するトルーマン声明をこと細かに説明すると、天皇は、アメリカがこの種の兵器を使い始める事態に至っては、終戦の条件が有利だの不利だのと言っている場合ではない、と反応された。「わたしは日本の国民を受け継いだ、わたしは日本人を後世に遺さねばならない」は有名な天皇の決心であり、のち占領軍司令官マッカーサーに面会した時も「自分の命と引き換えに、他の命乞いをした」と元帥を感動させている。

　ドイツでは国内で白兵戦が起きた。日本の内地が白兵戦で荒廃し、非戦闘員をも含めて何千万人もの死傷者が出るような結果になったとしても、少しも不思議ではない状況であった。

　日本内地戦は、トルーマン大統領臨席5月2日の作戦会議ですでに決定していたという。「攻略軍司令官はマッカーサー、司令部は沖縄に設置、11月1日に薩南海岸と日南海岸に81万6千名の兵員を揚陸、翌昭和21年2月には関東・九十九里浜に120万名と戦車軍団とを上陸させ、6カ月以内に、日本内地を制圧する」予定であった（"The Decision……," Giovannitti, 1965）。

　陸軍の真髄は集団と集団との格闘による土地の争奪であり、白兵戦は避けることができない。「自分は死んでもよい」とした天皇がこれを防いだ。ヒロシマで大量死した人びとが背を押した。

　8月10日の真夜中午前2時半、戦争指導会議に臨席した天皇は「聞き置く」慣習を破り、鈴木貫太郎首相のご意向うかがいに応え

て「速やかに戦争を終結させたい」と、固い決意を述べられた。そして敗戦の詔勅の放送がこれに続くことになる。

　日本敗戦の報に先立つ8月6日、「新兵器1発でもって1都市を壊滅させた」米国大統領声明は、ラジオ放送で、世界中を駆け巡った。原子爆弾がいかに強力なものか、迫真の威力説明が付随していたので都市住民が殺傷されたと察知した世界の人びとは驚倒し、同時に非難と弁護が沸き起こった。

　その日のうちにイタリアの新聞 Observatore Romano は、ローマ教皇庁が、極めて残虐だと反応したと報じた。ところがローマ教皇庁は、その報道を打ち消す。東南アジア英連邦軍司令官マウントバッテンは、原爆使用に対し、もろ手を挙げて賛成だと発表したがロンドンの新聞 Catholic Herald は、人道上、都市の攻撃は許されるものではないと批判した。イギリス首相アトリーは、破壊効果絶大だと賞賛したが、同じイギリス人でもチチェスター僧正は、あってはならぬことだと譴責した（それぞれ The New York Times, 1945年8月7, 9, 10, 13, 14日）。

　アメリカでも教会関係者は反対の立場を公表、キリスト教連合会は原爆使用を遺憾とし、メソジスト教会は、生存者たちの救済募金を立ち上げた。新任の戦争長官パタソンが原爆使用を擁護して原爆使用こそ日本を降伏させたのだと強調すると、ソ連のモスクワ放送は効果を否定、2発も原爆で攻撃されても降伏しなかった日本は、ソ連軍が満州に侵攻したからこそ初めて敗戦を認めたのだと応酬した（The New York Times, 1946年3月5日、11月15日、1947年5月23日、1948年8月11日）。

　その後も政府指導層による口論は東西冷戦の激化にともなって継続したが広島を、また長崎を、だれが、いつ、いったい何の理由で

原爆の標的にえらんだのか追及していると、参謀総長マーシャルが、核を実戦に使おうとはしなかった事実に気づく。

太平洋戦争中に4度も交代した日本の参謀総長とくらべると、マーシャルは開戦前から終戦後まで一貫して在任した。のち国務長官になり、戦後ヨーロッパ救済の有名なマーシャル・プランを立案した大物である。しかも当時のアメリカ陸軍は空軍を指揮下におき、海軍の軍令部長キングは常にマーシャルを上席に据えたから参謀総長の権威は絶大だった。

日本の組織が軍政は陸軍大臣と海軍大臣で、統帥が参謀総長と軍令部長であったのに似てアメリカも陸軍長官（Secretary of War）と海軍長官、参謀総長と軍令部長（Chief of Naval Operations——和訳・作戦部長では釣り合いが取れない）が職務を分掌した。

戦争長官スティムソンは、自分は軍人ではないからと作戦には口を挟まなかった。参謀総長マーシャルは、原爆の実戦使用を決定する立場にあった。しかし5月2日の対日最終作戦会議においてもマーシャルは、原子爆弾を使うとも使わないとも、とにかく言及しなかった。

アメリカにも『木戸幸一日記』に相当する『スティムソン日記』をはじめ膨大な資料や記録がある。それらを読み合わせると、今度は、大統領トルーマンが、原子爆弾の使用を政治的に考慮しなかった節ぶしが目につく。

言い換えると「原子爆弾をかくかくしかじか扱えば、日本との戦争は、こうなるであろう」と先を読もうとした形跡がない。戦争長官スティムソンは、どう扱えばよいか悩み続けたが、トルーマンは、一向に気にしていない。この事実は、一般に受け容れられている解釈とは異なる。

言うまでもなく「トルーマン大統領が原爆投下を命令した」が容認された説明である。そしてアメリカ人はさらに「日本を早く降伏させ、早く平和をもたらし、人命を救うためだった」と付け加えることを忘れない。ところがその裏付けは、取れない。

　1945年、日本敗戦の年に入ってからアメリカの指導者らがどのような方法で、いつごろ日本を降伏に持ち込もうとしたか記録は山ほどある。

　たとえば戦争長官スティムソン、ウォール街銀行家あがりの海軍長官フォレスタル、戦前まで駐日大使であった国務長官代理グルーは三相会議をしょっちゅう催して、将来の防共反ソに役立てるには、日本を破壊し尽くさないほうが賢明だ、と幾度となく合意している。この裏付けは『フォレスタル日記』にも『グルー・メモ』にも見受けられる。

　しかしトルーマン大統領が「ではポツダム宣言で降伏を勧めておいて、それでも日本が降伏しないなら何日後に原爆を落とせ」と指示したとは、どこにも書いてない。作戦会議録にも出てこない。

　前述の「最初の機会に、軍事施設に対して、予告なしで」臨時委員会答申は6月末に入手しているが、トルーマンはこれにつき何も対処を指示しなかった。すなわち大統領はだれに、いつ、どのような形で実戦指令を発したのか、記録は見つからない。

　それではどういう経過で「大統領が命令した」ことになるのかその根拠を辿ってみると、これはトルーマン自身が談話、演説、書簡などで「そうだ」と繰り返し述べている。

　発端は日本の敗戦1年後におこなわれた核分裂実験で、1946年7月、アメリカ軍は太平洋の旧日本委任統治領ビキニ環礁で2発を爆発させた。世界大戦終結後の全面公開ならびにアメリカの戦闘力

宣伝のためだったので、世界中の人びとは、必然的に、ヒロシマ・ナガサキを想起した。

加えてニューヨーク・タイムズ新聞記者ローレンスが原爆開発の一端を出版、さらに雑誌『タイム』の記者ハーシーが『ヒロシマ』と題して上流川町メソジスト教会の谷本清牧師ら被爆者6人の体験を紹介した（雑誌 The New Yorker, 1946年8月31日号）から、なぜ生きた人間の頭上に原爆投下ということになったのか、世間の関心が高まった。

そこで、すでに辞任していた戦争長官スティムソンが雑誌『ハーパーズ』に寄稿、決定に至った過程の一部を説明する次第となった（"The Decision to Use the Atomic Bomb," Harper's Magazine, 1947年2月号）。

また臨時委員会8番目の委員、マサチューセッツ工科大学学長コンプトンが雑誌『アトランティック』において、確かにわれわれがそうしたら良かろうとは答申したが、最終決定は、やはり大統領がしたに違いないと補足した。

受けてトルーマンは1947年1月、コンプトンへの手紙の形で、はじめて公に、「原爆を使用するとの決定が、大統領以外にできるはずがない」と答えた。

ここで注意したいのは「私が、かくかくした」とは言っていないことである。

その後、投下決定についての責任論争は10年以上もつづく。米ソ冷戦時代であった。

「残虐だ」と攻撃したのは共産圏のリーダーたちで、反論したのはアメリカ言論界だった。その間、トルーマン大統領による弁明は、少しずつ変化してゆく。初めは早く終戦にみちびいて「アメリカの

若い兵隊の死傷を防ぐため」だったのが次第に「また多数の日本人をも無益の死から救うために」へと拡張された。

同時に首尾不一致が起こる。

対日勝利２周年記念に記者会見でトルーマン大統領は「長いあいだ祈った末に、あの決定をした」と述べた（The New York Times, 1947年8月15日）。

ところが1958（昭和33）年２月にアメリカ３大テレビ局の一つ、コロンビア放送ＣＢＳの「過去をかえりみる」番組に出演した際には逆に、少しも悩まなかった、と答えて同情的であった司会者を驚かせている。

そのころ日本ではまだテレビが普及していなかったが、このテレビ・インタビューのもようを知った広島市議会は「今日においてさえ人間の良心が見られないのは遺憾である」として抗議文を送る。対して前大統領トルーマンは、ミズーリ州の自宅にアメリカの報道陣を集め、任都栗司議長あての返書を披露した。それには「アメリカ政府内閣および軍部関係者たちだけでなく、さらにポツダムにおいて、イギリス首相チャーチル氏ともよくよく相談した挙げ句の決定」であったと書いてあった。しかしチャーチルは、自分の回顧録に「ポツダムで原子爆弾をどうする、こうするという話はいっさい出なかった」と記す。

さらに同じ年、1958（昭和33）年、アメリカの著名歴史作家に面接したトルーマンは、「なに？　迷っただろうって？　冗談じゃないよ、こんなもんさ」と無造作に指をパチンと鳴らした（"The Rising Sun : The Decline and Fall of the Japanese Empire, 1936-1945," John Toland, 1970）。

簡単なことにせよ困難なことにせよ、自分が決めたのなら時と場

合に応じて記憶が変わるということは、まず、考えられない。しかもトルーマンは率直、頑固で知られていた。その場その場で都合の良いように言い抜けるタイプではない。また最高権力者は、言い訳をする必要がない。

とすると唯一の可能な説明は、トルーマンは、自分では何も決断をしなかった、ということになる。

もともと彼は決断をせず、放っておいた。しかし皆が騒ぎ始めると、「放っておいた」とは言えなかった。だから「自分が決めた、自分が決めた」の一辺倒。しかし、だれに、いつ、どのように下命したのか具体的な事実は一つも指摘できない。自分が決めたと言わないと、ではだれが決めたのかと責任問題が生じる。他方、私が決めたのだと言えば、大統領は神様だと崇めるアメリカ人大衆は、一片の疑いもなく納得し、万事がうまく収まるわけだった。

こうしてヒロシマは、「騙し」の弁解の幕をあける。

弁解には論点のすり替えも使われた。

トルーマンは繰り返した。「原子爆弾は武器だから、戦争に勝とうとすればそれを使うのは当たり前。『原子』という言葉がくっついているからと言うだけで、その武器を使ってはならないと論争する頭のほうが、どうかしている」と。

これは原爆使用自体が是か非かの観念論である。料理用の包丁でも凶器になる。トルーマンは、なぜ包丁を使ってはいけないのかと反論した。けれども反論を聞かされる皆は誤って、その包丁が食べ物にではなく、人間に向けられた事実と混同した。

問題は「だれがいつ何のために、どんな方法で広島の住民を攻撃したか」である。それが「原爆は武器か、武器ではないか」にすり替えられて、皆が騙された。

そこで実戦上の命令系統を辿ってみると最高軍司令官トルーマンを筆頭に戦争長官スティムソン、参謀総長マーシャル、空軍参謀長アーノルド、太平洋地区空軍総司令官スパーツ、第20空軍司令官ルメイ、第509爆撃隊司令官ティベッツ、広島爆撃機長ティベッツ、長崎爆撃機長スウィーニー、およびそれぞれの爆撃手、フェレビーとビーハンになる。

　1）爆撃手は命令のままに動いた組織の末端である。個人的責任は、たぶん問えまい。他の乗組員たちも広島への往路、初めて核攻撃の内容を知らされた。
　2）爆撃機長もまた個人責任は少ないかもしれない。しかし司令官としてのティベッツは、別だ。司令官に任命された時点で原爆と、その投下目的と全容につき説明されたから責任がある。また大量殺傷計画を推進した（後述）。
　3）ルメイは東京をはじめ日本の都市焼き討ちの立案かつ推進者である。指揮下の第509爆撃隊に対しては1945年7月以降、Special Bombing Mission No.1からNo.18までを手交している。ただしこれらは模擬訓練の出動許可であって命令ではなく、すべて下位の隊長ティベッツに申請させて体裁を整えるだけのものだった。実弾を用いた広島攻撃の許可書No.13（ウラニウム爆弾）と、長崎のNo.16（プルトニウム爆弾）が、さりげなく挿入してある。
　ちなみに模擬爆弾は長さ3.5メートル、重量4.5トンに通常火薬を詰めた巨大なもので1機に1個しか積めなかった。投弾後に急降下、通常退避距離10キロを16キロに延ばす訓練をした。照準点に命中する必要はなく、随伴機もおらず、接地起爆であって爆撃効果はどうでもよかった。しかし地上では、次の都市の住民たちは、1

発の接地爆発とはいえ、思いがけない死傷被害を受けた。時刻はすべて午前8時前後、1機ずつ、バラバラに襲われた。

　7月20日　北茨城、東京都中央区、いわき2機、福島、海上投棄、長岡、富山3機

　7月24日　新居浜2機、神戸4機、四日市、大津、大垣

　7月26日　柏崎、新潟県鹿瀬町、日立、いわき、島田、名古屋市昭和区、浜松、富山、（京都を勝手に変えて）大阪市東住吉区、焼津

　7月29日　宇部3機、郡山2機、保谷、有田、舞鶴

　8月8日　宇和島、敦賀、徳島、四日市

　8月14日　春日井4機、豊田3機

4）次にルメイの上官スパーツは、ドイツ本土の爆撃を指揮した有名な大将だが7月27日にヨーロッパ戦線から太平洋へ転任したばかりであった。攻撃予定は知らされた。だが計画には参画していない。

5）戦争省に詰めた空軍参謀長アーノルドは第509混成部隊を編成し、その特別扱いをルメイに訓令した。また民間人しか住んでいないと知りつつ日本の諸都市の組織的焼却を裁可するという重大な罪を犯した。だが第509爆撃隊に限れば、直接の関与はない。

6）参謀総長マーシャルは、原爆の製造を知っていた。しかし使用については前述したとおり、原爆の存在そのものをまったく無視した。

7）戦争長官スティムソンは、原爆製造計画には初めから終わりまで関与した。彼はルーズベルトと同じく、日本にとってはたいへんに都合が悪かったがアメリカにとれば偉大な指導者であった。ルメイが都市放火を始めたあと「私は文官なので作戦指示はできない

第5章　原爆製造と使用の全容　183

が、一般民家を焼くとはいったい何事だ。それにしても理性があり、公正であると思っていたわがアメリカ国民が、その暴挙に抗議するどころか、逆にやれ、やれ、もっとやれ、と声援している変わりざまが悲しい」と嘆いている（"On Active Service in Peace and War," Henry Stimson and McGeorge Bundy, 1948）。またスティムソンは、アメリカ軍地上兵力を日本内地に侵攻させる前に終戦に持ち込もうと努力し、したがって原則的には原爆を使用するという「政策」には賛成した。けれども具体的な「実施」計画は立案も、下令も、していない。

8）最高軍司令官トルーマンにいたっては、これも前述したとおり方法も標的も時刻も指定せず、実戦命令は出していない。ただし原爆使用の大統領声明を発表前に了承している。したがって広島攻撃予定は知っていた。

こう見てくると、不可解にも責任の所在がつかめない。個人であれ委員会であれ、だれも「かくかく、しかじかせよ」との実戦命令を出していない。では核爆弾は、ひとりで落ちてきたのか？

すでに述べたとおり広島では2015年現在も「原爆が落ちた、落ちた」と言い、「落とされた」とは言わない。これはアメリカにおもねり、自らを欺く原因となるわけだが、ともかくこの不明朗さはヒロシマに特有であり、ここから様ざまなアメリカ言論界の勝手な自己正当化が生まれた。

a）「原爆の製造には多大の費用を費やしたから、使わないわけにはゆかなかった」

費用は偽称科目で予算に逐次追加されたから総額を知る由はなく、

諸説がある。うち一つは3年間で技術者5万人が投入されて20億ドル、現在の貨幣価値で2兆円、当時の日本国一般会計の35倍を費消したという。新兵器を実戦で使用してみたいという誘惑はたしかに強いであろう。しかし、だからといって使用しなければならない論理にはつながらないし、また保有するという選択もあるのでこの言い訳はまもなく姿を消した。

b）「当時、アメリカ政府全体に、勝つためには使おうという思潮が支配していた」

この言い訳は簡単に論破できる。原爆開発計画は秘中の秘であった。知られていないのだから政府全般にそのような圧力が掛かるはずない。またアメリカは、原爆を使わないでも勝てた。

c）「日本が早く『降参』、と言わなかったからだ」

これは的外れである。降参しないと原爆を使うぞ、との警告は、なかった。「予告しない」と決められていたではないか。また本当に早く戦争を終えたいのであれば1945年4月、ソ連やスイスを通じて届いた日本政府の終戦意思の表明に反応できたはずである。それらは無視されている。

d）「早く戦争を終えてアメリカ（のち日本も加えられる）の若者の命を救うため」

この釈明は前述1947年2月スティムソンが持ち出したもので、硫黄島および沖縄戦でアメリカ軍の死傷率が極めて高い事実に怖れをなした前戦争長官が、日本本土に侵攻すると、100万名のアメリカ軍将兵の生命が失われたであろうから、と言及し、以後、アメリカ大衆の絶大なる支持を得た。

しかしこれは結果論である。結果論は、結果を当初からの意図とすり替える詭弁だ。

早く戦争を終える方法は、ほかにもあった。
ｅ）「戦後に戦闘力が競合すると考えられたソ連に対し、示威のため、実地使用して見せた」

　この議論の難点は、裏付けが存在しないことである。むろん裏付けは、いつも存在するわけではない。しないことが多い。けれども1945年7月17日からのポツダム会談中にアラモゴルド実験の成功、および原爆攻撃予定を知らされたトルーマン大統領が、政治的に極秘情報を用いた可能性はある（『原爆を投下するまで日本を降伏させるな──トルーマンとバーンズの陰謀』鳥居民2005年）。

　つまり原爆が出来た、これはアメリカの強みである、そこでソ連・スターリンに対する姿勢が硬化した……。

　この鳥居説には納得できる。でもこれも観念論であり、史実ではない。論点、視点、方向が異なる。おなじ責任所在の追及とはいえ観念論と史実とは、次のように異なる。

　Ａ「原爆を使うか、使わないか」

　これは政治・軍事の方向を向いた観念論であり、上で引用したトルーマンの「原爆は武器、だから使った」である。たとえば包丁は使うか、使わないか？　道具であるから使って当然。ただしこの論理は往々にして次のＢとすり替えられる。

　Ｂ「原爆は使う。どこの誰に対してどのように」

　これは道義・人道の方向を向いた史実の問題であり、すでに先述・臨時委員会が6月16日に採択した「機会が出来しだい、日本の軍事施設と周辺に対し、警告なしで」である。

　この時点では政策勧告にすぎなかった。

　これをだれかが実行した。

実行したがために歴史に残る大虐殺事件が起きたのだ。いったい、だれだ？

　この機会にいま一つ、整理しておかねばならない『混同』がある。「原爆投下」の『投下』という表現である。
　原爆を使うに際し、理論上は３種類の方法が考えられる。
　１）　標的地に置いて時限か、遠隔装置で爆発させる
　２）　高高度の空から標的地を爆撃する
　３）　標的地まで遠距離をミサイルで飛ばす
　これらの方法に共通するのは標的地への「攻撃」であり、標的の「破壊」であろう。それなのになぜヒロシマにかぎり、２）の場合の「方法」の『投下』という意味散漫な言葉を用いて本質から目をそらせるのであろうか。本質は、『攻撃』ではないのか？
　投下に対応する英語はdropping。だがこれは語感がやわらかい。愛嬌さえ感じる。
　他方、攻撃に対応する英語はattack。これには人間の悪意が含まれていて語感がたいへんきつい。しかも発音とストレスが日本語の「アタック」とは異なっていて日本人には口マネすら難しい。耳にするだけで相手の敵意を感じる。英語話者が、大嫌いなことばである。意識して使用を避けることばだ。
　誤解や誤誘導を避けるためにも、言葉はできるだけ正確に用いたい。原爆「投下」ではなく、原爆「攻撃」のほうがより適切なはずである。
　原爆投下は爆撃機側の視点である。爆撃機乗員は、たしかに原爆を「投下」した。
　しかし爆撃される市民側は、たまったものではない。防ぎようが

ない。1発であっても、たしかに「攻撃」されたのだ。

純粋論理のうえでは「投下」は手段、「攻撃」が目的、「大量殺傷」が効果であろう。

ともあれ原爆攻撃の責任の所在が不明であることにはアメリカの知識層・言論界も、うすうす感づいていて、したがって数多くの研究や追跡が発表されてきた。

その中で最も広範囲、かつ緻密な調査をおこなったのは、アメリカ3大テレビ局の一、ナショナル放送NBCであろう。

原爆攻撃決定の責任の所在を突き止めるテレビ番組を作るため、NBCプロジェクト・チームは2年間もの時間をかけて膨大な数のインタビューをこなし、資料を集めた。

様ざまなレベルにおける決定ないし放任が明るみに出た。トルーマン大統領も臨席した会議で「予告なし。不意討ち」に反対する声が上がり、書面で提出するようにとの命令に応えた立案がポツダム宣言の下書きにもなった。

ただし実際に公表されたポツダム宣言からは、そのかなめの「警告」部分がすっぽりと外された事実も、このチーム調査で初めて分かった。

ところが責任の所在に関しては、だれが、いつ、どこで、どのように使えと実戦命令をくだしたか、それまでの諸調査の結果と変わりなく、確定することができなかった。

聞き書きだけ集めてもジャーナリズムとして成立する日本の場合であれば、それでもなおかつ特別番組であるとして大々的に前宣伝を打ち、経過のみを成果として放送したかもしれない。それこそ「多大の費用を費やしたから、使わないわけにはゆかない」の事例であろうが、ナショナル放送は、取材『経過』だけを放映するのは視聴

者を裏切る行為であり、取材『結果』の放映こそ提供すべきであるとして、なんと、全部をボツにしてしまった。

　アメリカ言論界は、厳しい。学ぶべき点がある。

　チーム・メンバーは、非常に残念がったという。

　仕方がないとはいえ、あまりにも口惜しいので、チーム・メンバーは自分たちで調査結果を本にしてしまった。大冊である（"The Decision To Drop The Bomb," Leon Giovannitti, 1965）。

　ただしこの秀逸著作の結論も、また次のようにピンぼけだ。

　すなわち「原爆を使用すべきであったかどうかの問題は、結局、使用すべきではないという否定案が存在しなかったからこそ投下に至った、としか言いようがない」。

第6章

犠牲者名簿と隠れた下手人

「だれが、なぜ広島か」

　朗の追及は先人の場合と同じく頓挫、以後、長い年月が経った。もともと原爆の開発ならびに使用は軍事機密であったし、核兵器は、その後も進歩をつづけたから機密保持は厳重であった。また、いかに過去のこととはいえヒロシマ・ナガサキはアメリカ人にとれば禁句、当の日本人がアメリカで「だれが決めたのか」尋ねてまわるのは危険でもあった。

　断片的な情報は少しずつ収集できた。しかしこれぞという決め手がない。研究者は記録を重視するあまり第一級の資料を発掘したとか、伝聞にしかすぎないとか、お互いに貶し合う場合が多いけれども公文書は、後日の調査が便利であるようには作成されていないし、個人の回顧録は、著者にとって有利なことが多いわりにウソも交じっているし、他の資料は、憶測から成り立っていた。

　文書記録を渉猟していて一番困るのは動機が抜けている事実であった。「どのような」決定をしたかは残っている。しかし「なぜ、そうしたか」は書いてない。背景と環境をかんがみて解釈する必要があった。そこで朗は永いあいだ「動機」について考えた。

　人間が何か行動を起こす場合、ふつう、動機が存在する。たとえ

ば犯罪論では動機、手口、機会を三大要素というらしい。ヒロシマの場合、手口は爆撃機による無警告攻撃であり、方法は新兵器の使用、実行する機会は「戦争」の名のもとに存在した、と分かる。

しかし動機が抜けている。動機は何か。前で見たように「戦争に勝つため」ではない。「人命を救うため」でもない。「ソ連に見せるため」でもない。「かけた費用の元を取るため」でもない。

分からないことが多かった中で、ヒロシマで亡くなった人の数さえ朗は知らなかった。

関連文献を懸命に探しReport by the United States Strategic Bombing Surveyに行き当たった。

日本語では「米国戦略爆撃調査団報告」と翻訳されて定着している。しかし、この「調査団」という日本名は立派すぎて、まるで何らかの権威であったかのような誤った印象を与える（ウェブサイト『哲野イサクの地方見聞録』）。

たとえば有名なリットン調査団は、国際連盟という国際機関から委嘱を受けた大使級の構成員から成り立っていたから一国の政府政策を聴取するだけの権威を持っていた。

他方、米国戦略爆撃調査団の場合は私的な調査士、あるいは鑑定士とも言うべき人々の集合体にしかすぎなかった。したがってこの「調査団報告」の実体は、せいぜい委託受注の報告書であった。

発注したのは戦争長官スティムソンで、契約を受注したのは軍ではなく、有限目的で設立された民間団体だった。

保険会社社長ドーリエを長とした11人の役員の中には軍人も政治家も見当たらない。37歳の経済学者ガルブレイスが居た。注文の内容はStrategic Bombingの効果査定、つまり戦場における戦

闘員の代わりに後背地の国内インフラと一般生活者を破壊すると、どうなるかの検証だった。

Surveyとはむろん測量・測定で、ここではそれ自体が組織名としても用いられた。したがって「戦略爆撃調査団」ではなくて「後方破壊の効果査定チーム」と呼ぶべきだったかもしれない。名称によって惑わされる、または実態を見誤る好例であろう。

役員が手分けして指揮する民間人300人、陸軍に所属した諜報・研究職400名、海軍も各種専門家300名、計1,000人の陣容で調査項目を分け、1945年9月から12月までの期間、日本において自殺前の元首相・近衛文麿を筆頭に軍人、政治家、官吏、財界人ら約700人と一般市民3,500人から聞き取り調査をおこない、関係文書を押収、翻訳した。

調査対象は日本の軍事と経済と民間。軍事部門では陸軍・海軍・航空隊。経済部門では航空機の生産・石油化学・軍需品製造ほか。民間部門では戦意・医療・民間防衛など100細目にわたり、それぞれ空爆と艦砲射撃による破壊前と破壊後の状態が詳しく比較された。膨大な数の写真証跡も添付された。

聞き取りは、調査研究の中では基礎的な手法である。聴取される側は被爆前後の状況を知悉していたし、勝者による尋問を拒否する心理状態にはなかった。多数の日系アメリカ人が通訳・翻訳の任に就いた。Survey組織は翌1946年7月には108巻の報告書を完成させて解散した。調査報告には本来の（太平洋戦争）報告のほかに『日本の終戦努力』と『広島・長崎への原子爆弾の効果』という別個の報告が追加されているという。

この1946年報告は上記の性格からか物的損害の羅列と描写のみ、という印象を与える。人的損害については次の言及があるだけだ。

"アメリカ軍空襲と艦砲射撃による日本全国の死者数252,769、うち広島市71,379。"

　ところでアメリカ言論界でたびたび引用されるヒロシマの死者数に78,150人がある。どこから出た数値か調べると、日本の経済安定本部1949年発表であった。
　しかし上記71,379も78,150人も、これらは、もともと信頼できる数字なのだろうか、疑問が湧いた。
　というのは朗も朗の家族も生死の点呼を受けたことは一度もなく、警察やその他公的機関から問い合わせも、個別訪問も受けたことはない。被爆直前に大阪で焼け出され、朗の両親を頼って寄寓した中年の女性は名前も分からず遺骨も発見できなかったから届け出もしていない。敗戦後の混乱の中で、どのようにして公表できる犠牲者数を調べたのであろうか。

　納得できる公式数字はないものか調査して、兵庫県姫路市に全国戦災都市空爆死没者慰霊塔があると知った。おなじ戦争で亡くなった人びとに弔意を表わすため碑を訪れる。
　慰霊塔は姫路駅前からバス終点の中央公園、手柄山という小高い丘の頂上にあった。丘の上からは田畑を越え、はるか北方に秀麗な姫路城が見える。ひるがえって碑の敷地には、むかし九州の高千穂の峰に建てられた紀元二千六百年祭記念塔によく似た尖塔が中央に立ち、両翼に白い花崗岩の石柱が並ぶ。高さ2メートルばかりの石柱は、その1本1本が太平洋戦争中に被災した日本内地の都市を表わした。

表1.1　太平洋戦非戦闘員空爆犠牲者・一覧表

	被爆年月日	以降回数	死者数
北海道			
函館市	20/07/15	5	50
室蘭市	20/07/14	2	436
釧路市	20/07/15	5	132
根室町	20/07/15		199
本別町	20/07/15		36
青森県			
青森市	20/07/14	3	1,767
岩手県			
盛岡市	20/08/10	2	なし
宮古市	20/08/09	2	3
花巻市	20/08/10		22
釜石市	20/07/14	2	482
宮城県			
塩釜市	19/12/29		3
仙台市	20/07/10		901
福島県			
郡山市	20/04/12	2	565
平市	20/03/10	3	22
新潟県			
長岡市	20/08/01		1,167

	被爆年月日	以降回数	死者数
茨城県			
高萩市	20/06/20		2
豊浦町	20/07/19		5
日立市	20/06/10	2	1,266
多賀市	20/06/10	2	69
水戸市	20/08/02		242
栃木県			
鹿沼市	20/07/12		7
宇都宮市	20/07/12		526
群馬県			
前橋市	20/08/05	4	535
高崎市	20/08/05	2	7
伊勢崎市	20/08/15		29
埼玉県			
熊谷市	20/08/14		234
千葉県			
銚子市	20/03/09	5	333
千葉市	20/06/10	2	1,173
東京都			
東京都	17/04/18	112	94,225
八王子市	20/08/02		396

出典：『戦災復興と全国戦災都市連盟の歩み』1962年
太平洋戦全国戦災都市空爆死没者慰霊塔は、全国戦災都市連盟（現在の財団法人太平洋戦全国空爆犠牲者慰霊協会）が1952年に提案、1956年（昭和31年）10月26日に完成した。兵庫県姫路市の手柄山中央公園にある。塔の前に広さ280平方メートルの日本地図が平置き石に刻まれ、113戦災都市の位置が表示してあり、手前に『太平洋戦全国戦災都市空爆死没者の霊　此のところに眠る』の碑文がある。周囲に石の側柱が並んでおり、1本ごとに戦災都市の被爆年月日、死没者数、罹災人口および復興担当市長の名が刻んである。そのうち罹災者数と歴代市長名とを省いて上記の表（被爆年月日は初回。年号は昭和）を作成した。なお死者数は合計51万名あまりで、罹災人口は1,000万人を数える。毎年10月26日、追悼平和祈念式典が開かれている。

あたりは訪れる人影もない、奥まった林の中の寂寥の昼下がりであった。今日の日本の平穏と繁栄は、この碑石だけでわれわれと繋がる気の毒な犠牲者と無関係なのだろうか。世界でも名高い鉄道・新幹線の頻繁な往来を見下ろす丘に113本の報告自治体石柱が、ひょうひょうと鳴る松風に寂しく包まれていた。

　慰霊対象が日本全国にわたる碑石がそこにあるのは姫路市議会が敷地を引き受けたからで、慰霊碑自体は、数回開かれた全国市長会議を経て民間人死没者数が確定したのち建立された。ちなみに心やさしい人が多いのだろうか姫路市は、のちベトナム戦争の結果生じたベトナム難民の日本受容れ収容所をも設置したことがある。

　この全国死没者慰霊塔によれば、長崎市は8月9日プルトニウム攻撃以降4度も空襲されて死者計74,604人を報告している。

　広島市の死者数が最大で、この1市1回だけで全国総数510,345柱の半分以上を占めている。また113柱のうちただ1本、広島のみが概数である。その死者数26万柱。

　これは膨大な人数で、満杯の東京ドームもしくは阪神甲子園球場の5倍に相当する。

　また1956年の時点でも広島市が概数しか刻印できなかったのは、一瞬の裡に全滅した家族が多く、死亡届を出す者が残らず、戸籍台帳も登記簿も焼失したヒロシマが他のすべての被災都市と異なる所以であろう。

　それにしても数字には人格がない。実際にはひとりずつ生活があり、名前を持った個人が亡くなったわけだから、せめて性別・年齢別にはならないものかと考えたとき、世界有数と評される日本の統計能力に気がついた。

第6章　犠牲者名簿と隠れた下手人　195

表1.2 太平洋戦非戦闘員空爆犠牲者・一覧表

	被爆年月日	以降回数	死者数
神奈川県			
横浜市	20/04/15	3	4,616
川崎市	17/04/25	5	768
平塚市	20/07/16		262
小田原市	20/08/15		34
山梨県			
甲府市	20/07/06		826
静岡県			
沼津市	20/07/17		274
清水市	20/07/07	10	193
静岡市	20/06/19		1,603
浜松市	19/12/13	34	3,239
愛知県			
豊橋市	20/06/20		624
岡崎市	20/07/20	3	207
名古屋市	19/12/13	38	7,802
一宮市	20/07/13	2	727
岐阜県			
岐阜市	20/07/09		863
大垣市	20/03/02	4	29
富山県			
富山市	20/08/02		2,275
福井県			
福井市	20/07/19		1,600
敦賀市	20/07/12	3	157
三重県			
桑名市	20/06/27	3	467
四日市市	20/06/18	3	808
津市	20/06/26	3	1,600
宇治山田市	20/07/29		111

	被爆年月日	以降回数	死者数
和歌山県			
新宮市	20/01/29	7	72
勝浦町	20/06/09		40
田辺市	20/03/13	8	38
和歌山市	20/07/09		1,101
海南市	20/07/03		35
大阪府			
堺市	20/03/13	4	1,876
布施市	20/03/14	5	8
大阪市	20/03/14	22	10,388
豊中市	20/06/07	9	355
兵庫県			
尼崎市	20/03/14	7	479
西宮市	20/03/19	10	852
芦屋市	20/05/11	3	139
神戸市	20/02/04	15	6,235
明石市	20/01/19	4	1,464
姫路市	20/06/22	3	490
岡山県			
岡山市	20/06/29		1,737
広島県			
福山市	20/08/08		194
呉市	20/03/19	10	2,062
広島市	20/08/06		260,000
山口県			
岩国市	20/05/10	3	917
徳山市	20/05/10	2	482
宇部市	20/04/26	7	294
下関市	20/06/29	2	324

朗の話を聞いた中国新聞社ニューヨーク支局長・今中亘氏が社の情報収集網を通じ、クレジットを与えるよう念を押した総務庁統計局国勢統計課から貴重な資料を入手してくれた。

　核攻撃された昭和20年8月6日を挟む二つの時点：①昭和19年2月22日と、②同20年11月1日両時点における広島市の人口統計である。

　国勢調査や人口調査がとうてい可能な状況ではなかったあの戦中戦後の混乱の中で、どんな方法で人口統計ができたのか、その理由は、少し考えると想像できた。米穀配給通帳の発給状況調査にちがいない。当時は国民一人ひとり、食糧の配給を受けるために住所で登録した身分証明書を持っていた。おかねがあっても買えない供給統制が施行されていたのだ。

　上記2時点の差は19カ月なので、前の調査時の1歳は次の調査時には2歳になっていたと仮定できるし、報告数から引けば減少した数がわかる。それら減少数をページ200からの表2.1と表2.2に示した（なお調査時②において1歳未満は対照しないので除外し、調査時①で1歳未満は男子1,140、女子1,050と報告されてはいるが他の年の前例から推して被爆時には計9,000に達したものと推定した）。

　②の昭和20年11月1日で通帳を持たない人の中には、むろん、死没したのではなく、ただ単に転出した者が含まれるであろうから減少すなわち死亡とは言えまい。

　逆に、他の被災都市からの流入もあったし、当日、朗が目撃した気の毒な大竹・玖波町の人たちのように勤労奉仕のため入市して死亡した数は算入されていないゆえに増減はかなり相殺されよう。

表1.3　太平洋戦非戦闘員空爆犠牲者・一覧表

	被爆年月日	以降回数	死者数
香川県			
高松市	20/07/04		1,316
徳島県			
徳島市	20/03/10	7	741
高知県			
高知市	20/07/04		401
愛媛県			
今治市	20/04/26	3	551
松山市	20/07/26	4	411
宇和島市	20/05/10	6	274
福岡県			
門司市	19/06/16	2	110
若松市	20/08/08		116
八幡市	19/06/15	3	1,130
福岡市	20/06/19		902
久留米市	20/08/11		214
大牟田市	19/11/25	4	1,291
長崎県			
佐世保市	20/06/28		1,030
長崎市	20/08/09	5	74,604
大分県			
大分市	20/07/16		17

	被爆年月日	以降回数	死者数
宮崎県			
延岡市	20/06/29	2	130
高鍋町	20/03/18	10	12
宮崎市	20/04/18	17	123
都城市	20/03/18	2	45
日南市	20/04/11	3	25
熊本県			
荒尾市	20/07/17		62
熊本市	19/11/21	6	469
宇土町	20/08/07		48
水俣市	20/05/14	2	37
鹿児島県			
鹿屋市	20/03/18	4	33
垂水町	20/08/05		74
加治木町	20/08/11		28
阿久根市	20/08/12		14
川内市	20/07/27	3	54
串木野市	20/08/09	2	75
東市来町	20/04/30		1
鹿児島市	20/03/18	8	2,427
山川町	20/08/09		22
枕崎市	20/03/18	10	54
西之表町	20/03/19	5	3

注1）　上のリストには和歌山県下津町・死者数52名、山口県光市9名が含まれていない。
注2）　また第509爆撃機隊による模擬爆弾投下訓練先：北茨城、東京都中央区、いわき、福島、長岡、富山、新居浜、神戸、四日市、大津、大垣、柏崎、新潟県鹿瀬町、日立、島田、名古屋市昭和区、浜松、富山、大阪市東住吉区、焼津、宇部、郡山、保谷、有田、舞鶴、宇和島、敦賀、徳島、四日市、春日井、豊田の人的損失も原則として含まれていない。

しかも総数が姫路市在慰霊碑の総計以内であることから、これら表2.1の性別・年齢別分析と、表2.2の減少人口分布は、少なくとも趨勢判断の参考にはなろう。

【表2.2は、のち［広島住民に対する核攻撃は、パールハーバー海軍基地に対する爆撃への相殺とはならない］趣旨に引用された（「奇襲と虐殺の道義」河内朗、『諸君！』1992年1月号）。だが被爆死者数20万人は誇大ではないか、疑問が提起された。

　様ざまな団体が公称する数値がそれぞれ異なるという事実を挙げ、死者を個人名で積み上げてゆく気の遠くなるような作業が今日でも続けられているから、愛知学泉大学教授・河内朗の20万人も、また筑波大学教授・中川八洋の1980年国連事務総長報告7万人（重要。"1カ月以内の"という但し書きが付属している）にも、それぞれ、ある種の思い入れがあるのではないか、論評がつづいた（「原爆はいったい何人殺したのか」有田芳生、『諸君！』1992年9月号）。ただし上記・有田論評には姫路市慰霊碑計51万人中、広島26万人への言及が欠けている。

　また個人名積み上げには、朗一家を頼って来て消えた婦人は永遠に含まれないであろうし、もともと個人名積み上げには、「死んだ子の年を数える」虚しさが感じられる】

【広島原爆慰霊碑石棺の中の被爆死没者名簿は平成26年8月6日に計7冊、292,325柱に及んだ（読売新聞2014年8月6日夕刊）】

　表2.1を見ると、1歳以下だけでも5,902人、9歳以下の子どもが45,273人、19歳にもならなかった少年少女がなんと84,102人も欠けている。

第6章　犠牲者名簿と隠れた下手人

表2.1　旧広島市の性別・年齢別人口と減少数

昭和19年2月22日においての 男性	女性	計	被爆時の年齢	昭和20年11月1日においての 男性	女性	計	減少数	少%
本文参照		9,000	1	1,587	1,511	3,098	5,902	66
5,054	4,954	10,008	2	1,612	1,633	3,245	6,763	68
4,566	4,313	8,879	3	1,595	1,548	3,143	5,736	65
4,575	4,455	9,030	4	1,591	1,614	3,205	5,825	65
3,749	3,721	7,470	5	1,417	1,373	2,790	4,680	63
3,102	3,083	6,185	6	1,125	1,129	2,254	3,931	64
3,382	3,056	6,438	7	1,047	1,081	2,128	4,310	67
3,463	3,227	6,690	8	1,260	1,269	2,529	4,161	62
3,316	3,240	6,556	9	1,314	1,277	2,591	3,965	60
3,438	3,339	6,777	10	1,518	1,370	2,888	3,889	57
3,108	3,104	6,212	11	1,325	1,296	2,621	3,591	58
3,404	3,392	6,796	12	1,306	1,293	2,599	4,197	62
3,520	3,368	6,888	13	1,333	1,074	2,407	4,481	65
3,491	3,330	6,821	14	1,626	1,225	2,851	3,970	58
3,545	3,382	6,927	15	1,701	1,378	3,079	3,848	56
3,931	3,894	7,825	16	1,876	1,611	3,487	4,338	55
4,373	4,341	8,714	17	1,897	1,533	3,430	5,284	61
4,085	4,272	8,357	18	1,664	1,462	3,126	5,231	63
4,306	4,414	8,720	19	1,657	1,423	3,080	5,640	65
4,041	4,210	8,251	20	1,405	1,389	2,794	5,457	66
3,467	3,894	7,361	21	1,192	1,312	2,504	4,857	66
2,242	3,860	6,102	22	975	1,358	2,333	3,769	62
1,301	3,880	5,181	23	846	1,250	2,096	3,085	60
1,434	3,766	5,200	24	886	1,194	2,080	3,120	60
1,616	3,590	5,206	25	958	1,173	2,131	3,075	59

次ページへ続く➡

前ページより

昭和19年2月22日においての 男性	女性	計	被爆時の年齢	昭和20年11月1日においての 男性	女性	計	減数	少%
1,819	2,997	4,816	26	912	1,063	1,975	2,841	59
2,058	3,045	5,103	27	1,021	995	2,016	3,087	60
2,303	2,912	5,215	28	1,053	985	2,038	3,177	61
2,485	2,863	5,348	29	1,074	973	2,047	3,301	62
2,390	2,922	5,312	30	997	890	1,887	3,425	64
2,378	2,975	5,353	31	1,063	1,042	2,105	3,248	61
2,211	2,774	4,985	32	900	972	1,872	3,113	62
2,059	2,743	4,802	33	896	967	1,863	2,939	61
1,989	2,860	4,849	34	979	1,104	2,083	2,766	57
2,194	2,550	4,744	35	893	971	1,864	2,880	61
2,130	2,538	4,668	36	848	1,115	1,963	2,705	58
2,340	2,576	4,916	37	955	1,023	1,978	2,938	60
2,298	2,237	4,535	38	994	942	1,936	2,599	57
2,123	2,049	4,172	39	870	962	1,832	2,340	56
2,065	2,157	4,222	40	885	897	1,782	2,440	58
2,000	2,099	4,099	41	1,022	888	1,910	2,189	53
2,085	2,118	4,203	42	937	847	1,784	2,419	58
2,255	2,220	4,475	43	1,024	923	1,947	2,528	56
2,038	1,877	3,915	44	932	829	1,761	2,154	55
2,086	1,925	4,011	45	1,000	787	1,787	2,224	55
1,879	1,669	3,548	46	873	753	1,626	1,922	54
2,012	1,776	3,788	47	923	781	1,704	2,084	55
1,863	1,737	3,600	48	855	734	1,589	2,011	56
1,772	1,568	3,340	49	767	682	1,449	1,891	57
1,640	1,338	2,978	50	753	589	1,342	1,636	55

次ページへ続く ➡

前ページより

昭和19年2月22日においての 男性	女性	計	被爆時の年齢	昭和20年11月1日においての 男性	女性	計	減数	少%
1,495	1,324	2,819	51	650	580	1,230	1,589	56
1,497	1,288	2,785	52	722	595	1,317	1,468	53
1,498	1,382	2,880	53	635	560	1,195	1,685	59
1,191	1,174	2,365	54	510	485	995	1,370	58
1,343	1,338	2,681	55	564	522	1,086	1,595	59
1,390	1,240	2,630	56	587	526	1,113	1,517	58
1,257	1,257	2,514	57	611	529	1,140	1,374	55
989	1,027	2,016	58	439	402	841	1,175	58
1,042	1,045	2,087	59	417	476	893	1,194	57
1,004	1,096	2,100	60	412	413	825	1,275	61
1,167	1,065	2,232	61	392	422	814	1,418	64
849	1,058	1,907	62	369	410	779	1,128	59
940	1,037	1,977	63	367	409	776	1,201	61
888	983	1,871	64	378	398	776	1,095	59
818	943	1,761	65	308	374	682	1,079	61
677	830	1,507	66	293	359	652	855	57
724	1,014	1,738	67	275	342	617	1,121	64
616	814	1,430	68	232	304	536	894	63
550	830	1,380	69	225	316	541	839	61
555	763	1,318	70	180	247	427	891	68
486	613	1,099	71	180	243	423	676	62
483	617	1,100	72	176	232	408	692	63
381	513	894	73	123	194	317	577	65
299	462	761	74	91	176	267	494	65
240	430	670	75	89	133	222	448	67

次ページへ続く➡

前ページより

昭和19年2月22日においての 男性	女性	計	被爆時の年齢	昭和20年11月1日においての 男性	女性	計	減数	少%
252	420	672	76	77	151	228	444	66
228	371	599	77	74	129	203	396	66
202	391	593	78	54	91	145	448	76
156	262	418	79	40	86	126	292	70
131	287	418	80	45	84	129	289	69
101	194	295	81	40	56	96	199	67
77	153	230	82	23	40	63	167	73
67	122	189	83	17	35	52	137	72
35	100	135	84	13	24	37	98	73
39	115	154	85	11	30	41	113	73
29	84	113	86	2	16	18	170	76
31	80	111	87	14	22	36		
17	63	80	88	1	8	9	68	73
13	—	13	89	2	14	16		
11	40	51	90	3	11	14	37	73
8	19	27	91	1	7	8	19	70
6	22	28	92	3	9	12	28	67
3	11	14	93	2	—	2		
—	6	6	94	—	—	—	6	100
2	11	13	95	1	1	2	11	85
—	8	8	96	1	1	2	9	64
1	5	6	97	1	2	3		
—	3	3	98	—	1	1	2	67
—	4	4	99	—	—	—	4	100
	343,293				134,744		208,549	

第6章　犠牲者名簿と隠れた下手人　203

表2.2 旧広島市で死んだ人たちの性別・年齢別グループ

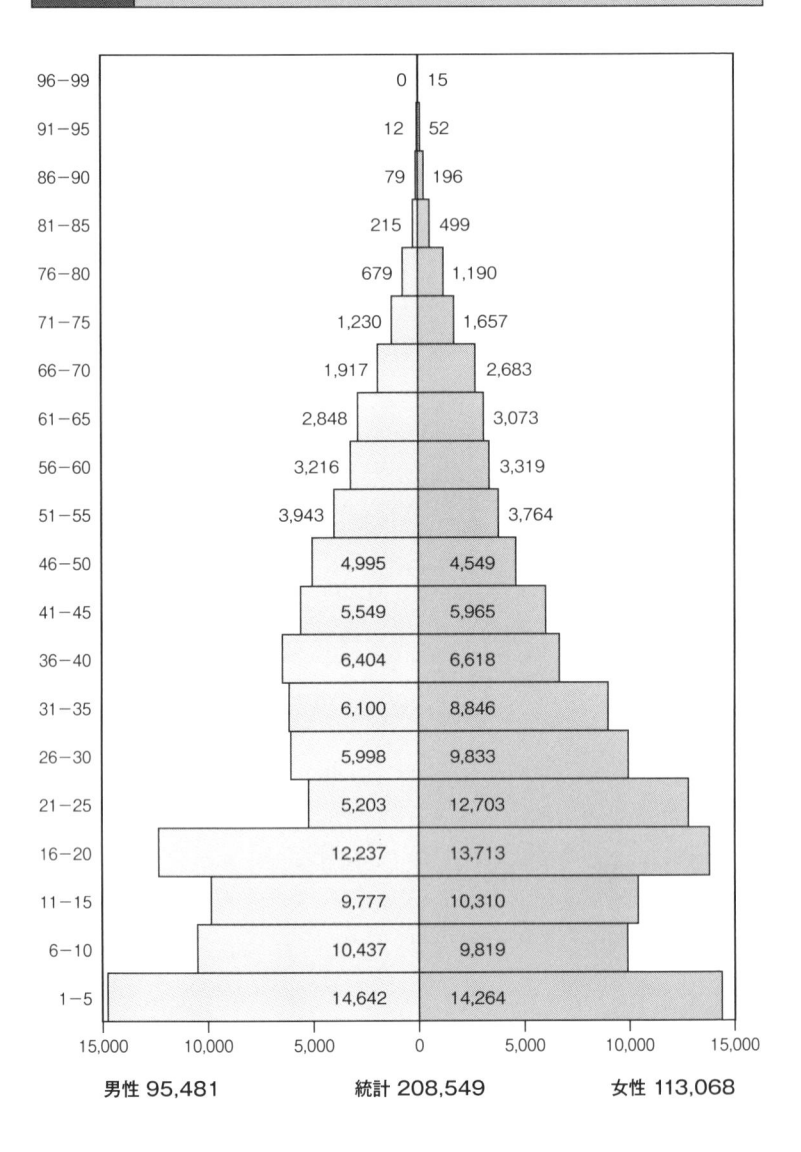

年齢	男性	女性
96−99	0	15
91−95	12	52
86−90	79	196
81−85	215	499
76−80	679	1,190
71−75	1,230	1,657
66−70	1,917	2,683
61−65	2,848	3,073
56−60	3,216	3,319
51−55	3,943	3,764
46−50	4,995	4,549
41−45	5,549	5,965
36−40	6,404	6,618
31−35	6,100	8,846
26−30	5,998	9,833
21−25	5,203	12,703
16−20	12,237	13,713
11−15	9,777	10,310
6−10	10,437	9,819
1−5	14,642	14,264

男性 95,481　　統計 208,549　　女性 113,068

また表2.2において、ただちに目を惹く事実に"女性側21歳から35歳の欠損がはなはだ大きい"がある。これは女子挺身隊員、新妻、子持ちの若い母親の年代だ。幼児を両腕に抱え込んで、共に焼け死んだ例はたいへんに多かったもようである。【絵本『劫火を見た──市民の手で原爆の絵を』日本放送出版協会1975年の記録は、視覚的訴求に優れている】

　これらの数字はすべて非戦闘員に関するものだ。アメリカ人たちは兵隊が死んで、民間人は巻き添えにすぎないと信じたがるが、では軍人の死傷はどうか。

　これについては確実な統計がある。

　日本が敗けたとき、アメリカ政府は日本の公式記録を没収した。30年が経過して1975年、日本政府に返却された資料の中に当時の日本陸軍の報告がある。

　広島市における軍人の死者は6,082名、うち半数は爆心直下の陸軍病院に入院中の患者であった（読売新聞1975年4月16日）。

　残り半数は訓練中の新兵で、爆心から北へ500メートル離れた広島城周辺に居たもようだ。この兵営は第5師団の本拠であったが第5師団本隊はインドネシアに派兵中であり、カラだった。また制空権を失った軍隊が、のうのうと兵舎で暮らすはずはない。

　無抵抗の民間人26万人と、原爆に立ち向かえ得なかった軍人6,082名……。これがアメリカの百科事典で全世界に説明するところの「ヒロシマは、軍事都市であった」の実態である。

　ヒロシマでの犠牲者がどんな人たちだったのか、分析して痛ましさを指摘しても際限がないので一項目だけにとどめるが、8月は、

学校の夏休みであった。にもかかわらず次の小学校（広島県戦災誌の一部）の６年生は、防火帯へ働きに出ていて被爆、「先生、うちへ帰ろうね」と言いながら死んだ。

　これらの子どもたちは、平素は……あのランドセルを背負う、小学校６年生である。みんな衣服を焼け落とされた。引率の教師は全身に火傷を負った児童を励まして猛火から連れ出そうとしたが、もし帰れたとしても両親・家族はすでに帰るべき家とともに焼け死んでいたのであった【絵本『原爆の絵』童心社1977年も重要な写実的記録である】。

　　白島小学校、　　児童67名と先生１人
　　幟町小学校、　　児童70名と先生１人
　　千田町小学校、児童50名と先生１人
　　大手町小学校、児童45名と先生２人
　　本川小学校、　　児童89名と先生２人
　　天満小学校、　　児童90名と先生３人
　　第一小学校、　　児童250名と先生６人

　身を防ぐすべを持たなかった民間人をこれだけ殺しておいて、アメリカには、ただの一人も戦争犯罪者は出ていない。いかに勝てば官軍とはいえ、これではあまりにも片手落ちではあるまいか。

　もともと日本の人たちの中にはなぜか、満州の人体実験とか南京の虐殺とかＡ級戦犯とか、一過性にして悪意が欠ける事件をことさら言挙げして自分を良しとする一方で、他の日本人、とりわけ先人たちを過度に非難する言論が多い。

　逆にアメリカ人には自分のみならず、自国国民すべてを極度に弁護、正当化する傾向がある。

ためにアメリカは、たいへん不思議なことに、全員が聖人君子の国だ。清廉潔白で、他国に対する犯罪者が独りもいない。
　アメリカ軍法会議で実刑は敵前逃亡の１件、200年間の歴史を通じてただの１件があるのみ、という。
　近くは1969年に起きたベトナムのソンミ村事件において、あれだけ『ライフ』誌の証拠写真がありながらも有罪判決はカリー中尉ただ独り。しかもニクソン大統領が赦免した。はだかの子どもを10数人撃ち殺しておいて、本人は禁固刑すら受けていない。
　人間だれしも自分は正しいと思いたいものだから、アメリカの自己正当化もある程度、やむをえまい。しかし、それにしても、なぜ殺されなければならなかったのか、その理由はおろか、だれがそうしたのか、その責任の所在すら定かならず、というのではヒロシマ26万人の死者は浮かばれまい……。

　ヒロシマの責任者を探してロス・アラモス核爆弾組み立て工場をはじめ諸所を尋ね歩いたのち、朗は幾度となく通ったアメリカの首都ワシントン近く、メリーランド州の米国エネルギー省をふたたび訪れた。
　アメリカの核エネルギー開発は諸大学の物理学研究所からマンハッタン機構、のちに政府組織の原子力委員会、現在ではエネルギー省へと所管が移動した。
　歴史編纂室へ行ってみる。
　長く伸ばした頭髪が半分白くなった学究肌の係員と世間話をし、それから自分はもう40年も前のことを調べているのだが……と前置きして単刀直入に訊いた。
「ヒロシマの責任は、いったい、だれにあるのでしょうか？」

「もちろん、グローブズだよ、レスリー・グローブズ。G-R-O-V-E-S」

彼は丁寧にも綴りまで口にした。初耳ではなかった。朗はその名に心当たりがあった。

「あのう……マンハッタン地区工兵隊事務所の所長ですね？　でも、命令系統には居ませんでしたよ。攻撃命令を出せる立場では、ありませんでした」

「さあさ、そこが問題なんだよ。でもみんな知ってるよ。指導層・軍部・言論人のあいだでは常識で、知らぬは大衆ばかり……なのさ」

誇らしげに答えた係官は、しかし、すぐに顔色を変えた。「おい、おい、きみ。それを聞いて、どうするつもりかね？」

それから彼は哀願した。引用しないでくれ、私の名前をひとに言わないでくれ、と頼むのであった。「有識層のあいだでは常識だ」と言ったくせに……。

レスリー・グローブズは他界しているが、その子が成人して軍人に、しかも父と同じくアメリカ陸軍工兵隊で、現役の少将なのである。そして今のアメリカは、殺され損になる、おっそろしいところ。「ヒロシマ」が良い例だ。

やはり、そうだったのか。テニアン島現地での下手人ティベッツ爆撃隊長は、しきりに「ワシントンからの訓電」に従ったにすぎないと主張したが、そのワシントンとはだれだったのか。グローブズだったのか。公的政策としての「原爆使用、日本の軍事施設へ、警告せず」は存在した。しかしだれが「この日に、朝がけの都市住民を、核爆弾で、不意打ちにせよ」と実施を命令したのか。トルーマン大統領ではないし、スティムソン戦争長官、マーシャル参謀総長、アーノルド空軍参謀長のいずれとも決め得る資料はなかった。

やはり、そうだったのかと再認識した気持ちになったのは、以前、関係者らの動機につき調べたとき、なぜかは不明であったけれども「事前・事後の比較写真を撮るよう」偵察機隊をやいやいと急かし、また、核攻撃成功の報に接して手舞い足踊り最も喜んだのが、この命令・指揮系統には属さない、部外者のグローブズだったからである（『ヒロシマの空に開いた落下傘』河内朗1985年）。

　レスリー・グローブズ。1896年、従軍牧師の子として生まれ、長老派キリスト教徒の一家とともにアメリカ軍駐屯地を転々としながら育つ。

　第一次世界大戦中ウェスト・ポイント陸軍士官学校に転じ、卒業後、工兵隊に配属される。工兵隊はアメリカ陸軍のエリートで、マッカーサー元帥も工兵畑の出身であった。工兵隊将校としてのグローブズには仕事熱心の定評があったが手を抜く、とも言われた。酒を飲まずタバコを吸わず、将校クラブでバカ騒ぎをしない代わりに妙な好みがあって仕事中にチョコレートをつまみ、キャンディを食べた。自尊心が強く、あまりに尊大なので部下に嫌われた。親友ですら「（我が輩の辞書に不可能ということばはないと豪語した挙げ句、流刑に処せられて孤島でわびしく死んだ）ナポレオン以来の高慢ちき」だと評した（"Enola Gay," Gordon Thomas, 1977）。

　1942年9月、工兵隊参謀長によりマンハッタン地区工兵隊事務所の所長に任命される。46歳で大佐、肥満でチャップリン髭を生やしていた。前任者は前線に転出したが既にウラン鉱石の入手を手配し、分離工場建設の下準備を済ませていた。

　当時グローブズは工兵隊上層部に属し、陸海軍共同作戦司令所ペンタゴンの建築監督を終えたばかりであったが、持ち前の権力志向

第6章　犠牲者名簿と隠れた下手人

から所長任命に難色を示した。「特別のプロジェクトだ」と口説かれて注文を付けている。そんなに重要な仕事なら第一に昇進させてくれて当たり前、第二に地区事務所は首都ワシントン、しかも戦争省（現在の国務省の建物）の中に移すこと。

この条件は、人事の手当てが困難であったからか、二つとも例外として許された。とりわけ後者の意義が大きい。戦争省（War Department、邦訳・陸軍省が定着しているもようであるが含蓄が異なる）は長官スティムソンや参謀総長マーシャルなど一握りの最高指導者が腰を据える所であり、実戦司令官らがおおぜい、たむろするペンタゴンとは場所も意義も違う。

おれはこんなに偉いんだと自尊心がいっそう高まった。また、そのような決定もくだすようになる。任命書にはa）分離工場建築の監督、b）ウラン材料の確保、c）産物の使用に付いての委員会設置と限定してあり、とりわけ長官スティムソンは、方針などの決定をしてはならないとグローブズに厳命した。しかし「私こそ原爆の開発製造につき専任であったが、他のお偉方は皆それぞれ諸方面に忙殺されていたのでいちいち報告もせず、また許可も求めなかった」とグローブズ自身、権限の逸脱を認めている（"Now It Can Be Told ── The Story of Manhattan Project," Leslie Groves, 1962）。

工場の建築監督が本来任務であるが、それだけでは自分の値打ちを世間に示し得ない。だからグローブズには最初から原子爆弾はでき次第、使って見せようとする魂胆があった。その企てが、工程表に表われている。着任翌月、まずロス・アラモス核爆弾組み立て工場を設置した。これは、最終段階になって必要となる工程だった。5カ月のちに材料製造工場の建築を始めている。通常の順位とは、まさに正反対だった。

マンハッタン機構関連の諸施設は各地に分散し、関係者全員は「見ざる、聞かざる、言わざる」を強いられていた。このようにバラバラの断片をつなぎ合わせるのがマンハッタン地区工兵隊事務所であった。事務所は最盛期でも5部屋、人員もせいぜい20名程度。そして所員もそれぞれの職務だけやればよく、質問してはならないのでグローブズただ独りが全情報を握った。

　ふつうなら軍隊のピラミッド型になる組織が、マンハッタン機構の場合はクモの巣型に構築された。

　納品する民間業者は売買契約を、働く科学者は雇用契約を、建築業者は請負契約を、それぞれ工兵隊事務所と一対一で結んだ。この「巣」の真ん中にいる主人公のクモが、グローブズだった。

　グローブズも身分を隠して軍服ではなく平服を着用し、連絡はすべて口頭でおこない、文書を残さなかった。またグローブズは自分の行動と企図、いっさいを秘匿した。

　他人が知らない重大な秘密を持つのは楽しみなものであり、この悦びが身の危険を冒すスパイを支える一大理由であるが、グローブズはそれ以上に、生殺与奪の権力をも掌握した。

　そうして原爆計画について「尋ねてはならない」原則があったから、グローブズの上司ですら質問をはばかった。その結果グローブズだけが、だれとだれに何と何を教えてやろうと、独りで勝手に決めることとなった。

　グローブズは、諜報も逆諜報も統括した。アメリカ国中の図書館に命令して原子物理に関する書物および研究誌を抽出し、焼却させた。新聞・雑誌のバック・ナンバーも調査して関連記事の抜き取り、および廃棄を指示した。だから今でもアメリカでは研究過程の記録がすっぽりと抜けたままである。

グローブズは初期に調査して、いかに優秀な理論学者が日本にいようとも、ウラン原料も、重水や黒鉛の制御材なども、すべて欠落しているから絶対に心配の対象にはならないと知った。

　反面、ヨーロッパから「ドイツ、重水製造」のスパイ情報を入手すると、英米連絡委員会を通じてノルウェー在水力発電所の爆破をイギリスに依頼した。1943年、イギリス空軍モスキート軽爆撃機はフィヨールド峡谷を縫い、絶壁の中途に建設されたリューカン発電所を急上昇しながら爆撃するという離れ業を演じたが、ほとんどが生還できなかった。そこでスキー兵部隊を背後に送って破壊させた。また在庫の重水は、ドイツ本国への運送途中、定期連絡船にスパイが爆弾を仕掛けて乗客もろとも凍てつく北海に沈めた。ためにドイツの基礎研究は、1943年2月に挫折した。

　この時点でグローブズは、ドイツも日本とおなじく、絶対に核兵器を所有するには至らないと確信した。けれどもドイツ脱落を口外しなかった。「ドイツが先に作ったらどうするか？」と皆を脅すほうが都合が良かったからである。

　着任2年で准将から少将に昇進したグローブズは1944年8月、おなじ建物内に部屋を持つ空軍参謀長アーノルドに特別爆撃隊を編成してくれるよう頼んだ。核爆弾完成予定の1年前のことであり、ここでも核使用の意思が先行した。

　第509爆撃隊が編成されたとき、隊長の空軍大佐ティベッツに訓練目的と方法を指示したのは工兵隊少将のグローブズだった。「他人には決して口外するな」と念を押している。

　しかしティベッツは、工兵に命令される筋合いはないと考えたらしく1945年4月、キューバで渡洋訓練を終えた自分の第509爆撃隊をグローブズに断りなく太平洋のテニアン島に移動する。たちまち

グローブズによってワシントンに呼びつけられて、軍法会議にかけると脅された。この時グローブズは、「おれが大統領を代行する真の司令官である。お前の空軍上司ではない。お前を指名したのはこのおれであり、おれの命令が聞けないのであれば更迭する」と威嚇したらしい（"Now It Can Be Told——," Leslie Groves, 1962）。

こうして気に入らなければ契約書1枚を破って著名な大先生でもクビにする権力を掌握した地区工兵隊隊長は、標的をどこにするか選ぶ委員を自分で勝手に任命した。この標的委員会は、1945年4月27日に初の顔合わせをしている。

　　ロス・アラモス研究所員、数学者フォン・ノイマン
　　ロス・アラモス研究所員、ハーバード大学教授ウイルソン
　　ロス・アラモス研究所員、イギリス・チーム、ペニー
　　アメリカ空軍作戦参謀部、シカゴ大学教授スターンズ
　　アメリカ空軍作戦参謀部、空軍大佐フィッシャー
　　アメリカ空軍作戦参謀部、デニソン

グローブズの片腕、マンハッタン機構副隊長のファレル准将が委員長として纏めたこの人たちが、標的の日本の都市を決めた。どこに人口が密集しているか、どの町が大きいか、建物の種類は何で、屋根は何の材料かなど細部にわたって検討をかさねた。

ここから厳密な区別が必要となる。

というのは同じ「委員会」とはいえ、どのレベルで何の組織に属するかにより大きな差異があるからで、たとえば県の教育「委員会」と学級の自治「委員会」とは目的も構成も影響も異なる。なのに先行研究者の多くはこれを無視するか、混同した。

標的委員会はグローブズが任命し、グローブズにのみ報告した。つまりグローブズ個人の意向を反映する私的助言グループであった。

　他方、前出の臨時（暫定）委員会は大統領が任命し、閣僚級の政策決定者８人から成り、答申も大統領にのみ宛てた。これは政府の公的委員会である。

　この両者とも同じ戦争省の建物内、標的委員会はグローブズ事務室で、臨時委員会は戦争長官室で、時には並行して会合したが兼任はなく、お互いにお互いの存在を感知していたとしても、また顔見知りであったとしても、むろん口外も質問もしなかった。

　ただし唯一の例外が存在した。唯一、である。グローブズ少将その人であった。

　グローブズは、政策決定会議８人のメンバーではないのにもかかわらず、秘密会合の部屋の片隅で、一部始終を聞いた。この高圧的で、何かあればすぐ「おれは大統領のお墨付き。文句があるならトルーマンに言え」とハッタリを利かせた軍人の傍聴を、だれも咎めはしなかった。グローブズにとり好都合なことにこの委員会が６月１日、例の「最初の機会に、日本の軍事施設に、警告なしで」を決めてくれた。当の大統領よりも一足先にカギを握っただけでなく、たとえ先走ったとしても、この答申により保護されるわけだった。

　また標的が軍事施設でなくても、それは軍事施設だと「思った」で済むことであり、そのような言い抜けをする人は多い。

　グローブズは自分の標的委員会に対し、目標は都市であると指定、**その標的都市は「爆弾の破壊力がよく分かるよう、爆発のあと外側に残りが生じてドーナツのように見えるほど広い」ことを条件とした**（"Now It Can Be Told ──," Leslie Groves, 1962 訳責在筆者）。

むろん面積を知ることが、「真の目的」であったわけではない。

一カ月のちの5月末、小倉陸軍工廠、広島市、新潟市、京都市がこの順で提出された。受け取ったグローブズは、順番を人口順に入れ替えた：京都、広島、新潟、小倉。

ところが臨時委員会での政策討議を部外者、しかも軍人が、ただひとり黙って聴くのを見た長官スティムソンは、グローブズが独占情報を利用して、何か勝手なことを仕出かすのではあるまいかと懸念、5月30日、たまたま廊下で出会ったグローブズに「して、標的は決まっているのかね」と尋ねた。

グローブズは、これは長官がご心配なさるまでもない、政策ではなくて作戦の問題ですから、と逃げた。

スティムソンは許さず、その場でマーシャル参謀総長を呼び、開示を長官命令とした。

グローブズは仕方なく標的リストを見せた。見せられてスティムソンは驚いた。三つも都市がある。しかも筆頭が、自分の好きな京都であった。

政府高官スティムソンは1929年、アメリカ領土フィリピンの総督の任期を終えての帰国途次、夫人とともに京都を訪れたことがあるという。人力車で見学してまわり、延々と続いてきた日本文化の遺産にいたく心を打たれた。

そこで「いつかは終わる戦争なのに、民族の文化伝統をも消滅させた、ということがあってはならない」とグローブズを説諭、ことばこそ柔らかであったが京都をリストからはずすよう厳命した。

京都を救ったのは伝説となったウォーナー博士でも、もと駐日大使ライシャワーでもない（「原子爆弾日本投下計画」オーチス・ケーリ、『中央公論』1979年9月号）。

このスティムソンという人はウォール街の法律事務所出身・大政治家で、1931年、満州駐留日本軍が行動を起こした時に反対し、「スティムソン宣言」を公表したあの高名な国務長官だった。
　ただし京都を救いたいあまり、他の目標も都市であることに反対できなかった。そこでヒロシマの人びとは、京都の人の身代わりになって死ぬことになる。
　グローブズは、おもしろくなかった。それまで自分の決定にあえて反対した者はだれ独り、いなかった。そこで直属の上司、マーシャル参謀総長に長官が翻意するよう、とりなしを頼む。
　ところが意外なことに、マーシャルは、引き受けなかった。代わりに、そんなに落としたければ長崎港はどうか、と思いつきを口にした。半年後、九州で陸地戦になる。そのとき無傷の日本陸軍が満州とシナ大陸から引き返してくる。その増援を遅らせるには、長崎の港湾施設は、有るよりは無いほうが都合がよい……。こうして長崎港湾が標的リストに追加された。
　新潟はのち原爆標的から外された。日本全土を四分割し、北海道と東北はソ連が占領すると予定されていたので爆撃残留物をソ連軍に見せたくなかったのだと説明されている。【アメリカ軍は関東と中部地方、イギリス軍は近畿と中国地方、シナ軍は四国と九州を占領するという予定は、半年のあいだに変化した情勢により実現しなかった。のち対日賠償を放棄して敗戦国日本に寛大な対処をした蔣介石総統が占領参加をこばんだのも大きな原因であった】
　この時期、グローブズは重大な権限拡張に成功している。
　ａ）参謀総長マーシャルに申し出て口頭で原爆の実戦使用の許諾を受けた、と本人が書いている。すなわち工兵隊少将が空軍の指揮権を掌握し、爆撃隊をいわば私兵化した。

b）核攻撃作戦司令官になったと自称することで空軍参謀長アーノルドに特別支援を依頼しやすくなった。6月1日、アーノルドを介してマリアナ群島ルメイの第20空軍に対し1.広島、2.新潟、3.小倉、4.長崎に手を付けないよう要請し、さらに7月3日、陸海軍合同会議に指令番号WARX26350を発令させて太平洋全域の陸海軍に上記都市を破壊するなと命じた。

c）秘密裡にニューヨーク・タイムズ新聞社主に接触、科学記者ウィリアム・ローレンスを特別に雇用、経緯を説明し、7月16日アラモゴルドの核爆発実験にも立ち会わせた。ローレンス記者は迫真の広報記事を用意した。

d）太平洋戦線から第509爆撃隊隊長ティベッツを呼び、自分の指揮下にある標的委員会に陪席させ、自分の部屋でどのようにすればより多くの広島市住民を殺傷できるか二人で密議を凝らし、7月16日のプルトニウム分裂実験にも立ち会わせた。前出のとおりこの実験における「この世の終わり」の天変地異は、全員に驚愕と恐怖をもたらした。

秘めた野望を実現するときが来ていた。グローブズ48歳。土建業者にふさわしく平服に肥満体を包み、ぶっきらぼうな言葉づかいで周囲を威圧した。生来、自信家であった。にもかかわらず1920年代はアメリカも軍縮時代、陸士を卒業したあと20年もの長いあいだ少尉の階級にとどめられたままで昇進できず、自負心が鬱屈していた。1939年、徴兵準備がはじまってようやく前途が開け、中尉、大尉、少佐、中佐、大佐、准将、少将と5年間で駆け上がって来たが、永いあいだの怒りがあった。何か、ここで、世間をアッと言わせなければ気が済まない。

何を、どうすれば世間がアッと驚嘆するか……。

それにはこの原子爆弾とやらをバガンと爆発させればよい。しかも下には生きた人間がいたほうが、もっと都合がいい。
　というのは人間が最も恐れるのは人身事故である。火山噴火、大地震、台風や津波などでも自然現象の猛威そのものが怖いのではなく、そんなのがもしも自分の身の上に来たら……と想像するから皆が大きな関心を持つわけだ。
　千載一遇の好機であった。彼だけが原爆を自由にできた。政府上層部の意向も戦局も知悉していた。日本は、いつ降伏を申し出るか分からない。戦争が終わったのでは全世界をアッと言わせる機会が永遠に消滅する。
　グローブズは日本が降参しないように、また早く原爆が出来るようにと祈り「急げ、金も手間も材料も惜しむな。とにかく急げ」と下知した。この時期、マンハッタン機構に極度の緊張が走ったことは関係者全員が証言している。
　ナガサキについて、グローブズは書いている。「ボクシングの場合と同じく右に一発、左にもう一つ」。

　ここでグローブズの「動機」がわかる。
　まず見せしめとして可能なかぎり多数の日本人を殺す。すると人類初の大量殺人で、核爆弾の威力に世界中がショックを受ける。ついでこのような強力な新兵器を造ったのはいったいだれかということになり、巨大プロジェクトを推進したグローブズが、拍手喝采の中、英雄として華やかに登場する……。
「きみだけが、この戦争を終わらせた英雄になれるぞ！」
　グローブズは共同謀議者、30歳のティベッツを煽り、広島の空撮写真を自分の部屋の壁に貼り付けた。

【しきりに広島の上空を飛んだB-29単機は、両翼に付けたステレオカメラで地上の変化を監視していたのであった。密集家屋が整然と間引きされつつあり、地上で何やら大工事が進行しているらしい事実が連続写真に現われた。現在の広島の大幹線・平和大通りは、防火帯の名残りなのである】

　ここで無数の働きアリを火焔で一掃するには仕事始めの時刻がよい。パールハーバー奇襲の仕返しとして午前8時投弾、と決めた。

　また奇襲だから念を入れて朝の太陽を背に受ける、つまり東から忍び寄れば気取られないとティベッツが右手で写真を撫でた（"The Tibbets Story," Paul Tibbets, 1978）。照準点はここだとグローブズが写真の中央、T字形の相生橋を指差す。

【100メートル南西には広島県庁の庁舎があり、周囲は中之島繁華街であった。公式記録には照準点063096：ⅩⅩⅠ爆撃機集団石版集成図、Hiroshima City Industrial Areaすなわち広島市街地工業地帯とあるが、すこし知識があれば、産業規模の工場群が、住宅地域内に位置するはずはないと分かるのに、子供だましの英語説明は、ほかにも多い。アメリカ人らはこれら誤誘導の「英語」説明しか読まない。そうして騙される。それにしてもアメリカ側公式記録を有難がってそのまま引用する日本人研究者の存在は、情けない】

【ちなみに京都市の場合の照準点はJR京都駅の西隣、旧国鉄の梅小路操車場であった】

　模擬爆弾パンプキンの実地投下訓練は単機、1個。7月20日から始めるとも決めた。実弾の場合にかぎり、先導機と観測機を随伴させて3機で行動することも決めた。

　それから共に7月16日のアラモゴルド核分裂実験に立ち会った。グローブズは、専用機でアメリカ国内を自在に移動した。

アラモゴルド実験は大成功であった。「赤ん坊は無事に生まれた。眼光は400キロメートル、うぶごえは80キロメートル先の遠方に届いた」と今では有名な隠語電報が補佐ハリソンからドイツ・ポツダム在スティムソンに送られた（"No High Ground," Knebel and Bailey, 1960年）。長官スティムソンは7月10日、ポツダムへ移動していた。

　実験大成功に気を良くしたグローブズが首都ワシントンに帰ると、心も凍る一大事が待っていた。空軍の編成替えだった。

　5月に降伏したドイツからヨーロッパ方面軍総司令官アイゼンハウワーおよび空軍司令官カール・スパーツが凱旋してきたが、スパーツは新設ポスト、太平洋方面空軍総司令官に就任すると言う。つまり第20空軍司令官ルメイの上官になる。

　しかし新任だからマンハッタン機構と原爆使用の計画につき、まったく何も知らない。したがって下手をすれば爆撃隊隊長ティベッツとの個人関係、自分の越権行為、および空軍指揮系統への不正な侵入が一度にバレる……。

　グローブズは、必死になってスパーツを捜した。

　ようやく探し当てて原爆開発と使用計画とを話し、了解を得ようとした。ところが最後になってスパーツが、想定民間人被害数を尋ねた。グローブズが約2万人と答えると、スパーツは「とんでもない。そんなことが出来るものか」と一蹴した。

　グローブズ、一世一代の蹉跌であった。

　スパーツは人望厚く、人情にも篤いことで知られていた。ドイツ国内の都市破壊にも慎重であり、"爆弾男ハリス"で悪名高く、かつ復讐心に燃えたイギリス空軍に主導権をゆずっていた。

　関係者を頭から押さえ付けてきたグローブズの「決まったことだ。

文句を言うな」が、初めて通用しなかった。なぜならスパーツは正規の司令官、四つ星の空軍大将。第509爆撃隊も正式にはその指揮下にある。ひきかえてグローブズは工兵隊、二つ星の少将。「わたしが実戦指揮を執っているのです」と、自白できなかった。

欺瞞の「大統領直接下令」も初めて神通力を失った。「民間人が多数死傷すると知りつつ、アメリカの大統領が、そのような下令をするはずがない」と、スパーツは、にべもない。

これは大変だ、予定がくつがえる、自分は逮捕か……。グローブズがしつこく抗弁したので、ついにスパーツが腹を立てた。「それならそれで、大統領が書いたという物を持ってこい！」（"Why I Survived the A-BOMB," Akira Kohchi, Institute for Historical Review, 1989）。

グローブズは青ざめたに違いない。せっかく襲撃隊長ティベッツと事こまかく打ち合わせた計画が、ご破算になる。数かずの自分の独断も明るみに出される……しかしここでもグローブズの深謀──戦争省建物内での常勤──が効力を発揮した。参謀総長代行・留守居役ハンディが顔なじみであった。

太平洋方面空軍総司令官スパーツ宛て文書を作成し、署名するようハンディに頼み込んだ。文書内で引用したお偉方の了解を得ることを条件にされた。そこでグローブズは戦争長官スティムソン宛てに経緯を説明、認可を懇願、ワシントンとポツダムの間をひっきりなしに往復した書簡伝令に手紙と草案とを持たせた。のち返電を受けてハンディに署名させ、スパーツに手交させた。

次に掲げるこの1945年7月25日づけ文書（"No High Ground," Knebel and Bailey, 1960）は、しばしば引用されて核攻撃が政府公式決定だった証拠とされる。

Top Secret

War Department
Office of the Chief of Staff
Washington 25, D.C.
To : General Carl Spaatz
　　Commanding General
　　United States Strategic Air Force

1. The 509 Composite Group, 20th Air Force will deliver its first special bomb as soon as weather will permit visual bombing after about 3 August 1945 on one of the targets : Hiroshima, Kokura, Niigata and Nagasaki. To carry military and scientific personnel from the War Department to observe and record the effects of the explosion of the bomb, additional aircraft will accompany the airplane carrying the bomb. The observing planes will stay several miles distant from the point of impact of the bomb.

2. Additional bombs will be delivered on the above targets as soon as made ready by the project staff. Further instructions will be issued concerning targets other than those listed above.

3. Dissemination of any and all information concerning the use of the weapon against Japan is reserved to the Secretary of War and the President of the United States. No communique on the subject or release of information will be issued by commanders in the field without specific prior authority. Any news stories will be sent to the War Department for special

clearance.

4. The foregoing directive is issued to you by direction and with the approval of the Secretary of War and the Chief of Staff, USA. It is desired that you personally deliver one copy of this directive to General MacArthur and one copy to Admiral Nimitz for their information.

Thos. T. Handy
General, G.S.C
Acting Chiefof Staff

ただし上記は、グローブズ自身の告白によれば、「不覚にも自分の方針に反して書かざるをえなかった唯一の文書」だという。グローブズの名もマンハッタン計画への言及もない。8月3日は核攻撃可能の初日を意味した。時刻、航路、照準点など通常の命令書に不可欠な実施細目の記載がない。これは事情説明書である。スパーツへの命令書ではない。スパーツの口封じの念押しである。

翌7月26日、占領下のドイツで対日ポツダム宣言が公開された。核爆弾への言及はなかった。
【ただしトルーマンは、スティムソンを介して大統領声明草案を認可していたから核攻撃が近いことは察知していた。この声明および関連発表は前出のとおり、グローブズが時間をかけて新聞記者ローレンスにあらかじめ準備させていたものである】
広島攻撃機はワシントン夏時刻で8月6日午前2時、テニアンに帰着した。ワシントン在グローブズは夜を徹して第20空軍ルメイと交信し、広島破壊後の空撮写真を催促しつづけた。

第6章 犠牲者名簿と隠れた下手人

8月6日はワシントンでも日本とおなじく休日明けの月曜日であった。

　ワシントンで8月6日の朝が来た。グローブズは大統領官邸ホワイトハウスに赴いて報道官に大統領声明文を手渡し、午前11時の定例記者会見の場で披露するようにと命じ、戦争省にとってかえして参謀総長マーシャルの登庁を待った。そうして「おお、それは、それは……よくやった！」と感動の抱擁を期待して胸を膨らませ、喜色を満面にたたえて広島の核攻撃成功を報告した。
　ところがマーシャルは、「待て。そんなに喜ぶな」とグローブズを制止した。まったく予想外の反応だった。
「罪のない人間が、いったい何人、死んだと思うのか……」
　グローブズは、一瞬、あっけに取られて言葉を失った。
　しかしすぐ持ち前の負けん気を取り戻し、日本人がいかに卑劣で下等で抹殺されて当然の人種であるか、「バターンの死の行進」の例なども引いて早口で抗弁した。
　上官マーシャルは、抗弁に対してついに「うるさい。出て行け」と叱ったらしい。激昂したまま廊下に出ると、空軍参謀長アーノルドが心配そうに待っていて、慰めてくれた、とグローブズは書いている（"Now It Can Be Told——," Leslie Groves, 1962）。

　グローブズにとって、まったく想定していなかった意外な落胆の局面が展開した。人びとは、たしかに一斉にアッと驚いた。衝撃と興奮と驚嘆と恐怖が世界中を駆け巡る一方で、型通りの勲章も貰った。だが待ち望んでいたアメリカ国中からの賞賛と認知が、期待どおりには沸騰しなかった。

大きな理由は一工兵隊少将が、特別空爆を指揮した、とは公表できなかったからである。自己尊大であったグローブズ自身も、さすがに「すべては俺様のおかげ」であるとは主張できなかったのだ。

　国中からの賞賛どころか、まったく正反対の扱いがグローブズを待っていた。

　10日後に日本が降伏すると、早くも9月にはアメリカ議会が原子力委員会（常設の政府機関）の立法準備を始めた。

　これは3カ月前の臨時委員会による大統領答申に沿う処置である。グローブズは議会に喚問されて毎日、尋問された。なぜならマンハッタン計画のすべてを知るのはグローブズ独りであり、文書がいっさい残されていなかったからだった。

　それまでの権力集中、情報の完全独占が正反対の裏目に出た。「尋ねるな」と一喝すればみんな震え上がったのに、わずか1カ月後には軍事も原子物理学も知らず、勝利には何も貢献しなかった口先だけの上下院議員連中が、いろいろ些細な事柄を偉大なるグローブズ様に問い質すのでグローブズは激怒した。議員は議員で高慢ちきなグローブズが、まともな返答をしないので心証を悪くして、グローブズこそ大量殺人の黒幕かもしれないと疑い始めた。

　議会は立法を進め、マンハッタン機構を分解し、グローブズの権限を次から次へと奪っていった。

　究極的にグローブズは49歳、少将の高位身分であるにもかかわらずニューメキシコ州アルバカーキーの原爆博物館（現存していない。筆者は見学したことがある）館長に閉じ込められた。

　のち51歳で退役し、軍需会社スペリーランドに顧問として就職した。（戦争省あらため）国防省が懸命に議会に運動し、お情け中将への退役後昇進をやっとのことで追認させている。

20年後の1965年、米国ニューヨーク・タイムズ紙は8月1日の日曜日マガジンで対日勝利20周年特集を組み、退役中将グローブズの意見を載せた。

　グローブズいわく「原爆が非人間的だったとの批判が絶えないが答えは明白だ。アメリカが戦争を仕掛けたわけではない。戦争の終え方が気に入らないと言うのなら、ではいったいだれが始めたか、よく考えろ」。

　1970年、グローブズは73歳で病没した。死因・心臓病。各新聞はその死を報じ、とくにニューヨーク・タイムズ紙は社説まで掲げ、遅まきながらグローブズが望んだとおり「国民の英雄」であると讃えた（The New York Times, 1970年7月15、16日）。

　むかしコンゴで国連軍に出向中、「ヒロシマの経験は、体験者が記録しておくべきだ」と同僚に指摘されて以来、朗は、たしかに自分さえ良ければ、つまり自分の暮らしさえ安穏であれば万事めでたし、めでたし……ではあるまいと考え始めていた。

　それまでは大半の被爆者とおなじく「ある日突然ピカドンが落ちてきた」と思い、次第に変わって「1機が1個の特殊爆弾を投下した」、「それは戦争を早く終えるためだった」から「アメリカも必死の覚悟で前後の見境もなく原爆投下に来たに違いない」と、長らく勝手に思い込んでいた。ところが以上、調べてみると、自分の『思い込み』が史実からは、ほど遠い、と分かってきた。

　同時にアメリカ側はアメリカ側で、世論も教科書も「原爆使用は戦争を早期に終結させて、多数の人命を救った」の一行で済ませている、とも分かった。これでは非人道的で冷酷な行為は、いっさい、無かったことになる……。

これは大いなる陰謀ではなかろうか。つまり、禍を転じて福となす、と言おうか、悪業なのにウソで固めて（すべてを逆に）善行に化かす、とでも言おうか……。

　何かしら、この策略が成功しているからこそ日本の若者たちですら「おかげで戦争が終わったのでアメリカに感謝する」などと、とんでもない『見当違い』を抱く結果になっているのではなかろうか、と朗には思えた。

　日本ではヒロシマ関連の資料、写真集、公式被災記録もたくさん出版されているが、これらはアメリカには届かない。アメリカ人に対して文句があるのなら、それなりの手段を講じなければなるまい……というわけで朗は苦労して実相を英語で書いた。

　内容は対米開戦の経緯とヒロシマ体験。立ち位置は日本の擁護。

　だがたとえば1939年7月の「日米通商条約の一方的な破棄の通告」。そして1年後、1940年7月の対日禁輸の実施は、アメリカによる『追い込み』であったなどの史実をアメリカ人大衆は知らない。

　日本が生計を貿易に依存し、アメリカが最大貿易相手国であったことは日本でこそ衆知の事実であった。それを承知で、否、だからこそアメリカ政府は、日本への輸出を絶ち切った。

　禁止品目は粉ミルクから麻の繊維まで120種類、消費者物資から工業製品、原材料までをも網羅した。

　旧日本海軍のパールハーバー戦艦群攻撃よりも18カ月も前のことである。

　アメリカの出版界にはLiterary Agencyという制度があってagentが出版社とのあいだの仲介の労を取る。朗の原稿を持って出版社をまわってくれたエージェントは2年後、売り込みを断念した。

「お金を取って、アメリカ人に、アメリカの悪口を読ませるということは、ひっきょう、ムリだ」

　終戦40周年記念の1985年が近づいていたので朗は内容を切り替えて日本語読者向けに別の原稿を書いて日本で出版を引き受けてもらった（『ヒロシマの空に開いた落下傘』1985年）。しかし動かなかった。動かないと朗の「原爆攻撃は、見せしめの大量殺人が目的」論が届かない。届かないと、『見当違い』が、はびこったままになる。

『見当違い』の一例は、たとえば雑誌「ニューズウィーク」（日本語版1991年7月4日）で記者パウエルは「日本は正当な理由もなしに真珠湾を攻撃して戦争を始めたのであり、その後のすべての出来事は、4年後の広島と長崎の惨事をも含め、この一つの行為の直接の帰結である──これがおおかたの見解だ」と説明し、さらに、パールハーバー攻撃50周年記念日の当日、真珠湾でブッシュ大統領、広島で海部首相がそれぞれ花輪を死没者に手向けてはどうか、というある日本人政治家の発案を、「それは真珠湾を広島で相殺しようとする考えであり、受忍できない」と批判した。日本人向けの日本語版のアメリカ雑誌において、である。

　このアメリカ側『見当違い』は、たしかに広くアメリカ人一般が抱く対日戦争観であり、その証拠に「太平洋戦争は、パールハーバーで始まってヒロシマで終わった」と聞かされた人は多いであろう。

　しかしこの短絡は、まやかしだ。

　因果関係があるわけではない。順番と因果とはちがう。

　時間の経過でそう「見える」だけの詭弁なのだが、うっかりすると引き込まれてしまう。

　そこで朗は反論した（『奇襲と…』「諸君！」）。第一にヒロシマは、真珠湾攻撃の直接の帰結ではありえない。

第二に真珠湾攻撃とヒロシマ攻撃は、相殺できるものではない。記者パウエルとは逆の意味であり、正反対の立場である。なぜなら被害者の質が違う。真珠湾では兵器と軍人が犠牲になった。ヒロシマでは民間人が抵抗もせず殺された。同質・等量ではないから、純粋な論理上からも両者は相殺不可能！

『見当違い』を推進する論評も出現した（"The politics of peace," Ian Buruma, Far Eastern Economic Review, 1985年8月15日）。

　この権威があるアジア経済専門誌の論評の中で、埼玉大学教授・長谷川三千子と並んで朗も左翼の一員にされてしまった。

　理由は、原爆投下は白人国家による懲罰だとの主張は反米であり、原爆は、もともと対ドイツ用に造られたのだという事実を都合よく無視したからだそうである。ほんとに拙著を読んだのかいな。「ドイツに先を越されないように」と、「対ドイツに使うために」とは同一ではない。すり替えてもらっては困る。第509爆撃隊は1945年2月、渡洋訓練をした。ドイツに……海はない。著者ブルマは、日本に滞在するオランダ人論客ウォルフアレンと同じくオランダ生まれの日本事情通だとわかった。日本のせいでインドネシアが失われたので日本への恨みを根にもつ人はオランダに多く、1971年、訪問中の昭和天皇のお召車に魔法瓶を投げつけている。

　朗の主張は「核攻撃は、見せしめの大量殺人が目的だった」である。前出表2.1と2.2の数字は事実であり、『見当違い』を糺すのに役立つ。

『見当違い』は被爆者のあいだにも見受けられる。

　被爆者は一般に原爆投下は過ちであり、アメリカに謝罪してもらいたいと希求している。でないと惨めな気持ちが収まらない。

　しかしこれは叶えられない願望だ。

「原爆は、出来しだい使う」は少なくとも大統領への答申、アメリカ政府の公式決定だった。「決定が過ちでした、すみません」と謝る政府が、世界のいったいどこにある？

ただし方針を決定することと、決定した方針を実施に移すこととは同じでない。やり口、というものがある。実施に際し、犯罪者の手口が用いられた。このことが問題の核心なのである。

台所の包丁（原爆）が問題なのではない。いきなり包丁を用いて無防備の人を殺す『手口』が問題なのだ。この点、反核運動も核兵器廃絶も、ともに根本を取り違えている。『勘違い』をしている。台所の包丁（原爆）が人を殺すのではない。包丁（原爆）は必需品であり、なくなりはしない。『手口』を問題にすべきなのである。

ところで「エノーラ・ゲイ」機長の下手人ティベッツは、グローブズの場合とは異なって、「アメリカの英雄」として賞賛された期間が長く続いた。

1945年の夏には前線で拍手喝采を受けた。フロリダ州の両親・知己・友人の元にはマスコミが押しかけて報道合戦が起きた。本人が帰省すると大の人気者に祭りあげられた（"The Tibbets Story," Paul Tibbets, 1978）。のち准将に昇進、51歳で退役、オハイオ州で空輸会社を経営する。

30年もの年月が経過した1976年、テキサス州ハーリンゲンでの航空ショーに出演し、B-29「超・空の要塞」を操縦、ヒロシマ攻撃行を再現した。急降下と150度急旋回全速退避、地上では巨大なキノコ雲噴煙を吹き上げる演出まで行なわれた。本人は大得意であったが、どういうわけか賛辞ではなく、正反対の「大量殺人者」だという非難、および「無神経である」という抗議が多数、電話と書

面で殺到したという。すべてアメリカ人一般市民からだった。日本ではこの一地方での航空ショー自体が知られていなかった。

【ちなみにウィキペディアと種元ウェブサイト BBCNews, Hiroshima bomb pilot dies aged 92, 1 November 2007 が言及する"アメリカ政府が日本政府に公式に謝罪する騒ぎにまでになった"は事実ではない。政府関与も、公式謝罪も出来しなかった】

【したがってこれは極めて重大な誤誘導である。ウィキもBBCも、内容の真贋には責任を持たないと、一般に、また共に断ってはいるものの、史実の捏造や偽証は、わずか１行の文章でも可能であることの典型例だといえよう。またウィキもBBCも、いつも正確、いつも事実だとは限らないと覚醒させられる】

評価の激変に怖れをなしたティベッツは、以後、世に隠れ棲むようになって個人行動を秘匿し、インタビューも全面拒否に転じた。

公衆の面前に現われたのはそれから20年もの歳月を経たあとの1995年、爆撃機エノーラ・ゲイ号のスミソニアン博物館展示事件に関し、米国在郷軍人会に再び「国民的英雄」として担ぎ出された時と、2005年、（アメリカのケーブル・衛星）tbsテレビの戦後60年特別企画番組に出演した時だけだ。

2007年、ティベッツは92歳で死没した。脳卒中。墓石を建てると抗議活動家が冒瀆したり、遺骸を掘り出したりするかもしれないと憂い、海への散骨を遺言したそうだ。火葬・散骨は、アメリカでは珍しい。生涯を通じて「悔いなし。命令に従っただけ。命令されれば何度でもやる」と無実を強弁し、良心の呵責をみせることは一度もなかった。

しかし「尋ねるな」と命令された他の隊員たちとは異なって、ティベッツは、大量殺戮の立案と実行に直接、加担している。不吉な

数字として周知の13を、底意を持ってわざわざ広島に割り当てて作戦命令書「第13号」にとルメイに指定したのは、他ならぬティベッツであった。

広島・長崎の核攻撃に参加した爆撃隊隊員は、2014年に93歳で死んだヒロシマ襲撃機の航海士ヴァン・カークを最後に皆、鬼籍に入った。

そうして次の2人を除き、全員が「原爆攻撃で戦争を終え、多くの人命を救った。命令に従っただけ。何も恥ずべきことはない」と自他ともに対して声高に喧伝し、天寿をまっとうした。

例外Ａ：ナガサキ襲撃機の爆撃手ビーハンは45歳、大佐で退役してのち出版社に勤めたが1985年、40周年目に長崎市長宛てに手紙を書いて「訪問の上、生き残り被爆者に詫びを入れたい」と申し出た。被爆者団体が拒否した。4年後、71歳で死去した。

例外Ｂ：あの1945年8月6日の晴れた朝、広島の上空を東へ向けて飛ぶ1機があった。朗も見た。Straight Flushと名づけられた気象偵察機であった。「ヒロシマの上空に雲なし」と打電した機長、イーザリー（Claude Eatherly）大尉は、のち自分がヒロシマの人たちを直接、殺したと悔やんで1947年には早々と軍から除隊した。私生活は不幸で、テキサス州で雑貨屋に押し入り逮捕された際、原爆で死んだ人たちに追いかけられていると口走ったがために精神異常者として病院に軟禁された。妻に逃げられ、酒に溺れ、喉頭癌で声を失い、1978年、59歳で生涯を閉じた。核使用に関与したアメリカ人の中でたった独り、自責の念を表明した人であった。

『見当違い』、『勘違い』は次のように日米両歴史専門家のあいだでも広く見受けられる。

①は原爆外交論と呼ばれるもので「戦後ソ連を扱いやすくするため」に原爆を使用して見せた、と主張する。
　②は原爆不要論ともいうべき論争で「原爆がなくてもアメリカは容易に勝てた」として原爆の使用自体の合理性を問う。
　③は原爆投下必然論で「アメリカ政府首脳は、原爆を使うまでは、日本を降伏させまいと努めた」として終戦日程に重点をおく。
　このほか多種多様の論点が混在しており、現状は混沌としているので1995年スミソニアン展示騒動の際、米国在郷軍人会は、「議論は50年前（つまり1945年）に始まり、そして永遠に解決されないであろう」と総括した。
　ただし、いわゆる総括と呼ばれる結論のなかには合理的なものと、表面的なものとがある。米国在郷軍人会による総括は後者であり、安易にして浅薄、子供騙しだ。なぜならそのような全面逃避は、だれにでも簡単にできるからである。それは解決なのではない。

　ところで上記各論点にはそれぞれ勝手な『見当違い』が含まれている。どこが『見当違い』か。
　①の「戦後ソ連を扱いやすくするため」原爆外交論は、大統領も国務長官もそれが目的だったとは言明していないし、また米ソ関係に格別の変化は起きなかった。
　②の「原爆がなくても、アメリカは容易に勝てた」原爆不要論は、そのとおりであろうけれども、実際には原爆は使用されたがゆえに不毛の話になる。「だから……何だ？」ということになり、論点の意義をうしなう。
　③の「アメリカ政府は、原爆を使うまでは、日本を降伏させまいと努めた」原爆投下必然論には看過できない重要な要因がある。

第6章　犠牲者名簿と隠れた下手人　233

そこで次に当時の局面の展開を追う。

太平洋でサイパン・グアム・テニアンが1944（昭和19）年7月に失われ、大本営政府連絡会議が戦争指導会議と改名したころ、政府は沖縄県知事に老幼婦女子10万人を日本本土へ避難させるようにと指示した。学童疎開第一陣・対馬丸事件は8月に起きた。【学童疎開促進要綱は昭和19年6月30日に閣議決定、実施された。疎開できる親戚縁故がなかった多くの学童が助かり、戦後の復興に尽力できたのは陸軍省防衛課長・上田昌雄と東部軍参謀長・辰巳栄一の努力による。ふたりともヨーロッパの駐在武官在任中の経験から対処の必要を学んだ（産経新聞2015年3月9日）】

翌9月、パラオ諸島ペリリューで激戦が展開されていた時、アメリカではルーズベルトがイギリス首相チャーチルを招き、核爆弾の共同開発と、ソ連の対日参戦に合意している。ソ連参戦は、アメリカ軍が日本本土へ侵攻するにあたり、在満州の日本軍を引きつけておくためだった。5カ月後にヤルタで会ったスターリンは、交換条件として、40年前に日本に奪われたカラフト・大連・旅順・満鉄などの回復と、千島領有を要求した。

2カ月も経たないうちにルーズベルトが死ぬと、新大統領トルーマンは、国際連合の設立準備に訪れたソ連外相モロトフと、およそ外交官にあるまじき罵り合いをする。お互いに接遇態度が気に入らなかったからだという。ついで何気なくトルーマンが署名した文書の一つが対ソ援助の打ち切り命令だった。ムルマンスク軍港へのアメリカ物資の輸送が即時、停止され、ためにソ連はアメリカの真意を疑い始める。5月のドイツ降伏後、ソ連は周辺諸国に共産党政権を続々と誕生させた。チャーチルは三者協議でソ連勢力圏を固定させるべく、幾度となく電報を打ってトルーマンを急かした。しかし

トルーマンは、逆に、協議開催をあとへ、あとへと遅らせた。プルトニウム爆発実験を待ったと言われる。

実験日はすでに1年前から7月4日、アメリカの独立記念日に合わせると決まっていた。だが遅れた。首脳会談は再び順延されて、ようやく7月10日、アメリカ代表団がポツダムへ着く。

7月16日、待っていたアラモゴルド実験成功第一報がスティムソン経由、大統領トルーマンに届く。17日、米ソ二者会談でソ連が対日参戦8月15日を確約した。プルトニウム爆弾の詳細が相次ぐ。トルーマンは、ソ連は要らないと考え始めたらしく7月19日から硬化した。東ドイツ占領に反対し、ルーマニア・ハンガリー・フィンランドに出現した共産党政府の承認を拒否した。原爆が出来たからだ、とイギリス首相チャーチルは理解した。7月21日、グローブズからスティムソン宛て長文多数が届く。

a．新任（太平洋）戦略空軍総司令官スパーツに書き物を手交しなければならなくなった経緯の説明、

b．その下書き認証への懇請、ならびに

c．ローレンス記者に書き溜めさせておいた原爆の対日使用に関する大統領発表とマスコミへの公開原案の全部であった。

スティムソンが逐一、口頭報告したのでトルーマンは原爆使用が近いことを知った。知った上で7月26日、日本宛てのポツダム宣言を出す。

正確にはポツダム宣言は一つではなく、日本宛てと、ヨーロッパ宛ての二つがあった（『原爆を投下するまで日本を降伏させるな──トルーマンとバーンズの陰謀』鳥居民2005年）。

日本宛ては7月26日発表、The Potsdam Proclamation By The Heads of Government, United States, China, and the United

Kingdomだが正式署名は欠けている。またアメリカ代表団の宿舎において、イギリス代表も中華民国代表も立ち会っていないのにトルーマンが勝手に各国記者団に文書を配布した。

　加えてトルーマンは、国務長官バーンズが横に居たにもかかわらず国務省の役割りを無視し、そのうえ中立国を介して日本政府に日本宛て事案を直送するという外交慣例にも従わず、宣言全文をいきなりワシントンの戦時情報局、Office Of War Informationに送り、日本国民に周知徹底させるようにと命じた。

　戦時情報局の職責はプロパガンダであった。日本世論を操作するための宣伝である。したがって大統領直命には大いに面食らったそうだ。管轄外の仕事でもあり、大統領の真意を測りかねた戦時情報局は、とにかく慌てて2種類の対処を取った。一つは対日ラジオ放送、二つ目は日本の内地向け空襲予告ビラの印刷と散布。残っていた都市は少なかったから空襲予告の半分は的中した【ビラ散布は終戦前、わずか2週間の期間内に限定された】。

　ラジオ放送はサンフランシスコ局からの短波によるもので毎週1回15分、日本語によるザカライヤ心理戦が確立していた。日本側は外務省、同盟通信、日本放送協会が連携して応酬していたという。戦時情報局は日本時間7月28日（土）定時放送でProclamationを読み上げたらしい。短波を聞いた首相・鈴木貫太郎は同7月28日、報道記者陣に尋ねられてこれを「黙殺」すると反応し、東京発信の短波放送はno formal replyと報じた。正式な申し入れではないから、正式な回答ではない、といったところか。

　【Japs Offer To Quit If Emperor Is Spared — Official Word Lacking So U.S. Continues War,（The Hartford Times, August 10, 1945）アメリカ地方紙の見出し】

8月6日、ヒロシマが襲撃された。とたんに大統領トルーマンは一転し、日本がProclamationを受け入れなかったから原爆を投下したのだ、と主張し始めた。もっともトルーマンは、スイスとスウェーデンの中立国経由で4月に届いた和平打診を「日本人はbeastだから……」と理由を口にして、その打診を握りつぶしている。
　そうしておいてトルーマンは、後日、「早く戦争を終えるために」などと欺瞞と虚偽の主張を始めている。
　ちなみに第2のポツダム宣言、ヨーロッパ宛ては8月2日発表、The Potsdam Declarationであり、トルーマン・チャーチル・スターリンの連名・連署、および三者立ち会いのもとに会議場で配布された。内容はドイツの分割と戦後欧州の配分。対日本第1宣言はProclamation、対ヨーロッパ第2はDeclarationの違いがある。
　なお8月6日、原爆使用の大統領声明発表を当のトルーマンは帰国途次、大西洋を航行中の巡洋艦「オーガスタ」の昼食時のラジオ中継で聴き、まわりの水兵たちとともに「戦争が終わったぞ」と祝杯を挙げている。
　以上、様ざまな『見当違い』のすべてに共通する『勘違い』は、7月25日づけハンディ署名スパーツ宛ての1枚が原爆投下命令書であるとの誤解に根ざす。しかしこの文書は、すでに述べたとおり、命令書ではなく「こうこう、しかじか決まっている」である。「民間人が2万人も死ぬ……というのが大統領命令だと抗弁するのであれば、その証拠を持って来い」と怒鳴りつけられたグローブズによる巧妙な対処であった。

第7章

歴史の修正主義と史実主義

「アメリカ人からお金を取ってアメリカの悪口を読ませることは、ひっきょう、ムリだ」と断られても、朗は英語出版を諦めなかった。約3,000種あるヒロシマ関連の資料は日本語なのですべて身内向け、アメリカには届かない。もともと多くの情報がアメリカから日本へと一方通行なのだ。流れに逆らい、たまにはアメリカ人に対して文句を言いたい。

いろんな勉強会に出席しているうちに歴史の研究者グループの知己を得た。当人たちは Historical Review だと名乗った。学界では非主流派であり、手法は Revisionism と呼ばれ、白眼視されているもようであった。Historical Review（誤誘導の恐れがあるのであえて訳さない）は "Bring history into accord with facts" を方針とした。事実で歴史を語ろう、とでも言うのだろうか。

では事実で成り立たない歴史があるのか。

「ある」が答えであった。たとえば「勝利者が創る歴史がそれだ」という。主流歴史観がそれだという。

勝者または権力者が創る歴史には、周知のとおり、体制側にとって都合の良いものが優先される。極端な場合、都合の良いことばかりとなって真実が歪められ、単純化され、好き嫌いの問題になる。

たとえば「正義だから勝った」とか、「核爆弾は人命を救うために用いられた」とか、「原子爆弾のおかげで8月6日、一瞬の閃光で、太平洋戦争の極悪人（日本および日本人）は、最大の被害者になった」などと、感情的に歴史が語られる。

これは合理的ではない……というのが Historical Review の立ち位置であった。事実で語れ、と言う。

日本の言論界では Revisionism が修正主義と訳されて、「何でも書き直し」の含蓄が前提となったもようであるが、単なる「書き直し」は rewrite である。Revise とも混同しやすい。

Historical Review の人たちは「事実」が不可欠だと主張していた。このグループがわたしの「ヒロシマは見せしめの大量虐殺」論の原稿を読んで出版してくれた（"Why I Survived……," Kohchi）。アメリカ人が知らない事実がたくさんあるから……とのことだった。英語圏でこの種の主張を見たことがない、とのことでもあった。

英文著作にも朗の盟友・江川隆が眼玉を焼かれて死んださまを詳しく書いた。核攻撃を実行したのは大統領ではなく、みずから指揮系統に潜入したグローブズであるとも指摘した。

アメリカ国会図書館には "Why I Survived……" 2部が収蔵され、主な大学図書館にも受け入れられた。

Fifth Avenue と 42nd Street の角に位置するニューヨーク市立中央図書館には個人的に寄贈を申し出で、審査に合格した。観光・旅行客でも出入りできるニューヨーク市立中央図書館には1856年、黒船ペリーが著した Narrative of the Expedition of an American Squadron to the China Seas and Japan（『ペリー艦隊・日本遠征記』）の原本があり、図書室で閲覧できる。どっしりとした厚さ10センチもある大著であった。日本にも幕末情報がそのまま

の製本で図書館にあるかしら、あったとしても幕末日本語そのものが読めないだろうなあ、と感じたことがある。

　ロスアンゼルスでもホノルルでも市立図書館に行き、著者持参の学術書として献本した。いつか、だれかの目に触れるであろう。そうしてヒロシマの実相を知るであろう。

　朗は国連本部財務官を退職、日本に帰国した。国連では国際政治のうえで中立を求められており、この種の出版は望ましくなかった。加えてニューヨークで生まれた子どもたちがアメリカ人になりかかっており、日本人として育てるためには、生活環境を変えねばならなかった。

　のちヨーロッパに所用があった折りには数部を携行し、知り合いのドイツ人に手渡した。ウィーンでは国立図書館を訪れて、もし英書部門があり、所蔵価値があると判断されるなら献本したいと問い合わせると、初老の学芸員がパラパラとページに目を通し、「よかろう」と言ってからマリア・テレジア女帝時代の壮麗な図書館内部を案内してくれた。

　ある日、紙質の粗末な外国の往復はがきが届いた。ロンドンの大英図書館からだった。「Akira Kohchiはどちらが姓か、索引カード作成に必要だから返答しろ」という。世紀の賢者カール・マルクスのThe Capitalと同列に扱われるらしかった。

　学界に招かれてアメリカの首都ワシントンに赴いたおり、ついに、アーリントン国立墓地にグローブズ中将の墓石を見分する機会を得た。レスリー・グローブズの板状の墓碑は、ジョン・F・ケネディ大統領の"永遠の焔"から遠くない緩やかな斜面に南を向いて建っていた。

表面には「マンハッタン・プロジェクト指揮官」とのみ彫ってあり、「英雄」の文言はなかった。

あたりは葉を落とした疎らなハナミズキと白樺の木立であった。静寂の中、影が長くなる。朗は、グローブズを犯罪人であると断定した英文著作を墓碑に立てかけて写真を撮った。そして呟いた。「牧師の子（グローブズ）と等価値の生命が、まるで虫けらかのように焼き散らされた。ヒロシマ死者26万人。死にたい人は一人もいなかった。穏やかに死んだ人は、一人もいなかった……」

時は西暦で第20世紀（1901年から2000年まで）、この世紀末が迫っていた。

第二次世界大戦が終わってもアメリカはソ連との冷戦、朝鮮・ベトナム・中東にイラン・イラク、湾岸戦争と絶えず軍事介入をしてきたのでヒロシマを反芻するどころではなかった。できたらヒロシマ・ナガサキ、ともに消えてもらいたいので「太平洋戦争を早く終えるために原爆投下は役立った」、と一行の文章で済ませるよう変化していった。

専門家は、歴史の単純化は、たいへんに危険であるという。たしかに大きな問題をこのように大衆好みの感情的な一行の文章で総括すると、道義上、何の問題も存在しなかったことになる。

しかしそれで良いのだろうか。朗はいま一度、ヒロシマで何が、どのように起きたのか、世界に訴えようと考えた。

ニューヨーク・タイムズ紙はアメリカのメディアであり、中立を装いながらも身びいきなので、アメリカに不利な事柄はいっさい載せない。殺人はおろか、犯罪もロクに知らせない。

しかし、ところを変えれば名前が似ていてもロンドンのタイムズ

紙はイギリスの報道機関。ほんとうはこちらが本家であって読者はヨーロッパと中東、アジアの有識層を網羅する。論調は中立独自で、アメリカには追随しない。そこで朗はロンドン・タイムズ紙に「ヒロシマで何が起きたか」を取り上げるよう申し込んだ。

結果として19 December 1999年付け日曜特別版 The Sunday Timesは、NEWS REVIEW 第1ページに凄まじい荒廃地の大きな写真を掲げ、INSIDE THE INFERNO（火焔地獄の内側で）の見出しで、2ページにわたり、"Why I Survived……"の要点をびっしりと転載してくれた。内容を読んで、はじめてヒロシマの事だと納得できる構成になっていて、過去100年1世紀を送るにふさわしい追悼碑であるとの注釈が付いていた。

第20世紀社会を総括する動きはアメリカでも起きた。

主催者はニュースNewsに博物館Museumを掛けて新造英語・ニュージアムNewseumと名乗る公益法人で、自由な言論と報道の追求を目的とするという一大社会勢力であった。

真似をして日本新聞協会が設置した新聞博物館が業界広報を主眼とするのに引きかえ、ニュージアムは、報道業界に批判的であって大新聞にもおもねらず、逆に一般読者がどのようにジャーナリズムを捉えるかに関心を置くと言う。

つまり報道・出版にも需要と供給がある。従来は供給側がやりたい放題で、受け手側消費者大衆の存在が無視されてきた。

そこで報道の発信側、対受信側の認識差を調べるメディア・リテラシーmedia literacyの研究題材として「第20世紀の百大ニュース」を企画した。

メディア・リテラシーは、新聞を材料にする勉強だと理解されて

いる向きがあるが、本来は、ニュースの発信側の意向を受信側がどう解釈するかを調べることであり、端的に言えば「あの放送局のニュースは事実のみであって鋭い」とか、「この新聞社の評論は偏っていて、ある方向へ誘導しようと企てているようだ」とか、視聴読者による評価のことである。

単なる人気投票には意義も価値もない。これは周知の事実である。そこでより科学的な方法はないものかと考えたニュージアムは、まず過去100年間の記録から国内外のニュース500題を取り出した。ついで報道専門家（国際通信網APの通信員、地方新聞社の編集長、全米ラジオ・テレビ協会員、歴史学者ら計67名）を招き、重要度第1位から第25位までを各自に選出させて集計し、その結果として500題を100題に絞り込んだ。

報道専門家たちはセンセーショナルなものを避け、歴史の進路を変えたものか、あるいは第20世紀の象徴となるものを探したらしい。その作業には必然的に、それぞれの個人が有する価値観を繰り返し、繰り返し、内省することを強いられたそうである。

投票は何度もおこなわれた。100題の順位が姿を現わすにつれ、上位格付けにつき異なった見解と口論が起きはじめた。

歴史家シュレジンジャーは「500年後の記録に残る」として第1位に月面着陸を主張した。年配者や軍隊経験者たちは真珠湾攻撃に固執した。それでもなおかつ「多くの人命が失われた。原子力時代の幕開けとなった」理由からか、原爆投下が第1位となった。

いわゆる報道側による「百大ニュース」の選出結果は1999年2月、一般大衆側に向けて公表された。

大論争が巻き起こる。なにゆえユダヤ人大量虐殺、ホロコーストが上位に来ていないのか、世界で不満が噴出した。

他方、英国王室ダイアナ妃の事故死がリスト落ちしたことについては、さすが有識層の見解は、ミーハー族の人気投票とは大いに異なるとして、だれも異論を差し挟まなかった。

　格付け会議に招かれなかったアメリカ大メディアは、面白くなかったらしい。自尊心を傷つけられたのか、米国ニューヨーク・タイムズ紙は例によって例のごとくケチをつけ、本題と見まがう「第20世紀ジャーナリズム百選」を並べ立ててニュージアム発表効果を薄め、意趣返しをした。

　著名な新聞ワシントン・ポスト紙も毒づいた。「選出パネリストはバカ者どもか。たとえばロバート・ケネディ上院議員の暗殺が、サイゴン陥落やベルリンの壁構築よりも大きな話題だったなんて……聞いて呆れるわ。だいたい、反米トピックが多すぎる。そんなに我がアメリカが嫌いなら……よろしい。われわれは、ますます徹底して『世界中の嫌われ者アメリカ人』になってやろうじゃないか！」

　ところでニューヨーク・タイムズ紙対抗の「第20世紀ジャーナリズム百選」第1位は、これまた奇しくもジョン・ハーシー著『ヒロシマ』だった。

『ヒロシマ』は日本の敗戦後1年目、アメリカ文芸雑誌に掲載されたのち出版されて著者はピュリッツァー賞を獲得したが内容は、生き残り家族の体験談聞き書きにすぎない。朗が所有する原本はわずかに117ページ、地図も写真も死傷者の数字もない。調査も考察も欠落し、放射能後遺症への言及もなく、全体像はまったく見えない。にもかかわらずそれが第1位に選ばれたということは、実相をいっさい知らされなかった当時のアメリカ社会が（都市住民が抹殺されたという）一片のニュースから受けた衝撃が、いかに大きかったか推測できよう。

「百大ニュース」への賛否両論が渦巻くなか、ニュージアムは説明した。「われわれは人気投票に関与せず。ニュース作成側と、受け手側の両者の連動——これを目的とする。このたびの2月発表リストは作成側の見解である。受け手側の反応は、いまから公募する。したがって異議異論は、投票に反映されたい。受け手大衆側の集計は1999年末、送り手側リストと対比させる」

一般大衆は、格付け順を崩して年代順に並べ替えられた「百大ニュース」リスト100項目から「重要と思う」10題を抽出、順位を付け、無記名で郵送かインターネットで投票した。

大衆側投票締め切りの9月30日、インターネット回答部では即座に順位が出た。①月面着陸、②原爆投下、③ライト兄弟初飛行。

ところが同じ日に締め切られた郵送回答部が人手をかけて集計・合算されるとこの順位が変わり、①原爆投下、②真珠湾攻撃、③月面着陸となった。

インターネットによる回答数は13万と伝えられた。したがってこれより桁違いに多い数の郵送回答が原爆投下と真珠湾攻撃を第1位と第2位に押し上げたことになる。

後続・表3.1は1999（平成11）年12月、ニュージアムが発表したニュースの受け手側、消費者大衆側による「第20世紀の百大ニュース」格付けである（『二十世紀の最大ニュース』河内朗、「Voice」平成12年9月号）。

併記した日本世論は「人気」投票の結果（後述）を示す。

日本世論側においては人気投票の欠点が丸出しで、第1位に阪神大震災、第2位に地下鉄サリン事件が選ばれている。ただし、だからといって日本人の見解が浅薄幼稚であると結論付けるのは少々酷だ。もともと投票方法が違う。

　NHKは400項目の年表リストから一般視聴者が「心に残る出来事か、重大だと思われる」5項目を選び出し、順不同で、ファクスか郵便で回答する「あなたが選ぶ世界の20世紀・10大ニュース」を公募、集計結果をNHK衛星第一が1999年12月に放映した。天災、自然災害が多い。この投票方式自体が、幼児向けだからである。

　自然災害は、個々の犠牲者には気の毒であったが、とうてい『世界の…』という範疇には入らない。つまりNHKの単純人気投票ではきわめて感情主義的な結果しか得られない。

　他方、幾多の歴史的成功と栄光よりも「原爆使用と、真珠湾攻撃とが心に残る」としたアメリカ世論の表明は重大であろう。理性がより強く働いている。

　世界の観点からすれば第20世紀はアメリカの輝ける100年だった。その間にアメリカは発展途上国から世界一の大国にのし上がった。真珠湾攻撃がきっかけで世界第一の軍事大国に、原爆使用がきっかけで世界第一の経済大国の地位を不動にした。

　このどちらの場合にも、世界広しといえども日本のみが絡んでいる。他の国ではない。良かれ悪しかれ日本との関係が「重大だった」第1位、ならびに第2位に的確に捉えられた。これは歴史の史実主義的把握に近い。

　史実主義的には真珠湾攻撃は軍港に停泊中の「戦艦群攻撃」であり、地図のうえでの真珠湾が標的であったわけではない。

表3.1 「20世紀の百大ニュース」格付けに表れた日米の意識の差

順位	西暦	アメリカ世論・内容	西暦	日本世論・内容
1	1945	●アメリカが原爆使用	1995	阪神大震災、死者六千人
2	1941	日本がパールハーバー爆撃	1995	オウム地下鉄サリン事件
3	1969	人類が初めて月面歩行	1969	人類が初めて月面歩行
4	1903	ライト兄弟による初飛行	1945	アメリカが広島、長崎へ原爆投下
5	1963	ケネディ大統領が暗殺される	1997	神戸の小学生殺害、十四歳少年逮捕
6	1928	ペニシリンの発見	1997	ダイアナ元英皇太子妃が交通事故死
7	1920	全米三十六州で女性が参政権を獲得	1985	日航ジャンボ機墜落、五百二十人死亡
8	1929	ニューヨーク株価が大暴落、世界恐慌	1989	昭和天皇崩御、平成へ元号変更
9	1953	ポリオワクチン発明	1989	ベルリンの壁崩壊
10	1953	遺伝子構造が解明される	1941	日本が真珠湾を攻撃
11	1945	ナチによるホロコースト露見	1963	ケネディ大統領が暗殺される
12	1905	●アインシュタインの相対性理論	1964	東京五輪開催
13	1912	新造不沈のタイタニック号沈没	1994	皇太子さま、雅子さまご成婚
14	1913	フォードが初の組み立てラインを設置	1998	日本、ワールドカップサッカー初出場
15	1914	第一次世界大戦勃発	1998	和歌山で毒物カレー事件発生
16	1989	ベルリンの壁崩壊	1939	第二次世界大戦勃発
17	1959	コンピューター内蔵チップに特許	1958	皇太子殿下ご婚約発表ミッチーブーム
18	1981	奇病エイズが姿を現す	1991	ソビエト連邦崩壊
19	1927	リンドバーグ、大西洋横断単独飛行	1998	長野冬季五輪開催
20	1901	ラジオ信号が初めて大西洋両岸を結ぶ	1923	関東大震災
21	1991	ソビエト連邦崩壊	1990	日本でバブル経済崩壊
22	1989	インターネット発明、世界を結ぶ	1992	毛利衛さんスペースシャトルで宇宙へ
23	1944	連合軍が上陸作戦、フランスに進攻	1991	雲仙・普賢岳の噴火災害
24	1945	アメリカが対ドイツ戦勝利を祝う	1972	連合赤軍が浅間山荘事件を起こす
25	1946	初の電子計算機ENIAC稼働	1903	ライト兄弟による初飛行

次ページへ続く➡

前ページより

順位	西暦	アメリカ世論・内容	西暦	日本世論・内容
26	1973	「堕胎は合法」と判決される	1914	第一次世界大戦勃発
27	1939	テレビ送受信装置の発明	1989	歌手・美空ひばりさん死去
28	1909	プラスチックの発明、製品革命	1946	日本国憲法公布
29	1960	経口避妊薬が初めて認可	1959	伊勢湾台風で大被害
30	1954	「人種分離政策は違法」と判決される	1991	イラク湾岸戦争勃発
31	1998	大統領クリントン弾劾決定	1970	日航よど号ハイジャック事件
32	1948	トランジスタの発明	1949	湯川秀樹博士が日本人初のノーベル賞
33	1968	公民権運動家キング師が暗殺される	1997	山一證券など金融機関の破綻相次ぐ
34	1964	市民平等権法案可決	1977	巨人軍・王選手世界新七五六号本塁打
35	1917	第一次世界大戦にアメリカ参戦	1989	消費税三％の徴収スタート
36	1917	共産主義者がロシアを乗っ取る	1990	東西ドイツが統一される
37	1909	ラジオ放送開始	1993	サッカーJリーグが誕生
38	1963	キング師がいつの日か夢実ると演説	1976	ロッキード事件で田中前首相、逮捕
39	1974	ニクソン大統領が免責辞職	1986	ソ連でチェルノブイリ原発事故発生
40	1914	パナマ運河の航行開始	1974	巨人軍・長嶋選手が引退
41	1939	ドイツが侵攻、第二次世界大戦勃発	1957	ソ連、世界初の人工衛星打ち上げ
42	1933	ルーズベルト大統領が景気回復策実施	1955	森永ミルク中毒事件
43	1986	チャレンジャー号が打ち上げ失敗爆発	1997	香港が中国に返還される
44	1961	シェパード、米人宇宙飛行士第一号	1936	二・二六事件
45	1962	書物『沈黙の春』が環境破壊を警告	1968	東京・府中で三億円奪取事件が発生
46	1945	世界各国が国際連合形成	1954	力道山空手チョップでプロレスブーム
47	1997	羊のクローン、動物個体を初めて複製	1970	大阪で日本万国博覧会開催
48	1957	ソ連、世界初の人工衛星打ち上げ	1980	ビートルズのジョン・レノン暗殺される
49	1918	第一次世界大戦終結	1957	南極観測拠点、昭和基地の設置
50	1961	ソ連人ガガーリン、人類初の宇宙飛行	1983	ドラマ「おしん」が世界中で大人気

次ページへ続く➡

前ページより

順位	西暦	アメリカ世論・内容	西暦	日本世論・内容
51	1948	イスラエル建国	1976	日本で初の五つ子誕生
52	1941	テレビ放映開始	1972	グアム島で日本兵・横井庄一さん発見
53	1945	●原爆の爆発実験	1904	日露戦争勃発
54	1968	ケネディ弟が立候補中に暗殺される	1995	米国でトルネード・野茂投手が新人王
55	1933	ヒトラーがドイツ首相に任命される	1948	トランジスタの発明
56	1918	インフルエンザで二千万人死亡	1997	臓器移植法が成立する
57	1962	グレン、アメリカ人初の地球周回	1970	三島由紀夫、自衛隊本部で割腹自殺
58	1975	マイクロソフト社が営業開始	1982	日航機、逆噴射で羽田沖に墜落
59	1947	ロビンソン、アメリカ野球を統合	1950	朝鮮戦争勃発
60	1973	ベトナムからアメリカ軍撤退	1937	日中戦争勃発
61	1900	●量子物理学・核仮説の提示	1981	アメリカでエイズが初めて報告される
62	1942	●秘密計画・原爆製造開始	1995	基本ソフト「ウインドウズ95」の発売
63	1956	アメリカ全国に高速自動車道路網	1965	アメリカ、ベトナム戦争に介入
64	1945	退役軍人の保障強化	1989	中国で自由化抑圧、天安門事件発生
65	1965	アメリカ、ベトナム戦争に介入	1972	沖縄がアメリカから返還される
66	1920	ガンジー、非暴力抗議を推進	1964	東海道新幹線運行開始
67	1978	試験管ベビーの誕生	1951	日本、サンフランシスコ平和条約調印
68	1962	キューバ危機で米ソ準開戦状態	1998	米大リーグ三十七年ぶりホームラン記録
69	1906	サンフランシスコ地震大火災	1935	ヒトラー、ユダヤ人絶滅計画を立法
70	1993	南アフリカで人種隔離の停止	1973	トイレットペーパー・パニック発生
71	1977	アップル社成功、パソコン大衆化	1961	ソ連人ガガーリン、人類初の宇宙飛行
72	1964	ビートルズ、アメリカ公演巡業	1989	米ソ首脳、マルタで冷戦終結を宣言
73	1955	市民権運動で強制バス通学の忌避	1929	ニューヨーク株価大暴落、世界恐慌
74	1925	進化論対創造論の法廷論争	1949	古橋広之進選手、世界新記録連発
75	1939	初のジェット機	1912	豪華客船タイタニック号が沈没

次ページへ続く➡

第7章 歴史の修正主義と史実主義

前ページより

順位	西暦	アメリカ世論・内容	西暦	日本世論・内容
76	1938	ヒトラー政権下でユダヤ人迫害	1958	インスタントラーメン第一号発売
77	1932	大統領選で民主党ルーズベルトが当選	1972	札幌冬季五輪開催
78	1947	ヨーロッパ救済マーシャル計画発表	1982	ホテル・ニュージャパン火災事件
79	1997	宇宙探査機、火星の写真を送信	1942	関門海底トンネル貫通
80	1963	フリーダン女史、ウーマンリブ運動	1960	カラーテレビの放映開始
81	1927	野球でベーブ・ルースが本塁打六十本	1989	川崎市の竹やぶで二億円発見
82	1964	喫煙に害ありとアメリカ政府が公示	1961	ベルリンの壁構築
83	1940	チャーチル、イギリス指導者となる	1902	八甲田山で「死の雪中行軍」
84	1949	北大西洋条約機構ＮＡＴＯ発足	1953	吉田茂首相、「バカヤロー」国会解散
85	1986	ソ連でチェルノブイリ原発事故発生	1917	ロシアでレーニンが共産主義革命
86	1961	ベルリンの壁構築、冷戦激化	1998	インド・パキスタンが核実験
87	1949	毛沢東のもと共産党中国建国	1973	ベトナム和平成立、アメリカ軍撤退
88	1973	ウォーターゲート事件	1987	国有鉄道が民営化されてＪＲ発足
89	1895	ソ連でゴルバチョフ、政治改革開始	1948	帝銀事件、青酸カリ殺人発生
90	1900	フロイト、夢の心理分析を始める	1932	ロサンゼルス五輪で日本、金七
91	1948	西ベルリン防衛、空輸作戦実施	1996	ペルーで日本大使公邸をゲリラが占拠
92	1950	朝鮮戦争でアメリカが韓国防衛	1980	大貫久男さん、銀座で一億円拾う
93	1928	ソ連で飢饉、二千五百万人死亡	1962	イギリスで「ビートルズ」デビュー
94	1920	国際連盟への加入を議会が拒否	1949	中華人民共和国成立
95	1911	独占禁止法でスタンダード石油を解体	1905	アインシュタインの相対性理論
96	1965	平等投票法を議会が可決	1979	マザーテレサがノーベル賞を受賞
97	1958	中国で飢饉、二千万人死亡	1969	学園騒動の東大・安田講堂陥落
98	1968	シカゴ民主党大会で暴動発生	1947	六・三制の義務教育が始まる
99	1975	北ベトナムが南の首都サイゴンを攻略	1986	三原山が二百九年ぶりに大噴火
100	1964	ベトナム介入、トンキン湾決議	1933	ドイツでナチス政権誕生

●印は1945年8月6日に一気にニュースおよび解説項目となったもの

そんなことは分かっている、と安易に否定してはならない。ことばは出来るかぎり、正確に用いる必要がある。また１時間遅れたために「寝首を搔かれた、日本人は卑劣である」と非難される対象は、じつは協議中止通告である。宣戦布告なのではない。

　ちなみに日本海軍による「戦艦群攻撃」は、アメリカ世論を誘発・憤激させるために、ルーズベルト大統領みずからが仕組んだのだという大統領陰謀説が当のアメリカ国内にあり、2015年のいまも完全には消えていない。

　アメリカ世論を誘発・誘導するためルーズベルト大統領は、知りつつ日本海軍の行動情報を隠した、という主張は防御失敗の責めを負わされた当時の太平洋艦隊司令官キンメルとハワイ方面陸軍司令官ショートが提示した。

　この両司令官は開戦後まもなく解任され、職務怠慢で訴追された。しかし「大統領と側近にハメられた」と反論して引かず、論争は諮問委員会においても軍事法廷においても、また戦争が終わったあとも、延々と続いた。そのうちにキンメルもショートも、ルーズベルトも側近も、みんな他界してしまった。

　1999年、アメリカ議会はキンメルとショートの無罪、名誉回復、遺贈昇進の勧告を決議した。大統領陰謀説の一部は正しかったのだ、と間接的に立証されたことになる。

　じつは「日本の言い分にも理があり、ほんとうに開戦を望んだのはアメリカ政府ではなかったのか」という疑念が心のしこりとして残っているからこそ開戦のきっかけが、上記百大ニュース格付け第２位になったのだ、と考えられなくもない。

　ところで終戦に際して日本の降伏使節団が呼びつけられたアメリ

カ戦艦「ミズーリ」は、戦後30年間係留されたあと最新鋭武器で装備されて再び就役し、1991年の湾岸戦争においてイラク軍兵力の破壊に参加した。

アメリカ軍はサダム・フセイン大統領にペルシア湾上「ミズーリ」への出頭を命じたがフセインは動かなかった。歴史健忘症で有名な日本人の大半が忘れていたのに、フセインは、戦艦「ミズーリ」が何を意味するか、知っていた。結局、陸上のバサラ砂漠に張られたテント内でイラク軍と連合軍とのあいだで協定調印がおこなわれたが降伏文書ではなく、停戦協定だった。宣戦布告が存在しなかったからであった。

つまり宣戦布告がなくても戦争は起きる。とすれば、なにゆえ日本軍の先制艦隊攻撃のみが「奇襲、だまし討ち」であり「布告なしの卑怯な振る舞い」なのか……。

感情が入っているからであろう。

同様に史実からかけ離れた感情的表現に「総力戦」、「戦略爆撃」、「無差別攻撃」、「原爆投下」、さらに「平和祈念」がある。

このうち「総力戦」、「戦略爆撃」、「無差別攻撃」は、アメリカ人歴史家と軍事専門家たちがとりわけ対日戦に多用した誤誘導である。英語ではそれぞれ total war, strategic bombing, indiscriminate attack と言い、日本語でも何か知的で好ましい響きがあるが、実際には戦争犯罪を隠蔽する目的で用いられた。自己正当化に利用された。ことばの使用に悪意がある。

①「総力戦」は、生産と補給を通じて非戦闘員も間接的に戦闘に参加するから民間人も、日本人なら殺傷してよいのだという、こじつけである。

②同様に「戦略爆撃」も、戦場の兵士は物資輸送と生産に頼るから、後方の道路、橋梁、上下水道、発送電、港湾施設などの社会インフラも、日本のものであれば破壊して当然だとの自己弁護に使われた。

③「無差別攻撃」は、軍・民の区別が困難な場合のこじつけであるが、軍・民が混在しているということは日本ではあり得ない。

もともと私たち日本人は、国際法でいう無防備都市なる概念に欠けている。対極の防備都市を持った経験がないからだ。ところが世界を見渡せば、パリもロンドンもモスクワも北京も、すべて広壮な城壁で囲まれた防備都市だった。ニューヨークですらウォール・ストリート（"進撃の巨人"型防護壁通り）の名が残っている。

軍・民が混在していれば市街戦も起きようが、戦前の日本の諸都市は、建築物を一つずつ奪い合うような近代的市街戦の舞台にはなり得なかった。上空から観察しても、組織的工場群が立地したのは明白に臨海地であった。したがって第20空軍は、無差別ではなく、故意に、日本全国の「住民と住居」を狙ったのである。違いも知らず、安易に「無差別攻撃」をした……と表現すべきではなかろう。

英語圏には all is fair in love and war という諺がある。

ヨーロッパ騎士道のしばりがないアメリカ人はこれを「やりたい放題、おとがめなし」だと解釈し、相手が窮地におちいった際にも仮借なく一歩踏み込んで、不必要な暴力で overkill する傾向が強い。実例は100年間にわたる原住民インディアン根絶ほか、多い。

昭和20年3月から8月までの6カ月のあいだ、戦線はるか後方の日本内地は、凶暴な overkill の目に遭わされた。

空爆死者総計51万人（前掲表1、第6章）。

第7章　歴史の修正主義と史実主義

かたや強力に武装して身の安全が完璧に担保された夜空を飛ぶ戦闘員。かれらにとれば戦闘とはただ単に悪意をもって着火弾を撒き散らすこと。

　かたや反撃するどころか、隠れ場を探して猛火の中の地面を這いずりまわる都市生活者。独りとして爆撃機B-29を撃ち落とした者はいなかった。

　これはとうてい"戦争"と呼べるものではなかろう。だれが見てもカルタゴ、ゲルニカと並ぶ残虐事件に違いない。

　戦争は、それまでは、戦闘員どうしの武力闘争だった。それが昭和20年3月から8月までの対日本本土では、戦闘力を有した人間が、丸腰の人間を一方的に殺す凶悪犯罪に変質していたのである。

　このような次第で①「総力戦」、②「戦略爆撃」、③「無差別攻撃」は、すべて騙し名になった。決して日本人のわれわれが喜んで用いるべきことばではない。本質を示すことばを用いるべきだ。

　④の「原爆投下」に至っては、その表現は実相を隠すだけでなく、人びとの思考をも焦点からそらす。

　既出のとおり広島の生存者たちは衝撃が大きすぎたからか最初は「ピカドン」と呼び、「落ちてきた」と話し、自然災害とひとしく「仕方がない」と諦めた。語源はたぶんアメリカの呼称で、トルーマン声明の dropping the bomb であろう。

　しかしこれも説明したように dropping の語感は空飛ぶ鳥のウンコであり、台所で取り落として割る皿であり、「うっかり落とす」意味合いがある。その結果、人が死んだにしては……軽すぎる。

　広島の場合は「核で住民を襲撃した」、すなわち「核攻撃した」が実態である。したがって「原爆投下」ではなく、より適切な「核攻撃」と改めたい。これは nuclear attack という。

⑤つぎに「平和祈念」は大きな課題を投げかける。これには憲法をも含め、日本人のみの、日本人による、日本人のためだけの行動様式であって、世界には通用しない自己欺瞞の可能性がある。「平和祈念」といえば、ともかく広島の平和記念公園だ。朗は何度目かの広島を訪れた。

　平和記念公園へはJR広島駅から市内電車で15分程度、簡単に行けるが訪問客への配慮は少ない。
　電車に乗るにはどうするか、どの電車なら直通で行けるのか、全体の地図はどこにあるのか、旅行案内所はどこかなど、様ざまな設問に応えられるような便宜は容易には見当たらなかった。
　市電停留所・相生橋で降りると目の前にドーム鉄骨の残骸が立つ。むかし産業奨励館と呼ばれた立派な洋館で、1915年に建てられた。1911年日米通商条約締結後、先人が努力した産業自立の象徴だった。若いころの母・イトは、よく子どもを連れて「ひとのみち」講話を聴くため3階の座敷に座った。
　南へ向けて隣接する元安橋(もとやす)を渡ると、たもとに国立広島原爆死没者追悼平和祈念館、すこし南に原爆死没者慰霊碑、さらに南に高床式の広島平和記念資料館がある。
　この三者が主要な施設。しかし管轄が厚労省、広島市役所、広島平和文化センターとそれぞれ異なるし、設置目的にも訪問意義にも大差があって、ややこしい。違いを知らないと疲れるばかりだと、痛感させられた。
　長い、長い名前の国立広島原爆死没者追悼平和祈念館は、低層建築で地下1階に体験記閲覧室が、地下2階に遺影コーナーがある。純粋に鎮魂と追悼目的であった。

原爆死没者慰霊碑は御影石製"はにわの家型"屋根と、この屋根で雨露から守られていて死没者名簿を納める石棺と、前面石碑に彫り込んである碑文とから成り立っている。
　意味不明として悪名高い碑文はいう：
「安らかに眠って下さい　過ちは繰返しませぬから」

　この碑文は昭和27年、時の広島市長・浜井信三の依頼に応じた広島大学教授・雑賀忠義が撰文・揮毫したが以後、この「過ち」とは何なのか、また「誰が犯したか」につき議論が絶えない。
　浜井は市議会で「過ちとは戦争という人類の破滅と文明の破壊だ」と答弁し、主語は人類全体を指し、「だれ、彼のせいでこうなったかの詮索ではなく、こんな酷いことは再び起きてはならないのである」と述べた。
　雑賀は英語の教師であった。碑文の英訳は「Let all the souls here rest in peace；For we shall not repeat the evil」であり、主語は"We"（われわれ）、「広島市民」であると同時に「全ての人びと」（世界市民である人類全体）を意味するのだと説明した（ウィキペディア『原爆死没者慰霊碑』）。
　インド人法律家パール（極東国際軍事裁判の判事）は同1952（昭和27）年、碑文の内容を知って「原爆を落としたのは日本人ではない。落としたアメリカ人の手は、まだ清められていない」と反応し、日本人が日本人に謝罪していると批判した。
　これを聞いた雑賀は抗議文を送ったという。
「広島市民であると共に世界市民であるわれわれが、過ちを繰り返さないと誓う。これは全人類の過去、現在、未来に通ずる広島市民の感情であり、良心の叫びである。『原爆投下は広島市民の過ちで

はない』とは世界市民に通じない言葉だ。そんなせせこましい立場に立つ時は過ちを繰り返さぬことは不可能になり、霊前でものをいう資格はない」

　その後も碑文は賛否両論の的になったままである。1970（昭和45）年には抹消を要求する市民グループ「原爆慰霊碑を正す会」と、その運動を軍国主義的・民族主義的主張であるとして反発する市民グループ「碑文を守る会」とが激しい論戦を繰り広げた。

　碑を訪れる家族の大半は、現在も碑文を「日本人の過ち」と読み、お互い、変な顔を見合わせる。守ってやれなかった過ちか？

　歴史の史実主義を信奉する朗には、この碑文は、感情主義の一大典型例に思えた。

　なぜならあの日、安らかにこの世を去った人を朗は知らない。窓から焔を噴き出す市庁舎の前の広場の少女たちにこそ外傷は見受けられなかったが、いま考えると内臓破裂、複雑骨折、衝撃による心肺停止などで死んだのだ。苦悶したに違いない。

　母親に水を与えようと努力していた幼な児は翌日、黒く変色して縮んでいた。あの朝、いきなり火焔と熱線と爆風圧と放射能に包まれて悶え死にした人たちに対し、「安らかに眠ってください」とは、いったいどういう神経なのであろう？

　また「主語は人類」であるとか「広島市民であると共に世界市民であるわれわれが……」とか、表面的なことばのアヤに自らの感情を移入して、自己陶酔に陥っているのではないかと疑われる。いったいだれが人類を代表して発言できるのか。だいたい世界市民というものが、この地球上に存在し得るのか。このようなことを断言できるのは何者なのか。身のほど知らずの自己尊大ではあるまいか？

第7章　歴史の修正主義と史実主義

死にたくて死んだ人は独りも居なかった。その人たちが過ちを犯したわけではない。その人たちに向かって「過ちを繰り返さないと誓う」のは『見当違い』であろう。それは目下、この瞬間を生きて居るこちら側の身勝手な「まやかし」であり、自己慰撫ではなかろうか。相手が願ってもいないことの押し付けで、大きな偽善であろう。あの碑文は、偽善だ。死没者への哀悼ではない。

　もっとひどいのが「世界の恒久平和を祈念する」部分である。毎夏おこなわれる広島平和記念式典は、正式には「広島市原爆死没者慰霊式ならびに平和祈念式」だそうで、ふつう①原爆死没者の冥福と、②恒久平和の実現とを祈り、市長が平和宣言を、子ども代表が平和への誓いを読み上げる（ウィキペディア『広島平和記念式典』）。

　しかし核攻撃で殺された人たちが平和を祈りつつ死んだはずはない。絶望と悲しみと万斛の恨みを抱いて死んだのだ。

　とすれば上記②の平和の宣言も誓いも、ともに大きな『見当違い』。言い換えると、②は、いま生きている人の我が身可愛さの利己心からの希求であり、何があっても自分の身にだけは起こりませんように……という願望であろう。

　あるいは大陰謀の一端かもしれない。すなわち現実を把握する能力、物事を理性で判断する姿勢。これらを日本人から削いでしまおう……と企てる策謀。

　というのは世界の一般世論は、日本人の平和への祈りと核廃絶運動を「夢のまた夢」物語として、せせら笑っているからだ。

　むろん世界の人たちも本音と建前とを使い分ける。したがって、表だって侮蔑することはない。改めて質問すればほとんどが「立派な理念であり、尊敬します」と本心を隠して応じるに違いない。

　しかしながら祈れば平和が来るとは信じていないし、実際に来て

いないし、だいたい祈ったところで人生で受験・進学・就職・結婚・家族・健康・資金の一つとして成就するわけでもないし、ましてや憲法に書き込みさえすれば平和が訪れるのだとでも説明すれば「おまえ、正気か？」と疑われること必定。

平和記念式典を開催することすらも「おめでたい日本人は、お祭り気分で、平和でさえもカネ儲けの種にする」と英語圏では喧伝されているのだ（"The politics of peace" Buruma……）。

主要施設三番目の資料館。これにも大きな失望を感じた。

核爆発再現立体模型図の原爆は何かヘンだ。攻撃側視点に立った一方的な成功宣伝に見える。その下で瞬間焼却された即死者の霊魂の表象が、対比されるべきではなかろうか。

また被爆後であるという多数の写真は、直後の荒廃を示していない。直線道路がきれいに見える写真は直後のものではなく、2カ月も3カ月も後に撮影されたものである。

1945年8月8日、参謀本部の有末精三中将らと共に中型機で視認に来た理化学研究所の仁科芳雄博士【開戦時、アメリカの原子物理学者に先を越されないよう、がんばろうと檄を飛ばし、1945年10月にはグローブズが派遣した特別武装兵団によって分身のサイクロトロンを房総沖に投棄処分されて落涙した】は市内・吉島町飛行場に着陸し、「ほかの都市は区画ごとに焼け落ちた。広島は吹き散らされていて道路は1本も見えない」と話している。

事実、あの日、足の踏み場はなかった。街路が整理されている写真には、放射能が残留しているとも知らないで真夏の炎天下で通路を拓き、のち体内出血で長い期間にわたり死んでいった多くの旧軍兵士たち若者の亡霊が朗には見える。

この資料館の最大の落ち度は「過去の広島市は軍都であった」展示が多すぎることだ。1990年代の「日本は被害者であると同時に加害者でもあった」誤った修正主義を反映してか、昔の町並みの写真が多い。けれども「日本は被害者であると同時に加害者でもあった」朝日新聞式言い換えは、ごまかしである。詭弁である。うっかりすると完全に騙される。

　なぜならもともと被害者と加害者は『反対語』。したがって正反対のものが同じもの、という論理はあり得ない。これは包括相殺という欺きの一方法である。時と、所と、状況とが違う異質のものを、ことばのアヤのみで比較を強いる悪巧みなのだ。

　このごまかし論法によれば、たとえば「白は同時に黒である」と言いつのり、「白は黒とおんなじ色だ」と頑強に主張しさえすれば論点を完全にそらすことが可能になる。

　グローブズは「軍事都市・広島」と、こじつけた。トルーマンは「軍事基地のある広島」と訂正し、これを聞いたアメリカ人は、命を落とした一般市民は少数だと信じた。

　それが今や軍事施設の代わりに住民そのものを殺したのだと知り、良心の葛藤を感じている。

　それなのに当の資料館が、昔の思い出写真をたくさん張り巡らせて「ハイ。広島は、たしかに重要な軍都でした（だから住民が殺されて当然です）」では、犠牲者たちは、このような展示を決して、決して許しはしないであろう。

　皆、どんなに残念な思いで死んだことか。それに気づこうともしない展示責任者たちは、そもそも「人間の心」というものを持っているのだろうか？　それとも「ヒロシマの意義を矮小化したい」アメリカ側陰謀の手先なのだろうか。

平和記念資料館のみならず平和運動の諸団体関係者たちも、自分らの収入と存在価値を守るだけで良しとしないで、ヒロシマの実情についての啓蒙にもっと力を注ぐべきであろう。

　実情は「広島市の住宅はすべて工場であり、兵士の宿泊所であったとグローブズが虚偽の主張をし、それを今でもアメリカ人の大半が信じていること」である。

　無抵抗の民間人死者26万人と、軍人死者6,082名……これがアメリカの学校で教えられている「ヒロシマは、軍事都市であった」の実態である（第6章）。

　個人住居で機械工作ができるわけはなく、上空を飛ぶのは敵機ばかりとわかっていて市内で軍隊が寝泊まりするはずはない。どこまで私たち日本人を愚弄し軽侮するのか呆れるが、とにかく「軍事都市」とはそういうことだから、「軍都」というアメリカの片棒担ぎの呼称は、絶対に用いてはならないと思う。

　資料館出口には閲覧後感想を書くノート【芳名録であるという】が備えられている。

　多いのが外国人訪問者による書き残し。目立つのが It Serves You Right, You Deserve It, You Had It から REMEMBER PEARL-HARBOR !……

　ここでも資料館は、何か『見当違い』をしているのではなかろうか。なぜなら通常の数寄ものの展覧会、写真展や絵画展なのではない。遺品・遺物である。ゆえに展示を観てどう感じましたか、などと尋ねるのは押し付けがましい。

　資料館の一部、ミュージアムショップ売店では商品を販売している。英語圏からの訪問客には必須の参考書になると考えたので朗は前記・英語著作を置いてもらえないかと交渉したことがある。小売

値の半額支払いが条件であった。きつい。ヒロシマの意義拡散のためには採算を度外視してもよいが、それでは永く続かない。観光地ではあるまいし、たくさんの人が悶え死んだ地で、名所旧跡を気取ってバッジやキーホルダーや便箋やタオルの"おみやげ"を売るとは何たる不敬、心得違いかと義憤を感じた。

「平和教育」は、もう、そろそろ卒業の時かと考えられる。平和記念資料館がおこなう語り部による被災体験談の伝達は、講師高齢化のため限界に達した。

　もともと「自分が悲惨な目にあったから、二度と戦争をしてはならない」調の説教的体験談に意義は少ない。加えて『勘違い』を増幅するおそれがある。

　戦争のせいで悲惨な目に遭ったわけではない。爆撃機と対等に渡り合える手段を有しなかった民間人が一方的に、なぶり殺しにされたから悲惨であったのだ。

　思うに語り部が教えるべきは、必要な区別と戦争論の知見であろう。個人の泣き言ではあるまい。

　限界に達したのはたぶん平和運動も反戦運動も、また核廃絶運動も同じではなかろうか。すべて日本人の独りよがりに終わっている。一つとして真に外国の賛同を得たものはなく、国際情勢の流れを変えたものもない。出来もしないことを出来るかのように自己に暗示をかけて、懸命に努力して、そうして外国勢から夢遊病者と等しく扱われ、軽蔑されている現実が理解できていない。

『人』が人を殺すという現実がよく分かっているにもかかわらず、『包丁（核爆弾）』を「この世からなくせ」などとカラ騒ぎするのは愚の骨頂であろう。持っている大事なモノを「捨てろ」と言われて「捨てる」国家・個人がどこにある？

しかも世の中、核だけでなくミサイル、サイバー攻撃、疫病撒布、テロの時代だ。無人機を飛ばし、ゲーム感覚で遠隔地を攻撃する時代である。騎士道も武士道も消滅してしまったのだ。平和論は時代遅れだ。卒業すべきであろう。

　平和公園を離れる前に朗は考えた。

　以前からの持論であるがヒロシマから学べる教訓は、核廃絶とは正反対の「核武装論」ではなかろうか、と。

　1980年代、イギリスがパーシング核ミサイルを配備しようとしたとき全土に猛烈な反対が起きた。2子の母親であり、かつ鉄の女と称されたイギリスの名首相サッチャーは、デモ隊を説得したという……「核は、持っていないと、ヤラれるんです。日本は、持っていなかったから、ヤラれたんです」。

　日本は、できるだけ早く原爆を保有すべきであろう。専守防衛のためにも核を持たねばならない。持てばいろいろなことが変わってくる。国際関係上の窮地からも這い出せる。国連の常任理事国にもなれる。北方領土も帰ってくる。

　むろん、そうはさせまいとする強大な反対圧力が生じるであろう。けれども私たちは、ウヨクとかサヨクとか言わないで、日本人大多数にとっての利害を基準として、判断しなければなるまい。

　原爆を保有すると戦争はできなくなる。理由は相互抑止が働いているからで、1発でも核を使おうものなら他のすべての核保有国から袋叩きの目に遭わされる。

　ところで平素、われわれはすっかり忘れているけれども今この瞬間も、核大国の首脳は、赤ボタンを持ち歩いている。いざという場合、探すわけにはゆかないからだ。

世界中のすべての都市は常時、すでに敵味方10個以上の核弾頭の標的になっている。でないと、間に合わないからだ。
　日本が核武装しようとすまいと無関係に、あなたがた読者の頭上にも照準は付けられている。数が、有り余っているからだ。
　いま発射台の上に載せられて準備万端の核弾頭──民衆を狙ったもの──は4,400発もある（ウェブサイト"WEAPONS OF MASS DESTRUCTION-WMD, 10 June 2013," Stockholm International Peace Research Institute）。
　われわれの世界は、たいへんに危険な状態にある。ヒロシマの死者はムザムザと、一方的に殺された。愚直な私たちは、またムザムザと、二の舞を甘受するか？

　結びとして上で用いた感情主義と史実主義を、近来、大きな口論の対象となってきた歴史認識問題に当てはめておこう。
　近現代史の叙述方法を理性が少ないほうから順に並べると①感情ないしは短絡主義、②書き直し主義、③修正主義、④史実主義が考えられる。
【これらの述語につき先行研究の認知を与えられたい。朗が担当した国際関係論の講義体系の一部である。世の評論家は、ともすれば他人の研究成果をさながら既存知見であったかのように軽く扱う悪いクセがある。NHKも同様に、つまみ食いをする。NHKに対しては、グローブズと放射能危害に関して著作物の盗用ではないか、と朗は抗議質問状を提出したことがある】
　簡潔に①感情主義の好例を挙げれば「慰安婦強制連行」、「南京虐殺事件」。どちらも、いにしえの共産党スローガン「万国の労働者よ、団結せよ」式に短絡されており、煽情目的があらわだ。この手

法に依存する人にとれば、事実はどうでもいいのだ。たとえば「日本が太平洋戦争などでおこなった数々の悪魔の所業を思うと、原爆投下は仕方なかった、と言わざるを得ない。東京大空襲や沖縄戦も同じだ」とは、なんと、ナガサキ市長を4期も務めた人物の持論だそうである。

だが『悪魔の所業』とは何だ、実例を挙げてもらおうではないか？

だれが、いつ、どこで何をしたことを指すのか？

憎悪の吐露表明に対しては④の史実主義で、反論を重ねるほかあるまい、お互いに感情をぶつけあっても解決しないであろうから。論争点を一つずつ、冷徹に、事実と数量を擦り合わせてゆきたい【詳細は数ある解説書に譲る】。

ちなみに言論人には的確な理解を特別に期待したい。たとえば論争点の一つ、「侵略」につき村上春樹氏は「相手がもういいと言うまで謝るしかない……他国に侵略したという大筋は事実なんだから」と持論を展開、対して百田尚樹氏は「小説家なら、相手が『もういい』と言う人間かどうか、見抜けそうなもんだが……」と批判した（ウェブJ-CASTニュース 2015/04/21）。領土奪取が伴わなければ「侵略」ではない。日本はいつ、どこを奪取したか？

朝日新聞は、2014（平成26）年9月、過去の記事・社説の一部を取り消した。しかし国際社会で醸成された日本に対する悪い印象は、ただ単に紙面上での「取り消し」では払拭できまい。

国連による誤った決議や勧告をも同様に「取り消し」させて全日本人の汚名をそそぐのは朝日と朝日の同類・支持読者全員の義務だと思えるが、そこまでの責任感、および能力があるのだろうか。

世界中に流された害毒の大きさを思うと……悲しい。取り返しのつかないことだ。憤りよりもまず悲しみが先に立つ。

【日本が慰安婦を強制連行したという虚偽報道のため国民の名誉が傷つけられたとして8,700名（4月には2万5,700名に増加した）もの原告団が朝日新聞を提訴した（産経新聞2015年1月27日）。報道界の品格というものであろうかこれが見逃すくらいの小さな扱いで、メディア・リテラシーの恰好な課題だとも考えられる】

「南京虐殺事件」も「慰安婦強制連行」も共に針小棒大の虚構に近い。凌遅刑とか陰婚、宦官とか病身舞、恨とか火病など、われわれの想像を超える習俗を有する人びとが、事実はどうであれ、ともかく感情的に優位に立つためのけたたましい言いがかりだ。

この喚きが国際関係を悪化させる、というので第三者・アメリカ政府の報道官が「日本は歴史認識を改めて、なんとかという談話を守れ」と注文するのみならず、中立を装う新聞紙ニューヨーク・タイムズが例によって例のごとく「安倍首相は、シナ侵略と性奴隷を解決してから訪米せよ」との趣旨の社説（April 20, 2015）を掲載する事態に到っているが、しかし、わたしたち日本人は、アメリカとアメリカ言論に対しては、特別な「道義上の貸し」がある。

上記④の史実主義的に考察すれば、アメリカは、犯罪者的に勝ったのだ。ヒロシマの場合には片方が都市住民であったのにもかかわらず戦争中だと強弁できる「状況」を利用し、脅すという一国政府の公式「動機」に駆られ、見せしめに老幼男女を大量に殺戮するという「手口」を実行したからである。「状況」、「動機」、「手口」は、犯罪論の三大要素だそうだ。

これに対抗してアメリカの誤認を正すには、事あるたびごとに、友人であろうが観光客であろうが、また主題とか文脈とは関連なしに、唐突に、次の質問を投げかける……という高等戦術がある。

"By the way, do you KNOW……how many people……
　　　　　died of……the nuclear……attacks？"

　これだけでよい。単語群のあいだには間を置いて、ぽつり、ぽつりと発声する。読み上げてもよい。
　attackは日本語のアタックではなくて、アッタックと**タ**にストレスを置いてゆっくりと、平たい音を押し出す。
　相手がアメリカ人であれば意味は充分、通じる。相手は一瞬、虚を突かれ、しばらくして関係ないことを口にする……とか、それがどうかしたか……などと反応する。そこで"I know, I know……But……"と間をとって、再びおなじ質問を繰り返す。
　そうしておいて返答があろうがあるまいが、先方が答えを知っていようが、いまいが打ち切って、もとの話題に突然、帰る。
　口論は避ける。一方的に発話するだけ。話の腰を折るだけ。
　目的は「消し去ることが出来ない道義上の責めがアメリカにあり、その事実をわれわれ日本人は知っている」と、事あるごとに、思い出してもらうことにある。
　まず「知っているか」、つまりKNOWにストレスを置き、二度目には「お前はどうか」、すなわちYOUへとストレスを移す。
　これがヒロシマの全容と実相から学べることであり、将来に向けて私たち日本人が活用できる言論であり、またそのように活用することにより、抗議の一言すら言えないまま黙って死んでいった人びとを代弁できよう。

"do YOU know……how many people……
　　　　　died of……the nuclear……atTACKS？"

第7章　歴史の修正主義と史実主義　267

第8章

落下傘を見詰めた眼

　ともあれ「平和」ということば自体が有効期間切れかもしれない……との思いを強くしながら朗は平和公園を辞した。ここ平和公園は地図から消えた昔の水主町(かこ)。県庁庁舎のまわりに歓楽街が密集していた。焼け跡のがれきを移す場所も、運搬手段もなかったから、ひろびろとした現在の公園の地面の下には砕けた無数の骨片が埋まっている。ここに集う人たちは、その上を踏む。

　平和公園に慟哭する魂魄の存在を感じるのは朗だけではないことをこのたび発見した。比治山(ひじやま)のふもとの名刹、多聞院(たもんいん)の亀尾融照師は70年後のこの現在も毎朝夕、境内の八十八カ所を巡り、西方の市中心部を望んで回向していた。

　郊外・五日市の母・イトの実家は五郎から代が変わり、区画整理で無くなっていた。縁者・小西の方たちが近所に住み、墓所に案内してくれた。八幡川は浅瀬に清水を湛えていたが、昔の西国街道は松並木をすべて失って高層マンションで代替されていた。月見草が咲き乱れていた海岸線は、ドライブ客用の飲食店街で置き換えられていた。

　伯父・五郎の家で、刺さったガラス片で顔面をキラキラさせていた初江は、のち「亡くなった姉へのせめてもの恩返し」にと奔走し

たいトのおかげで見合い結婚をして子宝に恵まれたようすだった。

　朗の盟友・隆の江川一家とは連絡がつき、隆が遺した教科書を貰い受けたとき号泣した隆の母親が墓所に案内してくれた。遺骨がないままのカラの墓だった。それでも故人と会える場所である。秋風が飄々と吹いていた。生きていたならあの年頃と、どこか空似の人が行くたびに泣いたであろう隆の母親も、のち仏壇の前で余生を送られたことであろう。

　広島市の北、可部町のさらに山奥に中学時代の榎木が健在であった。榎木は一中に入学したとき市内の江川の家に下宿し、代わりに江川一家の市内からの戦時疎開を引き受けた。

　終戦後、榎木は進学しなかった。かれ自身は成績も良く向学心もすこぶる旺盛であったが戦後日本の土地改革にぶつかった。不在地主は土地を取り上げられる、というので榎木は父親の懇請を受け入れて泣く泣く筆を折り、自営地主となった。しかしその後の土地ブームは彼を新興成金に押し上げた。立派な新築洋館に収まる彼の顔と両手には永年の戸外労働のしわが切り刻まれていた。

「世の中、変わったのーお」

　玄関に立った榎木が大学に行く孫娘を見送りながらつぶやく。ふたりの女の子が一人一台ずつ、深紅のスポーツカーで砂塵を蹴立てて走り去った。

　弱虫の朗が苛められると恐れた相手の松井は新宿の地下道で空き缶を二つ前に置いていて、その一つには昔と同じく振ればカサコソと音を立てる両親の骨片を入れて紙でフタをして、ゴムバンドで止めてあったそうだ。

　廿日市で一夜、学友の送別会に招いてくれた中川の母親は、原爆で死んだ。中川の父親の軍医は、戦地から戻ってこなかった。海軍

兵学校から帰った中川は、終戦後しばらくしてから厭世自殺、橋の下の岩石で頭をザクロに割った。
「おい、われらが初恋のひと、覚えているか？」と白髪あたまの榎木が訊いた。
「おう、忘れるものか。きれいな人だったなあ」
　ウィーン帰りの中川の姉は、あのアイボリーの顔を真っ正面から焼かれた。のち自宅で一生涯、ピアノを教えて生計を立てた。お化粧がのらないのでケロイドが隠せない。その醜悪な顔は棺桶まで持ってゆかねばなるまいと覚悟はしたものの、悲しいのは町で行き交う悪童どもが「ゲンバクお化けだ」と陰口をたたくことで、あの日から60年、「私の顔をこんなにまで傷つけた人たちを心から呪う」と毎日、毎日、嘆いて、逝ったそうだ。

「その呪うべきはレスリー・グローブズというアメリカ人か」
　朗の弟・繁が念を押した。被爆後の一時期、一家が住んだ仁保町の山畑は、なだらかな新興住宅地に変容していた。
「そう、そのとおり。爆撃隊長ティベッツも同罪だ。この二人は組んだ。死ぬ人の数が多ければ多いだけ世界がたまげて自分たちが有名になる、と謀った。功名心に駆られた。その他おおぜいが共同謀議した。閣僚級のアメリカ政府委員らも『日本政府に衝撃を与えるために』核を使うと決めた。直接には関係がない人びとに言いがかりをつけて脅すのがテロだ。テロの首謀者は、飛翔物体や現地下手人を遠隔地から操作して人を殺す。すなわちアメリカ合衆国は、人類史上、最初で最大のテロ実施国家になったわけだ」
「現在、世界で頻発するテロは、すべて当時の対日報復の手法から始まった。抵抗できない人を殺傷するのがテロだ。今は歴史の転換

点。世界史の観点からすれば大東亜戦争を惹き起こすことにより日本は植民地時代を終わらせた。アメリカは、第二次世界大戦を終えることにより国際テロ紛糾時代を始めた、とも言えよう……」

「手口」としての核攻撃は、最初から最後まで綿密に計画された。日本を早く降伏させるために仕方なしに、また、ヤミクモに使ったわけではない。再度まとめれば：

　まず10カ月の長きにわたり、特別な攻撃訓練をした。

　1発だから1機で足りたのに、2機を伴走させて人びとがいかに死ぬか、観察した。

　人出が多い月曜を選んだ。8月3日には用意が整ったが金曜日であった。グローブズは「悪天候のため遅延」とボロを出す。しかし朝は広島に居た。悪天候ではなかった。電車の中で老婆は「雨が降ればいいのに」と望んだ。天候が理由ではない。4日は土曜、5日は日曜、6日は月曜日。週明け6日のほうが市内に人が満ちると計算したのだ。

　おなじ理由から攻撃の時刻も計算に入れた。朝8時。人々は移動中で、それぞれが勝手を知る防空壕から離れていた。「朝8時」には、開戦時の日本海軍による先制攻撃に対する復讐の意味合いをも持たせた。

　攻撃機は広島に直行せず、北上すると見せかけておいて不意に60度方向を変え、西に向かって朝日を背にし、早期発見を防いだ。加えて高度1万メートル。10分前。悪巧みに気付いた人は、地上には居なかった。

　起爆高度はどうか。地上600メートルに設定された。グローブズが言う「放射能が上空で散るように」はウソ八百で、じつは最大範

囲の投網になるように、また爆風の圧縮波と反射波とが重なり合って爆風圧が高まるようにと計算されていた。地表面で爆発したのでは、地面に穴を穿ってしまうだけになるからだった。

　照準点とされたのは住民人口の中心地、照準器十字に合致するＴ字形の相生橋であった。結果は 6 キロ離れた広島の臨海工場地帯は手つかずのまま無視された。口実に用いられた「軍事施設」は、実際には残った。残ったのは東から東洋製缶、大同製鋼、日本鋼管、東洋工業、兵器廠、被服廠、糧秣廠、大和人絹、宇品港、陸軍船舶部、吉島飛行場、三菱重工、三菱造船、旭兵器。

　あのコンゴの日の夕暮れ時、朗の同僚は主張した、「済んだことは済んだこと。どうにもならない過去にこだわるよりは、明日を考えよう……と一般には言うけれど、それは詭弁。重大な事柄は、放念すべきではない。ヒロシマは重大だ。お前はヒロシマを体験しながら『何が起きたか分からない、知りたくもない』と言い張るが、それでは自分さえ良ければよいという自己中心が過ぎるではないか。死んだ人たちのためにも、ヒロシマを遺せ」。

　あの日から一念発起、国際関係と現代史と史実主義を自分なりに勉強し、ヒロシマの全容と実相を明らかにすることができた……と朗は感じた。

　しかし、解せないことが一つ残った。

　江川隆の熔けた眼球である。

　親友は、「見てくれ。おれはこうして死んだ」と朗を呼んだ。でなければ、あれだけ多数の遭遇死体の中で、かれとも知らず、わざわざ通り道から外れて、その一体だけに惹きつけられた理由がない。

親友は、死してなお朗を呼んだのだ……。

　眼球が飛び出していた。熔けて小さな真珠になっていた。江川は、何かを見ていた。

　何を見ていたのか気になった。

　核爆弾は、石ころのように落ちたのだから見えはしない。見えたのは、その数分前に、広島の空に大きく開いた四つの落下傘にちがいない。

　落下傘は観測用の計器類を吊ったという。先行した一番機のGreat Artiste、機長スウィーニーが全速でかなり低空を突っ走りながら、つぎつぎと落として飛び去った。

　観測筒の一つは噴煙に巻き込まれたあと奇しき因縁で五日市町に落下、呉軍港基地からの海軍調査団・技術大尉西田亀久夫（のち木更津工専校長）が回収した。後尾に４枚の方向舵があり直径35センチ、全長1.6メートル、うち本体60センチ。

　他の一つの現物は原爆資料館・西館中央「原子爆弾とその威力」コーナーに次の説明付きで展示してある。

「自動通報式爆発測定無線装置　大野茂氏寄贈　原子爆弾投下の直前に随伴機のB-29から落下傘を付けて４個の通信測定機材が投下されました。そのうち可部町（広島市外北部）付近の山林や水田に落下した３個は軍によって回収されました」

【可部町にはその日午後、黒い雨が降った。落下傘そのものの生地は通報した付近住民に与えられ、衣服に仕立て直された】

　いわゆる観測筒の内部はリレーだのスィッチだの真空管だの発信装置らしいもので詰まっている。また上記説明に加え、（第５章で）先述した長崎の場合の嵯峨根教授宛ての手紙に関連して観測筒は、

大気圧を測定するラジオ・ゾンデと同じように、原爆炸裂時の爆風圧その他を無線で送信したに違いないと説明されていたので（「空から降ってきた手紙」野呂邦暢、毎日新聞1975年6月16日）、一般もそのように理解していた。

しかし展示物が、ほんとうに測定無線装置であると言いきれるのか？　朗は疑問を抱いた。「戦争を早く終えるためであった」とか、「人命を救うためであった」とか、とにかく欺瞞が多いからである。

　無線には発信と受信がある。発信は比較的に簡単だが受信は極めて難しい。展示物は発信装置らしいが、それだけでは測定は完結しない。受信装置が不可欠なのだ。

もしも発信と受信ともにそろった装置でないとしたら……上記説明は皆を誤誘導してしまう。資料館の信憑性も損なわれる。

また上記説明は日本側の自己解釈だから、史実主義としては裏付けが必要。でないと『身勝手な思い込み』がまた増える。

ところが、どんなに調べても受信側のデータが見つからない。送信と受信とが完結していない。観測筒そのものについても単に計測器であるというだけで、何をどのようにして測り、送り、だれが発案したのか言及が無い。"第三番機のB-29、No.91号が測定器具を積んで後に続いた"というが何を何の形で受け取り、記録し、だれに提出したのか解説は、見つからない。現地空軍司令官ルメイは単機投弾を進言している。対して戦争省のグローブズは、先導機と後続機を配備したと応えている。第509爆撃隊隊長ティベッツは、追加2機につき無言であるが、むろんティベッツの了解なしに事が運ぶわけはない。調べると観測筒と、観測筒を落とす先導機と、観測データを受け取るはずの後続機の一連の流れは軍の作戦ではなく、

マンハッタン機構に参画した民間人学者たちによる画策だったことが判明した。

太平洋上テニアン島基地には核爆弾の組み立て、装塡、積み込みを担当した37人のグループが配置された。うち12人は偽名を用い、軍服を着用して軍人を装っていたが内実は電子・化学・火薬関係の専門技術家たちだった。

リーダー格の3人、アルバレズ、モリソン、サーバー（順にLuis Walter Alvarez, Philip Morrison, Robert Server）は核爆弾の威力をもっと高めるためという口実のもと、標的とされた人びとを呼び集める悪魔の計画を模索したらしい。

「したらしい」というのは、物証が見つからないからである。世の中、ほんとうに重大な決定理由は、文書には残されない。真の目的を隠して「破壊範囲を把握するため」とウソをついたグローブズ手法と等しく、詐欺犯罪に長けた種類の人たちは常に陰謀を心に抱くが証跡は、消す。

この3人の場合、最初はサイレンを鳴らすことを検討したと後日、洩らしている。なぜなら爆撃機エノーラ・ゲイは退避時間を確保するため高度1万メートルでの投弾が決まっていたが、この高空では飛行機雲が見えるだけなので地上の日本人にはまったく気づかれず、何事が起きたのか不明のまま事が推移するに違いないからであった。

かといってサイレンで注意を惹くと、日本側の警報と誤認されて逆に標的の住民が恐れて散開し、防空壕に逃げ込むであろうと容易に予想できた。

そこで爆発力を測るセンサーと発信装置 "Bangometer" を落下傘であらかじめ落としておいてから原爆の核分裂を待ち受け、爆発力

第8章　落下傘を見詰めた眼

の信号データは後続機に積んだ受信装置で記録しようという虚偽の「建前」に着想したもようである。

　地上の人間がどのように反応するであろうか、口外しなくても以心伝心、共謀者たちはお互いによく理解できた。なにしろ頭脳明晰な発明家連中である。アルバレズはのち1968年、ノーベル物理学賞を授けられ、モリソンはマサチューセッツ工科大学教授となり、サーバーはコロンビア大学物理学部長になった。

　アルバレズは当日、一番機のGreat Artiste号に乗って落下傘つき観測筒を落とし、3日後もおなじく一番機のGreat Artiste号から落下傘つき観測筒を長崎に落とした。モリソンとサーバーは共に事後のヒロシマを見物している。

【1988年、ガンのため77歳で死去したアルバレズは、カリフォルニア沖の太平洋に散骨されたと記録されている。アメリカでは通例、遺体は防腐剤を詰め、柩のまま土中に埋める。第509爆撃隊長ティベッツの場合とひとしく、海中への散骨投棄は、心に疚しさを持つ人のみが選ぶ方法だと言ってよい】

　しかし尚その一番機は何分前に、どのくらいの高度で観測筒を落とし、どんな高速で逃走したのか分からない。

　そこでもともと核爆発自体の強度はどのようにして測るのか、調べることにした。

　エネルギーの大半は爆風、残りが熱線、放射能および光線として現われ、発生する火球の温度は数百万度にも達するとのことなので、測定するのであれば爆風圧が有意の対象となる。

　かりに爆心位置をA、Aでの爆風圧をa、発信装置をB、Bでの爆風圧をb、受信装置をCとする。

ラジオ・ゾンデと呼ばれる装置は風船に吊られて上昇しながら周囲の空気圧の強さを送信し続ける。この場合、ＡとＢとは常に同一位置にあり、ａとｂとは等しい。風船が上昇すると、ａとｂは等しいまま減少してゆく。すなわちａ＝ｂは、地表面で最大なのである。

　ところがこれは、われわれが平素、気圧があるとも感じないで生活している程度の強さだ。これでどうして鉄筋コンクリートや岩などが割れるという核爆発のａが測定できようか。ラジオ・ゾンデでは、核爆発の爆風圧は、測れないのであった。

　爆風圧は、ふつう、ブラストメーターで測定するという。ブラストメーターは受信専門で、定点に固定されている。もしこれを可動にして発信装置を加えればＢになり得る。ただし風圧は距離に反比例して減衰するからｂはいつもａより小さい。修正するにはＡとＢとのあいだの距離を測らねばならない。

　ところがＡは重さ５トンの核爆弾であって石ころのように落下している。発信装置Ｂは落下傘に吊られて空中でふわふわ浮いている。このどちらも動いている物のあいだの距離は、いったいどうやって測る？

　測れない。不可能なのだ。

　測れるように見えて測れない。万事が１秒にも満たない瞬間の出来事なのだ。変だなぁ、と朗はいぶかった。何かわけがあると直感した。

　実際には爆発力というものは、どうやって測るのか。

　火薬担当官などに尋ね、科学書で確かめてみると、ＡもＢも共に固定して正確な距離を決め、ａとｂとを既知の爆薬物と比較するのだと分かった。１メートルの誤差も有意であり、だからこそ爆弾でも砲弾でも直撃点から少し離れてさえいれば助かるのであった。

第８章　落下傘を見詰めた眼　277

核爆発の場合は、アラモゴルド実験場ですでに実測できた。広島の上空で測定の真似事をする必要はなかった。三番機には測定機器がぎっしり搭載されていたと記録されている。にもかかわらず、測定の結果は、発表されていない。それは結果が出なかったからだ。
　出ないのが分かっていたからだ。
　出す必要が、なかったからである。
　孫子の兵法によれば「敵を欺かんと欲せば、まず味方を欺け」と言う。あざむいたのは、この点に関してはグローブズではなく、3人の科学者連中だった。測定機器を懸命に見詰めたであろう乗員らも騙された。なんと、測定そのものが無益、無用なのだった。
　しかし謀議者が、不要なことをするはずがない。なぜだ？
　よくよく考えてみると、観測筒は、見せかけの測定器具として皆を欺くためであり、落下傘を開くための錘でもあった。実際に必要なのは、だれ独りとしてその存在意義を疑わないであろう落下傘なのだった。

　なぜ落下傘か？
　地上の人間の注意を空に向け喚起するため、犠牲者を呼び集めるためである。
　落下傘は今日でも珍しい。ふつう、テレビ画面でしか目にすることはない。当時とすればなおさらのことで、けっこうな見世物になった。仕事開始の時刻、最初はかすかなプロペラ音に広島の人たちは気づいた。爆音は数分のうちに低空で響きわたる轟音に変わり、東から大きな爆撃機が全速で姿を現わす。しかし1機なら逃げる時間もあるし、危害を加えないと馴らされていたのでその方角を見上げると落下傘がパッ、パッ、パッ、パッと大きく華やかに開いた。

高度約3,000メートル。大型機が飛び去ったあとの青く晴れた空にポッカリと、見たことがない白く輝く美しい半気球体が４個、１列に並んだ。壮観であった。初めての経験だった。

　事故って乗組員が脱出したのか、あるいは噂に聞く宣伝ビラなのか、好奇心が高まった。「あれは何だ？」。まさか贈り物ではあるまい。吊るした物体が軽いのか落下傘は中空で長いあいだ漂った。思いがけない光景に人びとは屋外仕事の手を休め、他の人に声をかけ、家の中から出てきて小手をかざし、遊びに飢えた子どもたちは手をたたいて喜んで、アレヨアレヨと皆で落下傘の列を見守った。その背後に原子爆弾が、高度１万メートルの目に見えない二番機を離れ、ツツゥーと襲いかかりつつあるとも知らないで……。

　そしてその人たちはすべて死ぬか、目を焼き切られた。太陽をちらと見ても眼底が灼ける。いわんや地上600メートルに生じた太陽10個分の火球ではどうなるか。生き証人は残らない。願ったり叶ったりの……完全犯罪！

　戦争は武力行使による政府間の意思強制であり、それゆえ一国の政府によって仕立てられた戦闘員が相手側の戦闘能力を奪う。すなわち目的は軍団組織の破壊であり、兵員個人はその目的のためにいわば巻き添えを食う。これと区別して相手が民間人なら反撃能力がないので加害致死させること自体が目的となり、抵抗されない殺人、すなわち虐殺という犯罪になる。逃げおおせなかった51万柱（姫路市碑石）は、アメリカ軍の兵士ただの独りにも抵抗しなかったし、できなかったのだ。【それはいまだかつてなかった大殺戮だった。もしアメリカ人が神を信じるなら永遠に許されない罪業である（コラムニスト山本夏彦／桑原聡）】

こうしてアメリカ人科学者たちも犯罪者、ならびに犯罪加担者となった。しかも前史未曾有の大量殺人者たちは、**一瞬にして命を断ち切るだけでは満足できず、死者数をさらにふやすため、落下傘の列を見世物にして、人びとを死へとおびき出したのであった。**

「そういえば高速で接近する爆音がして、一番先に気づいたのは落下傘だった」と弟の繁が言った。
「ぼくも見た」と優が言った。「速い飛行機が頭上を通過した後だった」
　家族はたまたま仁保町の山の陰、戦時菜園に居た。
　シルク・ロードを描いて有名な平山郁夫画伯を除き、ほかにあの落下傘を目撃して無事な人はいない。画伯の場合「(修道中学3年生で)陸軍の兵器廠で働いていました。いったん解除された空襲警報が再び鳴って、空を見上げるとB-29が飛行機雲を引きながら飛んでいる。そのとき、白い落下傘がゆらゆらと揺れながら落ちてきました。なんだろうと思い、仲間に知らせるために作業小屋に入った瞬間でした。ものすごい閃光が走り、すさまじい爆風が襲ってきました……」(季刊誌『メンバーズ倶楽部』2006年冬号)。
　無事でない人の例は山口県周南市で語り部活動を始めた硯谷文昭(すずりや)さん。爆心地から1.8キロ離れた地点で海水汲み上げ作業中に爆音を聞き、キラキラ光るものの投下を見たが目を離した次の瞬間、閃光に包まれ吹き飛ばされて気絶した。現在も左半身がケロイドで引きつったままである(産経新聞、2013年8月6日)。
「よかったなあ、お前たちも妹らも……。わずかな角度の差で助かって……」

朗は地獄の底から悪魔の哄笑を聞いた。ヒロシマ死者26万人。それぞれの天寿をまっとうする人間の権利を瞬時に摘み取った悪魔たちの大笑い。
「ウワッハッハ。バレたか……。貴様がそこまで追及しなかったなら、俺たち、みんな天国へ行けたのに。ワッハッハ。ウワッハッハアー」
　自身は血にまみれることもなく、散乱した死体を見ることもなく、極めて冷酷に「見せしめの大虐殺」を遠隔演出した凶暴な共犯者連中おおぜいの無慈悲な嘲笑も、また大きくこだました。
「ウワッハッハ。忘れてしまえ、ヒロシマなんか。
　どうでもいいのだ、ワッハッハ。
　まったく無かったことにしよう。ウワッハッハアーッ！」

[著者紹介]

河内朗（こうち・あきら）

略歴 昭和4（1929）年、広島市生まれ。勤労動員中の中学4年生時、被爆炎上中のヒロシマ市街地を歩く。広島大学機械、明治大学政経、会計士補、米国コロンビア大学ビジネス大学院卒。（ニューヨーク在）国際連合本部財務局財務官28年間、愛知学泉大学経営学部教授（国際関係論）14年間。税務大学、大阪外国語大学院講師など

業績 『ヒロシマの空に開いた落下傘』大和書房、1985年
"Why I Survived the A-Bomb," Institute of Historical Review, 1989
『電池車パラダイムの理論と事業化』日刊工業新聞社2010年
月刊言論誌論文数篇／国際特許数件

装丁 .... 佐々木正見
DTP制作 .... 小牧昇
編集協力 .... 田中はるか

ヒロシマの空に開いた落下傘
70年目の真実

発行日❖2015年7月31日　初版第1刷

著者
河内 朗

編集
小川哲生

発行者
杉山尚次

発行所
株式会社 言視舎
東京都千代田区富士見2-2-2 〒102-0071
電話 03-3234-5997　FAX 03-3234-5957
http://www.s-pn.jp/

印刷・製本
中央精版印刷㈱

ⓒAkira Kohchi, 2015, Printed in Japan
ISBN978-4-86565-025-9 C0036